La Mer

ら・めえる

第79号（二〇一九年一一月一日）

目次

表紙絵・空 大林 純子

（エッセイ・評論）

La Mer

逆立ちした公共事業『石木ダム』

～憲法13条「幸福追求権の危機」～

城戸智恵弘

序章

いま県政の当面する重要課題に〈石木ダム〉の件をはじめてとして〈諫早湾干拓〉〈新幹線のフル規格化〉などの重要案件がある。就中、石木ダム建設は、半世紀にわたって、住民と権力機構（県・市・国）が対決姿勢を崩さないまま、決着の最終局面を迎えたのである。

　川棚川の支流、石木川の岩屋・川原・木場の里に計画されているダムである。このことについて、長崎県収用委員会（委員長梶村龍太会長以下委員7人構成）は、二〇一九（令和元）年五月二一日開催した委員会で〈収用裁決〉を行った。五月二三日（木）の長崎新聞は、第一面のほとんどをその記事で埋めている。—県政にとって最重要の記事であることを示している。トップのヨコ見出し「石木ダム全用地収用裁決」タテ見出しに「反対地権者宅地も」サブに「県委員会・明け渡し求める」ビッグニュース取扱いである。六月二日の「岐路に立つ『ホタルの里』」の六倉大輔記者の記事も哀愁を誘う。

　このように、長崎新聞の記事にこだわるのは、二〇一六（平成二八）年五月一二日の長崎新聞・第一面の「全収用予定地裁決申請」見出しで、当時の東彼支局の熊本陽平記者の解説記事「手続きは前進も〝袋小路〟の様相」の見出しで「……全ての未買収地を強制収用（行政代執行）につながるレールに乗せた。……13世帯約60人の暮らしを公権力が根こそぎ奪い取るという、現代日本ではおよそ想像しがたい光景が現実味を帯び始めた。……県は事実上、話合いによる解決の道を閉ざしたと言えるであろう」と、まさに肯綮を射た記事であった。なお追いかけて、翌一三日の「論説」で、森永玲論説委員長は「失敗事業へ向かう道」として、いくつかの重要な指摘をし、現在と今後の佐世保市の水事情の逼迫と治水・防災事業について、県民にわかるように説明することを求めている。最後に、「たとえ造っても、手法を間違えた公共事業を成功とは呼べない。強制収用の手続きを止め、状況を緩和する努力に全力を注ぐときだ」と説いている。

　この事業は、単に川棚町・佐世保市に関わる問題ではない。膨大な予算（県・市・国合わせて二八五億円）を使うので、当然全県的な理解と合意を求められる。これについて県議会の論議も最近聞こえてこない。県が権力を行使する場合、常套句がある。それは「粛々と」という言辞である。〈……粛々と〉―本当にそうなるのか。水はあるにこしたことはない― 否無ければ生死に係わることもある。だがこの場合余りにも太刀筋が悪い。

　一九七〇（昭和四五）年の選挙は、憲政転換を訴えた久保勘一が前知事の佐藤勝也を大差で破った。

　久保県政は、党人政治家としての力量をいかんなく発揮し、世界初の海上空港である〈長崎空港〉国に先駆けるかの如く〈長崎と中国の交流〉それに西岡県政より持ち越していた〈南部総合開発＝諫早湾干拓事業〉〈新幹線導入〉〈上五島石油備蓄基地建設〉〈松浦火力発電所建設〉……の大型事業を成し遂げ、また継続するものは次の県政へとバトンをタッチした。私は、県政壇上で知事を厳しく批判したが、県政史上二度と現れることのない大型知事として反面評価もした。「久保さんは庶民感覚と政治家としての信念、大胆な戦略構想を併せもつ大衆政治家（イデオロギーにとらわれない現実政治家）だと好感を抱いていた。」(1)

　その久保さんが提起したのが「石木ダム建設」の構想であった。久保知事は、三期目に入って病に倒れ、その代行を副知事としての高田さんが支えた。

　私は、後続する高田県政をどういう書き出しで筆にするか悩んでいた末に、未完であるが、「季《とき》がくれば花は咲く」として、高田さんが如可に裏方で久保県政を支えてきたかを知る者としての気持ちを表現している。

季《とき》がくれば花は咲く（高田さんの労苦）
季《とき》が去れば花は散る（久保知事に対する惜別の情）
咲き続ける花などない（権力の交替）

自ずと私の胸中に湧き出した一人の人間としての感

概であった。だが、その高田さんが知事に当選するや、寸刻を置かず〈強制〉測量に走った。—何故か。

県政の交替劇があり、久保知事は副知事に塩飽茂（六七才）、出納長に栈熊獅（四七才）が決まり、総務部長を如可《どう》するかであった。一九七〇（昭和四五）年三月下旬、塩飽副知事から、「今度自治省から高田氏というのを来て貰うことにした。一番人柄の良い人物をと言って、高田勇という人物である」と、告げられた。爾来、総務部長・副知事・知事と組合書記長・委員長・議員としての長い付き合いであった。

その高田さんが、県警機動隊を導入して強制測量に踏み切った。議員になっていた私は、その一報を受けたとき吾が耳を疑った。

一九六二（昭和三七）年の、佐藤県政による秘かな「石木川の測量調査」は、同年一〇月に池田内閣の閣議決定による「全国総合開発計画」と無関係ではなかった。(2)

安保闘争で退陣を余儀なくされた岸内閣に代わって登場した池田内閣は、「月給二倍論」のかけ声と共に、国土の均等発展・工業の再配置を是正するなどの諸施策を進めた。佐藤県政もそれに歩調を併せて県土の開発策を採ったが、長崎外港の整備、神ノ浦ダムの建設など……追われて手が廻らなかった。—故に、佐藤知事が旧南高来郡南有馬町の出身のため、議会筋・世評でも〈南高北低〉の政治と揶揄されること多多あった。

久保県政が誕生した時代は、それに遅れること一〇年、新全総と重なる田中内閣の「列島改造論」を後追いするかのように、新全総の県内版ともいうべく、臨海工業団地の開発を進めてきた。針尾工業団地もその一環であり、工業用水の「水源」として、石木川開発が喫緊の課題となった。（「治水」問題は、正当な政策であっても、常にダム建設に際しては、国費負担を最大に引き出すための常套手段なのである。）

石木ダムは、川棚川水系石木川上流の地に長崎県が計画した多目的ダムであり、改めてその概要について触れてみる。(3)

ダムの目的として、**(1)水道用水の供給　(2)洪水調節　(3)流水の正常な機能の維持**、つまり〈多目的ダム〉ということになっている。この場合、(2)(3)については、その効率性の問題は措くとして他の手段もある。主目的は水道用水の確保である。目的は、「佐世保市の水道用水一日当たり四万㎥を確保するための水源として、新規利水容量二四九万㎥を確保する」としている。

□　ダムの規模は、ダム高五五．四m、ダムの長さ

二三四m、総貯水容量五四八万㎥（県内三番目の規模）重力式コンクリートダム

□総事業費　二八五億円
治水約　一八五億円（二分の一は国土交通省補助）
利水約　一〇〇億円（三分の一は厚生労働省補助）

第一章　逆立ちした事業推進
—手続きに終始する継続事業—

この事業の採択は、久保勘一知事によって始まり、以下のように継続されてきた。

□久保勘一（三期）大型開発事業の展開・水源探索
一九七〇（昭和45）年～一九八一（昭和56）年

□高田　勇（四期）「ダム用地」の強制測量
一九八二（昭和57）年～一九九七（平成9）年

□金子原二郎（三期）代替地造成工事・事業認定申請
一九九八（平成10）年～二〇〇九（平成21）年

□中村法道（三期目）用地（土地）強制収用手続完了
二〇一〇（平成22）年～
※知事三選立候補に当たり、〈石木ダム建設推進〉を公約。

このダム計画は、久保勘一知事の発案によるが、長崎県の「大型開発事業」の一環として、後続する歴代知事の懸案として最終局面を迎えようとしている。「久保知事は一人でも反対すれば建設しないと言っていた」とするが、筆者は直接聞いた訳ではない。だが、「機に恵まれたなら、国政の場でも一国の政治を左右する派閥の領袖として、その期待に応え得る大人物」だと「知事と労組」(1)-2の中で評している。

久保知事は、一九七九（昭和五四）年六月二四日川棚町の川原《こうばる》公民館を訪れ、次の様な言葉で頭を住民に下げている。


この地に来てみて、家の姿、田の姿をみますと、何百年の昔、先祖の代からここに住まわれて、本当に安住の地であり、平和な理想郷であることがよく分かります。

それが水没することは本当に耐えられない。あまりに皆様の犠牲は大きい。

何とか、石木をあきらめて、他に代わるべき所はないか、私は真剣に考えました。

………　略　………（他に適地がないとして）

……どうしても石木にお願いをしなければいけないという気持ちになりまして……

これは県職員が、知事の話を記録としてまとめ、「石木ダム関係者のみなさんへ」と題して、後日配布した文書の一端である。―知事の政治家として心情のほどがわかる気がする。―故に久保知事の発案・言われていることは、政治家の言として首肯できる思いがする。

久保知事が住民を説得する背景には、「県民所得」の向上を願う「工場誘致の目論みが秘められていた。ダム建設問題の核心は、直接佐世保市民の〈飲み水〉の問題というより、工業用水の確保にその主眼があった。―前後する市の渇水・水不足問題はそれとしてである。このことを良く知っていたのは桟副知事（当時は佐世保市長）であった。

久保県政の誕生により、桟さんは、ＳＳＫの総務部長より出納長に迎えられ、副知事になったが、西岡県政時代に、若手・有為の人材として在庁していたのである。西岡知事は県職員の頭脳を企画室に集めた。企画室長は、佐藤勝也副知事・次長倉成正（後に衆議院議員・外務大臣）を中心に県政の振興策を計ったのである。そのブレーントラスト（Brain Trust）の一員であった。故に、この問題を熟知していたのである。⑷

不幸にして、この事業の具体化の〈用地測量〉で、高田県政は、機動隊導入の強制測量に走った。その後、歴代知事が〈行政の継続〉ということで、時代の流れを省みないまま当初計画を「推進」してきたことが、〈久保県政〉が残した事業継続として、〈正〉・〈負〉いづれの「遺産」と見るべきか人それぞれの判断による。―時代の変遷と公共事業のあり方も含めて。

では、この事業の経緯を県民視線で、或いは湖底に沈む住民の眼で見てどう理解すべきか。金子県政、それに続く中村県政で相当に事業が進んでいると見るべきか……両県政が事業推進に熱心で、堅実にうまく事が進んでいるとみて良いのだろうか―そうではない。何故なら根本的に手法を間違っている。

第一に、なすべきことは絶対反対同盟の理解・説得がなされていないのに、否そのことを無視して事を運んでいるだけである。

第二に、ダムが完成したかのような想定の上に立って、いかにも反対住民が賛同したかの如く住宅地・墓地等の造成工事の一部完成、道路の建設等を進めてきたのは、既成事実を造って、益々反対同盟を心理的に人間の意地にかけてでも非賛同の方向に追いやっている。

第三に、ここまでダム建設事業が進捗しているという実態感ないし財政効率論の見地に立った不可逆感（ゼロベースに戻すことのできない）を抱かせていること。

これらのことは、人間墳墓の地を去ることとの情理が如何に厳しいことか、その心理に至っていない役人（行政）仕事の典型と見る人もいるのである。

第四に、小手先の法論理・〈行政手続き〉によっているにもかかわらず、大義のために―公共の福祉のためにと称して事を形成していると言う人もいるのである。

第五に、こう言う人もいるであろう。知事も副知事も関係する部長など職責を務めてその結果、私共の意図・見解を聞き入れてくれないので―こういう結果にならざるを得なかったと。

だが、それら万般の事は、百姓が営々と努力しても、素地が合わなかったのか、肥料が足りなかったのか、天候が悪かったのか、いや種自身が不良だったのか―芽が出なかったのは諸理由が存在した訳である。

不作の要因は、季節外れに種を蒔いても芽は吹かないのである。―時代の流れは変わっているのである。

― 閑話休題 ―

半世紀前のこと、調査事務所が出来たばかりの頃、筆者は組合書記長として春闘オルグに尋ねたことを懐かしく思い出している。当時の組合活動家の猛者達も多く鬼籍に入った。時移り、機動隊導入時の時節は、すでに県議会議員になっていた。局長湯浅昭は、入庁早々に教育庁で会話を交わす交友であり、物静かな好人物であった。県北振興局長になったのは、運命の悪戯としか言いようがない。

反対同盟のリーダー山下弘文氏は、長崎地区労の名オルガナイザーであり、後述するように、切っても切れない縁の人であった。

県庁生え抜きの剛の人三村長年氏は、この時副知事として強硬・決断を促した人物であり、県庁の先輩であった。佐藤知事敗北で、一時冷飯を喰ったが久保知事に胆力・能力を買われ、農林部長・教育長・出納長と登り詰めた親分肌の人であり、私は庁内の待大将と「知事と労組」に記している。

総事業費　二八五億円
予算執行率　五四．六％ 平成三〇年度末

予算執行率からみて、この事業は引き返せないとの世論の形成を導き出す要因の一つになるのか……。
なお、関係住民の八割が賛成しており、二割が反対という状況にある。―このことは、この事業が〈正義〉に適う指標を示しているのか……。
真実は、岩下和雄氏の意見陳述書（一九頁）の「県や町は個別訪問を繰り返し、住民の切り崩しを行い……」とあるが、公共事業推進に当たっての〈説得・懐柔〉策がどの程度のものであったか、問うことは措くとして、「川棚町」という町役場が、「県」という権力機構に抗《あらが》うことの出来ない構図の総てを白日の下に晒すこと―年表に記録していないが、町自らがダム建設推進の一翼を担うという反対同盟に厳しい現実が浮かんでくる。反対同盟はこの半世紀の間に時代が変わっていることを訴え、世論の形成に努め、権力に抵抗してきた苦労の程が理解される。

―去る九月一九日の、反対同盟の知事会見。（二〇一九〈令和元〉年）
「私はお家がなくなったらいやです。みんな動物がいなくなったらいやです」……幼な声が訴えている。
半世紀前に事業着手した〈ダム〉が、「今でも必要なのか」と天空の声がする。

年表の平成二一年一一月九日（事業認定申請）
①「知事と地権者の話合い←地権者はゼロベースの検討。説明を求める」とある。
↓
年表の平成二五年九月六日（事業認定告示）
②「ダム反対弁護団結成←公開質問状～の対応、知事現地訪問・面談←法廷闘争へ」とある。
なお次に「これまでの長年にわたる経過、様々な手続き、八割の地権者の同意等←ゼロベースに戻しての検討は困難」とある。

このことは、何を意味するのか。それは反対同盟の主張は、この時点で一切認めないことの宣言に等しい。―あくまで**〈右枠〉の中のことは、留保条件付の課題でなければならない**。客観的にみるならば、国・県が自己主張を正当化する論拠〈行政手続〉にすぎない。

結語―「逆立ち」の公共事業

この事業の進め方は、可能な所からの既成事実の積み上げで、恣意的すぎる。公共事業としては「逆立ち」していると。それは戦国時代の〈城攻め〉の話しに例えるなら、人間乾し上げの現代版ともいえる。公共事業にあっては、由なしの見切り発車は厳禁・禍根の元である。

結論を言おう。ダムを造るという**〈基軸〉**を放置したままの外堀を埋める工事は何を意味するのか。**「反対同盟」をあきらめさせる駆動力**になると思っているならば、相手を未開の人種と見る〝植民政策〟と何ら変わらぬ権力の驕《おご》りではないのか。―例は悪いが、天ぷら屋が、芋が煮えてないのにコロモだけ火を通して客に出すようなものである。こういう性の悪い事業が公共事業として通るところに**仕組**の悪さがある。「下筌ダム」の教訓から何も学ばない**制度**が悪い。国家や自治体の法的仕組みの有り方が問われている。―**公共事業の有り方の問題がある。**

湖底に沈むダム本体の地権者が、嫌だと言うのに、何故、本体以外の外郭事業が進行するのか―これでは問答無用ということではないか。**私が太刀筋の悪い事業とは、この表から読み取る一つの見方である。**強制測量に端を発したこの事業を如可うしたら安着させることが出来るか。

第二章　何故に高田知事は強権発動に至ったか

―政治的判断をする空気がなかった―

久保知事なら一体どういう処方箋を描いただろうか。反対する農民を説得し、日本最初の海上空港を造った。大村湾の波静かな箕島の地は肥沃な農地であり、大村市街地の目の前である。久保知事は農民とコップ酒を酌み交わし、〈情理兼ね備えた説得〉で理解を求めた。空港に至る海上橋手前の広場には、久保知事の胸像が静かに佇んでいる。

今日難行する新幹線計画も、着任早々手を付けた。波を蹴立てて上海に向かう新幹線の「図柄」は秀逸であった。

また、五島青方湾に浮かぶ海上石油備蓄基地についても、反対漁民の徹底した抵抗もあり、多少の無理もあったが、最終的にはこれまた日本最初の海上石油備蓄基地を設けた。その過程での激務がたたり、脳梗塞に倒れ、知事三期目の病臥の時期を高田副知事が執行することになったのである。

高田知事の誕生は、一九八二（昭和五七）年二月末である。後継者としての、高田知事実現に大きな影響力を及ぼしたのも前知事久保さんの強力な推輓があったからである。もし、これがなければ、現職国会議員が入り乱れて高田知事実現はどうなったかわからないと……。保守政治家同志の葛藤は激しいものがあった。

高田知事が強制測量に踏み切ったのは、五月一八日―決行したのは五月二一日（金）である。知事当選から僅か三ヶ月しか経っていない。何故か……。

私は前章で〈吾が耳を疑った〉と記したが、それは表面上のことで、内実それなりの微妙な空気は感じていた。耳を疑ったが、気持ちは別に動顛していなかった。それは議員になってはいたが、組合書記長・委員長の時からの状況判断によるものであった。但し、時点・タイミングについては別である。

私には高田知事の心境がわかる気がする。知事に当選したばかり、旬日を出ずして何故強権を振るったのか。久保体制を支える人材として、〈副知事高田勇〉それに〈出納長三村長年〉である。かつての〈副知事桟熊獅〉は、佐世保市長に転出していた。庁内育ちの三村長年は農林部長を経て、教育長に抜擢され、久保知事の内意を受け広域人事行政（県教組の弾圧）を達成し、自民党にも一定の信頼を受けていた。生粋の県庁育ちの剛の人物であり、私は侍大将と内心呼んでいた。

高田知事が選んだ副知事とはいえ、県庁雀の噂話は、久保前知事の指し金と噂する声もあった。自治省天下りから副知事、そして知事になったとは言え、庁内人心を一定握っていた三村氏に対しては、それなりの遠慮も働いていただろうことは推測できる。

さて、ダムの用地取得について、三村副知事以下のスタッフが、今が時宜《じぎ》だと一致した言を吐いたとき、〈決断力〉のない知事として評価されたら、今後庁内統率力にも障害が出てくるであろう。……行く先々のことが高田知事の胸に去来したであろうことは推測できる。

高田知事はモノゴトを読みすぎた……と私は思った。余裕のない立場に追い込んだ要因の一つは、〈一坪地主〉が増え続けている――この報告も知事を追い込んだ心因の一つであると……。そこには、結論的な言い方になるが、役人的発想のみで、政治的判断が入る余地が生まれなかった。―久保知事だったら、どう判断したかと反射的に思った。

三村副知事の為に一言弁解しておく―久保政権誕生の折に一時冷や飯を喰ったが、人間として泰然自若たる人物であり、取り巻きもいたが、そこは人を見て使う武士であった。侍である以上、姑息な手段を用いることはしない人であった。

季節は移り変わるが、久保県政の時代まで役人と言っても豪胆な人物が何人か居たこと、事ある度にその人達のことを想い出す。時代の変わり目であった。

私は当時の政治状況を次のように見ていた。「高田県政の『光と影』②」の一節である。

私は、県政のあり方を抽象的だがこう考えていた。屛風は畳むと倒れる。常に開いていなければ、県民に応える術がない。これが民主的県政と言うものであり、片時も折り畳むわけには参らないのである。民主政治というものは観客がおり、県議会という玄人集団が眼を凝らしている。同じく県職員も、三役体制はどうなるのか、県庁雀の噂はどうであったか。噂は時に事実を先取りすることもあり、新知事が如何に出るか興味津々であった。

噂が本当なら、久保院政を敷くためには、副知事は三村長年だろう。久保前知事が「三村を高田に押し付けた」との専らの評であった。そうなると「高田は食われるぞ…」。なかなか微妙な世間の見方である。高田知事がどう出るか、誰しも固唾を飲んで見守っていた。（私の心の片隅には、古竹は切らねば新竹は生えてこない。そういう気持ちもあった。）

だが高田さんは、そんな軟弱《よわ》ではない。総務部長（官僚）、副知事時代の対組合交渉を知る私は、笑顔で議会対策をする副知事とは違った姿を知っている。下剋上が起きるなら、知事権力によって謀反人の首を切る人だと。かって西岡知事が佐藤副知事を解任した時の状況が浮かんでいた。ただし、そうなると高田知事の統治能力が問われ、次の選挙はどうなるか？案外短命政権になるかもしれないと…。

一九八二（昭和五七）年三月八日召集の第一回定例会、副知事に三村長年（出納長）、出納長に自治省天下りの柴田芳男（総務部長）の提案だった。

〈強行測量〉後、「県政の実態と批判」で私は忌憚なく、当時の高田県政の現状を抉《えぐ》っている。

「……県内保守勢力のチェック・アンド・バランスに乗っかった権力であり、…略…自民党国会議員の勢力比の移動及び県議団・派閥集団の権力構造の変化によって、容易に崩壊する危険性を常に内包しており…略…」(5)

知事を取り囲む作戦会議
―「二歩後退一歩前進」の頭脳なし―

古くからの私の友人でもある湯浅昭氏は「湖水未現」に次のように生々しく書いている。(6)

「五月一八日午前八時、知事地公舎に三村副知事、土木部長、用地理事、県北振興局長など関係職員集合する。」

「高田知事『あと何回か話合いをしたいと思うが…』」

「一坪地主が二七名（地区外二、町内地区外五、地域内二〇）で、歯止めがきかなくなりつつあること。これ以上延ばせば対策協（筆者註・条件付反対派）が崩壊する恐れがある……」

「三村副知事『これ以上は無理と思いますよ』の一言あり。」

「水没を余儀なくされる地権者、先祖伝来の土地を奪われる地権者にとっては、たとえ正当な補償があるにしても、身を削られる想いがするであろう。」

「…川原、木場の集落の人々の複雑な心境に想いをいたすと、躊躇するところはあるが、出席者全員『もう限界だな』と思うのか、重苦しい雰囲気が漂う。

「高田知事も『やむを得んか……』と一言。」

（県北振興局長とは著者湯浅昭氏、先に述べたように、私の教育庁時代からの友人、声は小さいが、秘書課長・人事課長を経て県北振興局長になる。人格者であり、記事も冷静に書き留めている。―文章の抜き書きは筆者）

以上の経緯を辿り、一九八二（昭和五七）年五月二一日（金）立ち入り調査が決定されたのである。当日早朝、県警機動隊の力を背景にというより、武力に守られ、強制測量に至ったのである。

湯浅氏は、「行政の長として、また政治家として、公権力の行使は、百パーセント避けたいところだと思う。特に高田知事は、気さくな愛情豊かな、思いやりのある……」と弁解しているが後の祭りである。

戦術的な価値判断はそれとして、戦略的な視点を欠いた判断は、自らを窮地に追い込み、今日に至る要因を生み出したのである。―条件付き賛成派と絶対反対派が交渉過程で生まれることは、ものごとにあって当然の常として、県当局は、後戻りする手段まで失くして今日に至っている。〈二歩後退一歩前進〉することの

意を汲めない大事業の展開はあり得ない。

―知事と差し向って語る―

強制測量があってから、可成りの歳月が経っていた。知事に時間を取って貰いたい……。秘書課に用向きは直接知事に話をする。私が高田知事と話し込んだのは、すでに反対同盟のリーダーになっていた岩下和雄氏との会談のことであった。すでにその手筈は事前にされていた。

知事は私が何の用で来たのかわかっていない。テーブルを挟んで、知事に「岩下氏に会ってみようと思う」と一言……「何んであんな事（機動隊導入）をしたのですか……」知事は下を向いたきり、暫し顔を上げなかった。声なしであった。やおら私は、山下弘文氏と私の関係を語り、岩下和雄氏と会ってみようと思うが「いいですね」―知事はうなづいた。私はその時知事は心理的に相当なショックを受けていると悟らざるを得なかった。同時に、私が岩下氏に会ってどうなるものでも……という気持ちだったと思う。「知事私に任せてくれますね……」と念を押した。それは私が会って問題解決をするという意味ではなく、知事の邪魔はしませんよという意であった。何か得ることがあれば……。

この時点で、社会党長崎県本部は「石木ダム建設」について明確な政策を打ち出していなかった。ただ住民説得がなければ、「強行できない」という結論だけであった。

待つこと一時間程、岩下和雄氏は帰ってきた。その少し前に重立ったリーダーの一人と思われる人が、私の脇で同席するために彼の来るのを待っていた。―複数人で対応する用心か。

名刺を差し出し対座した私であったが、挨拶以外に黙して彼は何も語らなかった―同僚の一人も黙然として私の脇に座っていたのであった。

「……どうすればいいのかな、考えを聞かせてくれませんか……」私の腰は低かったが、依然として彼は何も語らなかった。

二つ、三つ、私の問いに無言で眼は下を向いていた。一時間足らず、また会うことを約束して私は辞去した。

帰る道すがら私は考えた―これは山下弘文氏の指し金があるのでは…と。下手に私と語ると〈モノゴトが破綻する〉と。―いや、語ること自体が意味がないと。

「会うだけは会ってくれ」と、山下氏の義理立てだったのか……。
—旧宅のたたずまいと、彼の憂うつな顔が浮かんでくる。

—閑話休題—

名オルガナイザー「山下弘文氏」のこと

何故ここに至ったか、少し山下弘文氏との関係を語ってみる。

反対同盟のみんなから「先生……先生、山下先生」と慕われていた〈山下弘文〉という友人を私は得ていたのである。彼は後に一九九八（平成一〇）年、国際的な環境賞である「ゴールドマン環境保護賞」を受賞した勉学・稀有の人であった。日本湿地ワークの代表でもあり、諫早湾の干潟を守るため、大変な努力と研究をしていたのである。その著書も何冊かあり、梅棹忠夫先生の信頼厚き人でもあった。

やや赤ら顔の人受けの良く若い頃は細身タイプだったが、専門的な事については例を引いて面白く、未知のことについてははっきり知らないと、その時は研究者顔である。人に安心感を与える人間性があった。

この日本の干潟研究者は、長崎地区労働組合会議の専従オルグナイザーとして活躍しながら、干潟研究にも打ち込んで、理論・行動を兼ね備えていた逸材であった。その彼が、一九七九（昭和五四）年の私の県議選挙に張り付き、選挙が終わるまでマイクを握ってくれた友人であった。—その彼が石木ダム反対同盟の尊敬されるオルグであった。

時の県北振興局長湯浅昭氏は「湖水未現」の中で次のように記している。

機動隊を背後に強制測量を行った当時のことである。「絶対反対同盟は……強硬な反対者が多く、お年寄りから子供まで一糸乱れぬ団結力で積極的な反対運動を展開している。……山下弘文氏という環境問題の専門家が、協力な助っ人として、リーダーシップをとっている。絶対反対同盟の人たちは『山下先生』と呼んで慕い絶対的な存在であり、貴重な指導者だ。その精力的な活動には感心する。」と称賛している。—湯浅の言や良しである。

だが、重要なことがある。それはゲリラ戦法の一つである—〈代表者を設けない、みんなが代表者である〉と、山下氏は語っている筈である。その彼を、諫早市長になった野田卿《あきら》さんに干拓資料館の研究者にと話したことがあったが、彼の死はあまりにも早かった。

第三章　反対同盟の苦渋に満ちた闘い

―岩下和雄氏の主張―

ここで、反対同盟の岩下和雄氏の話に耳を傾けてみる。―二〇一六（平成二八）年四月二五日、「石木ダム事業認定処分取消請求事件」に関する「意見陳述書」より抜粋。

〈意見陳述書〉

1　はじめに

私は、ダムが出来ると水没が予定されている地域に住んでいる地権者の一人で、岩下和雄といいます。今日は、この裁判で問題となっている石木ダム建設が私たち住民の声をいかに無視し続けてきたのかについてお話させていただきます。

2　石木ダム建設反対運動にかかわってきた経緯

私がすんでいる川原（こうばる）地区は、町の中心地から約五キロ、車で七～八分の距離にあり、ほとんどの世帯が町内で仕事をしています。一三世帯約六〇名余りの住民は、本当に仲が良く、毎年恒例のほたる祭りは全員で作り上げ、毎年みんなで小旅行に出かけています。

私が中学生のころ、石木ダム建設計画を初めて知りました。今から五四年前の一九六二年、県が地元住民に無断で測量調査を行ったときでした。その後、私は一七歳で父を亡くし、世帯の代表として父親世代の方々に混じりダム反対闘争にかかわってきました。

私が長年、反対運動に力を注ぐのは、県や町が私たちの声に耳を貸さず、ダムが真に必要かという議論をせぬまま、一三世帯の生活と人生が強制的に奪われていくこと、先祖より受け継いだ隣人愛あふれる故郷が破壊されていくことへの悔やしさがあるからです。（註1）

3　対話のない民主主義～ダム建設反対の闘争四〇数年の歴史

石木ダム建設計画は、五〇年間続いています。これが民間企業の計画であれは当然に中止されているはずです。なぜ、ダム建設は中止はされないのか。それは、膨大な税金が投入されても腹が痛まない行政が掲げる計画だからです。建設ありきの計画で、その予算を他に有効活用することなど考えていないのです。

この計画は、長崎県が地元に無断で湛水線の測量調査を開始したことが始まりですが、その調査は地元の抗議で中止させました。

一〇年後の一九七一年、長崎県は川棚町に石木ダム建設のための予備調査を依頼しました。このときの調査はダム建設を前面に出さず「石木川の河川開発調査」と名を変えていました。説明会は物別れに終わりましたが、当時の川棚町長が「地質調査は河川開発の一環です。あくまで調査であってダム建設には直接つながりません。」「地元が反対するならばダムはできません」「地質調査だけでもさせてください。」と何度も土下座したのです。何度も土下座する町長の姿を見た長老たちは、長崎県と「ダム建設の必要性が生じたときは、書面による同意の後着手する」、川棚町とは「県が覚書の精神に反し独断専行或いは強制収用等の行為に出た場合は、町は総力を挙げて反対し、作業を阻止する行動をとることを約束する」と覚書を交わし、調査に同意しました。しかし、ダム建設に同意したわけではありません。ダム建設は、私たちの生活と人生を根こそぎ奪うのですから、覚書は当然のことを約束したにすぎません。だからこそ長老たちも、県と町を信頼したのです。（註２）

・・・・省略・・・・・

その後、県や町は個別訪問を繰り返し、住民の切り崩しを行いました。町は、「石木ダム雑感」などの内部資料を作成し金銭補償について「反対同盟がしっかりしている今こそが県と交渉をしやすい」「事業認定されると補償はもらえない」として県や町職員による「酒食のもてなし」が、長老たちや住民に対して行われました。（註３）

※二〇一八（平成三〇）年一〇月九日長崎地裁は、石木ダムの公益性を認め、「事業取消請求」を棄却した。

「陳述書」は四頁にわたっているが、前半二頁程の記述を引用、註は筆者による。

（註１）憲法第一三条にいう〈幸福権〉の追求は、いったいどこに消えたのか。

（註２）「資料(1)(2)」四八頁参照。

交換した「覚書」の精神はどこに消えたのか。

（註３）このような状況の中で、川原・岩屋・木場の三郷の村落は、「反対対策協議会」と「絶対反対同盟」に分立し、相対的に八〇％（賛成）：二〇％（反対）で現在に至っている。

「覚書」がなし崩しの状況変化につれて、有って無きが如くに見なされてきているが、現状、川原地区の郷民一三世帯六〇人（実質五四名）が、一致団結していることは、「覚書」の存在を有効と認めなければ、現代社会は崩壊する。

県議会で知事に問う

―全体計画の見直しを―

一九九〇年（平成二）年の六月二九日、県議会の第二回定例会本会議で、筆者（城戸）は社会党の代表質問を行っている。質問の主なものは、予算全般にわたっているが、特に「石木ダム」の件について問い質している。

………前略………

昭和四七年一月の予備調査以来、一八年余の歳月が流れました。五一年一月に川棚川総合開発事業として建設大臣の許可を受けて以来、これまた一四年が経過し、さらに五七年五月二一日に機動隊の力をかりた強制測量から満八年が経過したのであります。今日高田県政も三期目を迎えている訳でありますが、この間石木ダムに要した事業費は一一億七九〇〇万円余に上り、一方、県の機構も、幾多の改変を経て今日土木部直属の機構となり、担当理事の配置ということになっております。

遅きに失したといえば、去る五月二八日佐世保市及び川棚町当局の県および県議会に対する陳情もありました。各若干の経過を申し述べましたのは、今や石木ダムをどうするかは、地域社会における重要な問題であると同時に、県政上の揺るがせにできない最重要課題の一つになっているのであります。一八年の歳月を経て今日石木ダムをどうするのか、今や非常に難しい局面に高田県政は立たされているのであります。公正な県政を標榜し、住民福祉を第一義的に唱える高田県政が、水が必要だからと言って、一部少数の住民を圧迫し、その生活権を圧殺することなど、許されるはずがないからです、どうしても知事が石木ダム建設にこだわり続けるとするならば、全体計画を見直し、二歩前進一歩後退の心境になることだと思うのでありますが、いかがなものですか。

知事答弁は、「……今後も機会あるごとに積極的に現地に赴いて、理解を得る……」と言うことで、何ら新機軸を開く答弁でなく省略。

第四章 「ダム建設」の手法を問う
―個としての〈幸福追求権〉・憲法第一三条―

石木ダム建設の〈推進手法〉の問題を、**一般論として「政治道徳」的観点から眺望したらどうなるか。**民主政治の世であろうと古代政治の世であろうと、政治の目的とするところは、多くの人が円く収まり円満の境地に至ることであろう。事の推進に反対する人々にあっても〈説得・理解及び不理解〉を問わず、上手に事を収めるのが話合いというもの―それ以上の強要は無理強いであり、無理難題の極みということにもなるだろう。〈公共〉のためにと言うが、要は〈利水・治水〉の問題である。治水の手段は河川技術（河道を広げるなど）も含めて、他に解決の方法もあるだろう。利水といっても諸々の利活用があるだろうが、いま、断《た》って〈市民〉が危急存亡に晒されているという訳ではない。

国家（自治体）がダムを造る場合、効率的に〈多目的ダム〉という手段を使うことは否定しない。問題は、民主主義国家である我が国において、いったん滑り出した〈公共事業〉を容易に中止することの困難な現実があることも否定しない。

要は政治がどこを向いているかである。（法律・制度の欠陥とか、公共事業の仕組みの問題に逃避してはならない。また事業中止の場合、賛成した住民に対し如《ど》可《う》するかは、必然的に解決しなければならない政治課題である。

想い出すのは「鼓復撃壌《こふくげきじょう》」の故事である。（現代訳では多少違った読み方がある）

撃壌《げきじょう》の歌《うた》

日《ひ》出《い》でて作《お》き（お日様が出たら起き）
日《い》入《り》りて息《いこ》う（お日様が沈んだら寝る）
井《い》を鑿《うが》ちで飲《の》み（井戸を掘って水を飲み）
田《でん》を耕《たが》やして食《く》らう（畑を耕して食らう）

（註）撃壌歌は、壌を撃つ歌。「壌はカスタネットのような楽器。それを叩いて拍子をとる。後世に「鼓復撃壌の歌」と呼ばれ、手で腹鼓を打ち、足で地面を打って拍子をとる歌の意。その場合の「壌」は土、地面。

中国の大昔、堯帝の時に老人がこの歌をうたい、太平の世を謳歌したという治政伝説がある。聖天子と仰がれていた堯は、ある日おしのびで街に出て自分の政治がうまく行っているかと……。

ところが、ある街角で老人が食べ物をほおばり、満腹した調子で腹鼓を打ち、足で大地を撃って拍子を取りながら先の歌を謳っていた。最後の文句が何んと「帝力何んぞ我に有らんやと」―「天子の力がどうしてわしに及んでいようか。いや及んでいない」と。

これを聞いて堯は、微笑み安堵の胸をなでおろしたのであった。このことは、政治の極意であり、為政者の理想的な統治の有り方を示している。

「川原地区」「木場地区」（日本の棚田百選の一つ）の住民は、現在までダム建設反対を訴え、豊かな自然環境の中で昔から生活してきている。昔に比べ、時代は変わってきており、現今の経済状況は、専業農家・兼業農家の混交もあるが、その生活基盤は〈日出でて作《お》き日入りて息《いこ》う〉の環境にある。この幸福追求権（憲法第一三条）、生存権（憲法第二五条）は個々人の理解・賛同なくしてはスポイルすることは出来ない。抽象的かつ概念的に公共福祉論や産業立置論で押しつぶすことにはならない。―他に方法・手段があるであろう。〈天賦・人権的〉権利に匹敵する〈幸福追求権〉、あるいは〈健康で文化的生活〉〈環境権〉の見地からも問題がある。また、憲法一三条の「生命・自由及び幸福追求に対する国民の権利については、公共の福祉に反しない限り、立法その他の国政の上で、最大の尊重を必要とする。」とある。

個の権利であるモノ（財産権）が〈一把一絡げ《いっぱひとから》〉に〈公共論〉の名の下に召上あげられる―それは個人の権利の侵害にもつながる。あまりにも政治的配慮を欠いた行為は、暴政の謗《そしり》を逃れない。

仮に「行政代執行」がなされるならば、それは戦時体制と何ら変わりはない、との非難が集中するであろう。(7)

知事は「収用裁決書」を受け取った六月三日（二〇一九年）の日、次のように語っている。「円満な解決に至らず残念。（家屋の撤去や住民の排除など）行政代執行の手法を除外することは考えていない。あらゆる選択肢の中から総合的に判断する」と述べた。（長崎新聞第一面・中段記事。二〇一九（令和元）年六月四日）

私は冒頭に〈政治道徳〉という言葉を使った。宮本武蔵の二刀流ならぬ、「知事の言や良し」と、県民は悟るであろうか……。

近年、新しい学説を唱えた英米国を代表する法哲学者・ドゥオーキン（R・M・Dworkin）は述べている。「法はルールをめぐる事実判断ではなく客観的な政治道徳的判断の問題であり、ルール＝モデルは妥当しない……略……」

誤解を恐れず、彼の説を引用すると、「ドゥオーキンは主としてアメリカの法実践を平等な尊重を受ける基底的権利を具体化する動きと捉える解釈視座から権利基底的道徳論を展開する。まず、権利ありき、とするので公共の福祉を主眼とするポリシー論は個人の人権に関わる原理論に優越しえない。」と説く。[8]

以上のことを私が主張する眼目は、一つは「憲法第一三条」との係わりである。

もう一つは、私の主張する背景として明治・大正・昭和・平成という時代を概観するときに、荒廃し、滅っていく「環境資源」に対する危機意識である。もう私たちは成長の限界を識るべき時代に入ったと思う。故に持続可能な〈安定〉を如何に確保するかの時代が令和の時代ではないのか。―このことが、この章における主張の根幹である。

改めてここで正義の概念について触れてみる。「正義とは、各人に彼の正当な持ち分を与えようとする不変かつ普段の意志である」とする古典的な定式がある。わが机上の一角には、秩序と正義の女神（ディケー）が、右手に剣を左手に秤を持つ目隠しの立像が佇んでいる。意味するところ、「等しい者どうしを平等に、等しくないものを不平等に扱うこと」を通じて、「各人に彼の正当な持ち分を与えること」これがローマ法でいうところの本来の正義の主旨である。

剣と秤を持った女神の像が果たすべき役割は、端的に言って、諸問題・諸課題を適正なバランスによって平等に解決することでなければならない。

では、〈石木ダム〉の建設推進の推移は、女神の天秤として、水平の竿秤《さおばかり》になっているのだろうか。世の識者、市民の眼からみて一体どうなのかが政治の課題として問われているのである。また、J・ロールズの説くところによると「正義は、自由・平等・福祉といった現代社会の重要問題と関連づけて論じるべきテーマとして再浮上している。」とある。[9]

学説の詳しいことは未理解だが、次のようにある。

(1) 普遍的な正義と個別的なケアとの両立可能性

(2) 社会を構成する領域の多元性を踏まえた複合的平等の構想（M・ウォルツァー）

(3) 不正義を被った人々の訴えに耳を傾けることの意義（J・シュクラール）

以上のことを累々述べている。**眼目は時代の流れは変わったと—憲法の説く基本的人権としての個の重さである。**憲法「第一三条〔個人の尊重・幸福追求権・公共の福祉〕すべて国民は、個人として尊重される。生命・自由及び幸福追求に対する国民の権利については、公共の福祉に反しない限り、立法その他の国政の上で、最大の尊重を必要とする。」—〈個〉と〈公〉の均衡と言ってもよい。

結　語—「自然・村落共同体」の重さ

日本の現代社会の仕組みは、立憲制度による民主主義の世の中である。「財産権はこれを侵してはならない」（憲法第二九条）大原則の下に、「私有財産は、正当な補償の下に、これを公共のために用いることが出来る」とある。仮に私企業（私的資本）が、どうしても〈ダム用地〉を欲しいとなれば、相手（土地所有者）が許容するかどうかは別にして〈買い値〉は、相手の納得するところまで引き上げるだろう。〈目的によって、諸規制が覆っていることは別〉だが県は一定の評価額しか提示しないだろう。（「水源地域対策特別措置法」は別）そこで、〈公共〉事業の為にと説得するだろう。当初の評価額で土地を売った人との均衡もあるし、何よりも不動産鑑定士の評価額が物差しになる。若干の上限のブレはあったにしてもである。

反対する住民の立場にあって考えてみよう。〈環境権〉とか、〈幸福追求権〉を主張し、そこに生まれ、息づいている人間存在の「村落共同体」としての〈伝統〉や〈文化〉の価値喪失はどうなるのか。また、「風景・環境の値段」なるものを〈山の清浄な空気〉〈虚空蔵さんから流れ下る水の味〉〈棚田の景〉〈ホタルの飛び交う夜景〉……なるものを金銭の対価として求めることに、国・県は何んと答えるだろうか。〈経済的価値〉で値踏み出来るものでなかろう—それは無理難題と写るだろう。

補償交渉の具体的数字となって表れないのは論を待つまでもない。富士山という眺望が直に妨げられるならば、それは裁判の判例になるだろうが、現在一般論としては補償の対象（代価）には見積もられてはいない。

このような現状においては、やはり川原地区・木場地区に住んでいる人たちの生活の場を他に移転することを渋々であっても了解して貰う以外に方途はないのである。いやそのことは、代償論では解決できない問題である。現在、日本という共同体は、富の偏在を許している資本主義的福祉国家」体制である。その中においてでもと言うべきか、そうだからこそと言うべきか、「個」としての〈幸福追求権〉というモノの重さを考えなければならない課題である。

これは国家組成の基本的要因であり、公共事業の有り方も改めて問われている。

〈公共〉事業と国・県は言うが、具体的な必要性は将来を展望した緊急性と共に半世紀を経た今日、改めて検証されるべきであろう。

現実に差し迫って〈水問題〉が急迫し、都市機能を麻痺させる状況にはない。〈将来にわたっては代替機能を何によって補うかは別―例えば突発時の市民生活に備えてとするなら、便法はいくらでも思い出せる。海水の真水化、上水道の漏水の補修、下水の浄化による中水道化、その他地下水の利活用もあるだろう〉

現状は、〈下の原ダムの嵩上げ〉をなした。―漏水管補修、節水……それに人口減少等々で、佐世保市水道局の水利用も統計的には減少傾向にある。

今一度方向性を多岐に見詰め、総合的に考え合わせオール・イン・オール（all in all）で、物事を考える要がある。あまり良い諺ではないが、〈水際まで馬を連れて行くことは出来るが、水を飲ませることは出来ない〉―いかに良馬であっても、いやだと言うのに水を飲ませることは出来ない、という俚諺の意を汲み取ることである。

政治の出番である―同時に、民衆知、世論の出番である。

第五章「政治」のあり様に想うこと

(1) 湖底に沈んだ小河内《おごうち》村に想うこと

いま渓谷に山々に若葉は茂り部落には真っ白く梨の花が咲きさかっている。村人の内紛も抗争準備も無視して専用道路工事は日に日に進んでいきつつある。山の中腹にはトンネルの穴があきはじめた。工夫小舎からはさかんな炊事の煙が上がり、鉄材を積んだ大型トラックは日に幾台となく東京からかけつけて来る。橋桁を造るコンクリートミキサーの唸り、酸素アセチレンの眼を射る光、灼熱したリベットを鉄材に打ち込むハンマーの響き、鶴嘴の音。日に幾度なく岩を爆破するハッパの響きは山から山へと鳴りとどろき、破壊された岩壁はすさまじい地鳴りを起こして谷雪崩れていく。山峡小河内の閑寂な昔の姿ははや見るかげもなくて、これにとってかわったものは、騒音の渦であった。

都会文明の勝利の歌、機械文明のかちどきの合唱であった。(10)

この文章は、一九三七（昭和一二）年九月の「新潮」に発表された石川達三の有名な「日陰の村」最終章の一節である。この年は、日本の現代史に忘れることの出来ない日中戦争が勃発した年である。時代は検閲の厳しいときで、原稿は〈伏字〉があり発売禁止を覚悟したとある。

後に〈社会派小説〉の名著と言われるが、今でいうルポルタージュ風の描写の中に、当時〈社会問題化〉した大東京の水源地の湖底に没する「小河内村」（当時・東京府西多摩郡で八部落があり、少ないのは一二・三戸、多くて四～五〇戸で石器時代から人間が住んでいた。）の悲劇を描いた読む人をして感涙に誘う作品である。

△貯水池計画発表以来既に三年、立ち退きの通告を待って農耕殖産のことも自ら手につき申さず、山林は濫伐され畑は野草の茂みと化し、桑園は見るかげもなき有様に御座候。加うるに・・・略・・・既にその極に達し、全村みな借金地獄となりつつある現状・・・略・・・。（小河内村・小沢市平村長の陳情書の一部）

△「石川達三・人と作品」の中で厳谷大四は述べている。「この血を吐くような訴えもお役人の耳には届かず、昭和一〇年の暮には、村民たちはむしろ旗を押し立て、警官隊と衝突しながら、当局への陳情をあえてするに至った。現在では別に珍しいことではないが、当時にあっては、徳川時代の百姓一揆と同じように死を覚悟しての強訴であったと。」

この「最終章」の書き出しの冒頭で村の原風景が崩壊するさまを引用したが、その前段の文章を要約して記す。

村長と対策委員との抗争準備は出来上がったが、市の団結切り崩し個別訪問に貧農たちは三人五人と崩れはじめた。団結は有産者だけのものになりはじめ・・・略・・・麦山部落の貧農たち一二家族が村を出て行くことになった。山梨県の何とかいう山の中で材木伐り出しの日雇人になるのであった。ふところに何ほどの金もありはしない。
・・・略・・・。
一二家族六七人は、出発の道すがら村の役場に立ち寄って村長に別れの挨拶をするのであった。村長は役場の庭に出ていってみんなの挨拶を受けた。この人たちをこんな姿で立ち退かせるのも自分の失敗のためであると市平は思った。今彼を弾劾する人々の声は村中にもあがっている。しかもこの人たちは鄭重に別れを告げて永年の世話を感謝してくれる。市平は胸のふさがった気持ちで今後の健康をのぞみ、君が代を合唱して別れることにした。老人、しなびた女房、子供たち、貧苦を顔に刻んだ父親、みんな高低の違ったばらばらの声で、低い声で君が代を歌った。市平はむせび泣いて、しまいまで歌うことができなかった。それから一同は街道を上流に向かって出発した。手車に積んだ古ぼけた少々の家財道具、汚い小さな風呂敷包み、鍋を背負った子供、位牌をふところに入れた女房の死んだ人が却って羨ましかった。けれど、善門寺は荒れ果てて庭も墓地も草の底に沈んでいるのだ。

（城戸註・無産者である彼らには、部落をあげて出て行く以外に生活の道はないのである）

〔註〕(1)　多摩川の水を堰き止めて、小川内村を水底に沈める東京市水道局の計画は、昭和五年から立案・調査され、市対小河内村の交渉が始まったのは昭和六年の六月であった。

(2)　小河内村は上流から留浦《とずら》、川野、麦山、南、河内、原、出野、熱海の八部落であった。

(3)　東京市水道局長・原善郎の要請により、村長小沢市平は東京市の水道の重要性に鑑み、村会を招集して、賛同することを決めたのである。

―だが、東京市の業務進行は容易に進まなかった。

ここに描きたかったのは、大都会のために犠牲になる社会の不平等である。山村・農村の一方的な犠牲の上に立つ社会発展の有り方を〈公正な政治〉の展開によって、現代社会の基礎的な土台を守り、如何にして作り変えて行くかを問いたいのである。

(2)　世界遺産に想うこと

ここ数年の努力が稔り、本県は二つの「世界遺産」を生み出した。

一つは、二〇一五（平成二七）年七月五日決定（世界遺産委員会）の「明治日本の産業革命遺産」である。二つは、二〇一八（平成三〇）年六月三日決定（世界遺産委員会）の「長崎と天草地方の潜伏キリシタン関連遺産」である。

この二つは、行政当局（県・市）や県民にとっての大きな慶事である。だが、この遺産に含まれている歴史的な〈モノ〉の中には、私が敬仰しなければならない重要な要素がある。

〈産業革命遺産〉の中には、石炭労働者の血と汗、つまり石炭産業労働者の納屋制度による〈奴隷労働〉の実態が詰まっている。これなくしては、産業革命は生まれ得なかった〈潜伏キリシタン関連遺産〉については、これ又、〈殉教〉という血が流れ、キリシタンが信仰のため地下に潜らざるを得なかった苦難の道が明治のキリスト教解禁のときまで続いたのである。

このように見てくると、そこには人間の苦しみが凝縮していることを私達は自覚せざるを得ない。世界遺産に何を見、何を想うかは、人々それぞれの思念が沸いてくるであろう。だが、歴史を貫く事実は、長崎の歴史遺産は何れもその〈核・素材〉の中に先人の苦悩の結晶が詰まっていると理解しない訳にはいかない。

話は飛ぶが、「石木ダム」を造るために、反対する人々の苦悩を、それとして受け止め、しぶしぶであっても理解を得る―それしも説得を得ないまま強制土地収容を行うならば、一体どうなるのか……。

それは似つかわしくないと言うだけでは済まないであろう。

県政要路の人達が、忌むなくと言う言葉を吐いたにせよ、自己矛盾・自己撞着に過ぎない。なお、昭和・平成を抜け出た令和の時代というか、否二一世紀の時代に封建領主のするが如き、代執行に走ることがあってはならない。

二百年～三百年の後に、ダムの銘板にどのような刻印が押されるか―涙なくして読めない文字が刻まれることが怖い。

(3) 県政最後の宴《うたげ》について

石木川の河川開発について、久保県政が当事者の川原郷・岩屋郷・木場郷の総代と「覚書」を交わして、この七月末日を以て満四七年の歳月が過ぎ去った。中村知事就任三期目の歳である。

四代にわたる知事は、この問題を〈後送り〉し〈受け継ぐ〉ことになった。久保県政を継承した高田県政は、一九八二（昭和五七）年五月二一日（金）立ち入り調査に当たり、県警機動隊を導入し、強制測量を断行―就任三ヶ月目であった。当時の県北振興局長湯浅昭は著書「湖水未現」に「最後の最後まで、円満解決を望んだが、遂に決断しなければならないところまで追い込まれてしまった。正に、苦渋の決断、選択であった。」と記す。―〝それは違う〟。…「役人の発想だ」と返したい。

久保知事の願望は、県政の「負の遺産」にならねばよいがとの想いは、単なる杞憂に過ぎなかったのか。

一九九八（平成一〇）年誕生の金子県政は、二〇〇〇（平成一二）年、一部住民〈賛成派〉の移転のため宅地造成、二〇〇三（平成一五）年には、代替墓地造成工事に着手し、県政末期の二〇〇九（平成二一）年一一月には、九州地方整備局へ「事業認定の申請」を行っている。―中村県政の二〇一三(平成二五)年に「事業認定の告示」がなされた。

金子県政を継承する二〇一〇（平成二二）年の中村県政は、前県政の〈事業認定告示〉を受け、ダム用地の諸々の〈土地収用〉の手続きを二〇一四(平成二六)年、二〇一五(平成二七)年、二〇一六(平成二八)年と進め、二〇一七(平成二九)年には、付け替え道路の本格的造成に着手し、既成事実を積み上げてきた。知事三期目の二〇一九（令和元）年五月二一日長崎県収用委員会は、〈石木ダム〉本体を含む用地（住居地、建物を含む）の収用裁決を行った。国（県）は石木ダム河川開発についての一切の権限を掌中にしたのである。

反対地権者との対話、話合いの余地・時間はあるにせよ、それは権力者の宴《うたげ》にも似たものである。〈行政代執行〉というダンビラを背にした〈対話〉など封建領主と領民の関係にも等しく、恫喝じみて見える。歴史にもしもは無いが、久保県政ならばと……思うことが多々ある。

はるか昔日のこと、盛夏も過ぎようとするある日の夕刻、塩飽前副知事の声が組合書記局の電話に入った。時間があるなら付き合いなさいと。……夜風が肌に心地よく、大ジョッキを傾けながら県政の行く末を二人して案じていた。その時の塩飽さんの久保評は、「空前の知事」と言われた覚えがある。私は後に続けて「絶後」という言葉を付け加えることを忘れなかった。まさにその通りになった。

久保知事亡き後、私は「知事と労組」に、〈三期一二年の「久保県政に思う」〉の章に〈民・信なくば立たず〉と記し、人民に信頼されなければ、政治は成り立たないと。久保評の最後に「**政治とは―『封建制』であれ、将又《はたまた》『貴族制』『民主制』であれ、その根本は個人の『道徳』だと―声がする。**」と書いた。

久保知事なら「覚書」の精神を守ったであろう―私は疑わない。問題解決の鍵は、〝手法〟であり〈情と徳義〉にあると。

「一人でも反対すれば建設しない」とする久保知事の言が単なる交渉の場における話だったのか、政治行動するに当たっての思想的信念だったのか、今は問うことはできない。だが私は、「覚書」を交わしたときの知事の心境は、知事選に当選し、初登庁したときと同様に思っている。一人して秘書課で、久保知事を迎えた私は次のように「知事と労組」に記している。

知事選で対決した「佐藤と久保の違いは何かと問われれば、『佐藤は小さく、冷たい理の人である』と、即座にこう答える。それに比し、『久保は大きく温かく情の人である』加えて―『人を生かして使うことのできる人である』と。」

高田県政による強行測量に端を発したダム問題は、手法が逆立ちしたまま半世紀に迫る歳月が流れた。社会・経済状況も様変わりしようとしている。この重い課題は、高田・金子・中村三代の知事が等分して負うべきである。三代続く県政の折々の屈折点はそれとして、最終的に中村県政が結果責任を問われることになる。

ここに行政の継続という目に見えない縛り――政治との関わりが提起されるのである。今日に至る道筋と結果は、久保県政の時代に戻って〈予見可能性〉を問うことは意味がない。

ただ、私が言う〈逆立ちした手法〉のまま、法的・行政的手続きを進め、既成事実を積み上げてきた政治と行政の有り方をどう見るのか、時間・多額の予算・県職員の努力・最後に耐えてきた反対同盟の人々、賛同してきた対策協の人々……〈政治〉が問われている。

政治が根底的に問われているのは、〈公正としての正義〉に適っているのかである。常識的に言って社会的・道義的にヴィヴィッド（vivid）な争点として、今日争われている個人の「幸福追求権」も、「公共の福祉」という漠たる概念というか、その〈法的位置づけ〉についても、見直されてきているのである。

久保県政の負の遺産を引き継いできたかのような表現（二九頁上段八行目）は、言い過ぎかも知れないが、政治的決断がどこかでなされるべきだったとも言えるのである。―〈自治体権力〉と〈国家権力〉との複合的ルールの一体化が生んだ縛りの結果であっても……。

依然として、都市偏重の資本の論理が罷り通る世の中であってはならない思いがする。

(4) 結語―「民主々義」の危機

二〇一九（令和元）年六月三日、県当局は収用委員会の「収用裁決書」を受理した。現行法制・行政手続きに関し〈石木ダム建設可動〉万般が整ったと当局は思っているであろう。国・県・市（佐世保）・町の当局者は、違法ではないと主張するであろう。そのための「行政代執行権」という法刀を与えられたと。―結末はどうなるのか、県民多くが、否、日本全国の人々がこのことを見守っているのである。

既存だけの法律手続き、当局者だけの合力によって、反対する人々の〈抵抗権〉を打ち砕いて進もうとするのか。半世紀近くの永きにわたって「幸福追求権・環境権」を求めて苦難の闘いを少年・青年の時から六〇代、七〇代の今日まで苦労してきた人々の〈個〉としての人格、年老いた祖父母・両親の涙を権力は朝露の如きものというのか。

言うまでもないが、わが国家の仕組みは、資本主義的福祉国家の成り立ちである。ゆえに、国民の多くは勤労にいそしむと同時に―福祉国家の民というものは〈求めること多く〉一方、富の偏在も国民等しく憲法の然らしめるところである。このことは、〔憲法第一三条個人の尊重・幸福追求権・公共の福祉〕に明記されて、最大の尊重を謳っている。〈公共の福祉に反しない限り〉というのは、ダム建設に反対する住民が何も公共の福祉に反したり、または棄損したりする減損的価値を付加する訳でもない。―にも拘わらずである。

更に、〔憲法三一条の財産権は、これを侵してはならない。〕と大原則を定めており、後の条文は、手続きの問題であり、所有者との理解・協力がなければならないということが先ず有りきであろう。公共の福祉にどれだけの緊急度、急迫度があるかだろう。

同時に近年問題にされているのが、「環境権」の問題である。このことの財産的？価値（例えば風景・眺望権……）をどう法的に位置付けるか……。

ただ言えることは、現代日本の現状は、かろうじて貧富の差はあっても共同体としての働きは機能している。だが、近年〈連帯感〉の喪失がこの民主主義社会（デモクラシー）に亀裂を生んでいることである。この割れ目を政治が癒やすどころか分断する方向に人々を向かわせるなら、法の定着も社会の安定も基底から崩れ去ることになる。

この〈石木ダム建設〉の発端は久保県政にはじまる。高田・金子・中村三代の県政が高踏的かつ無策だと言う積りはない。公共事業の継続という代物は、一旦スタートしたら容易に中止することが困難なことも理解する。それは行政の継続ということもあり、手法が間違ったことは措くにしても、対象とする住民の八割が賛成に廻ったということも認める。

だが、半世紀にわたる時間の流れをどう捉えるかと言うことである。どの知事が時代の曲がり角で〈当たりクジ〉を引くか、〈外れクジ〉を引くかということでもあるのか—だがそれは違う。

なぜならば、事業の継続というものであると同時に、中止することも出来る。それが選挙というものである。事業継続の状況に、只身を任せるだけなら〈選挙〉という政治交替の意味はない—それでは政治の堕落である。

二一世紀という〈現今《とき》〉の時代に問われていることは、ある世代（時代）が消滅し、それにつれ資源の限界が目に見えてきたことである。世界的にも国内的にも人々というか、〈人間の叡知〉が問われる時代にある。ダム建設に伴う環境変化を補う意味で、公園の絵図など描かれている。所詮それは代替物で自然ではない—ニセモノである。川原・岩屋・木場の田園・里山が展開し、奥山には動物たちが住んでいる。**資本主義経済の論理のみで、人間が自然を征服するような論理は今日通用しない。**日本人は萬葉の昔から農耕民としての奥ゆかしい一面を今日も抱いてきている。資本の論理による自然の破壊は、これ以上許してはならないのが今日常識になっている。—知事を始めとする県政要路の人々の叡知が問われている。

竿秤《さおばかり》の片方に〈ダム建設〉を、反対側の端に〈幸福権の追求＝個〉プラス〈環境権〉を吊るしたとき、天秤はどちらに傾くだろうか—時の流れはそのことを意味している。

以上のように見てくると次の様に要約することが浮かんでくる。

(1)個別法以前の問題として、そこに住んでいる人々の〈合意・納得〉というものが、内心いやいやであっても、結果として了とされなければならない。政治は法を使うためにあるだけではない。本来は、政治家の徳義によって人民を説き理解を求めるのが基本である。その手段を尽くしたと言うのだろうか。—本当にそうなのか。相手が聞く耳を持たないとすれば、聞くまで待つもさることながら、**その要因は何かである。政治はそのことに答えていない。理由が何であれ、本来反対する住民が時代の流れの中で、納得することなく、—それが不説得のまま、公共論の名**

の下に強行されることは、論理の破綻であり、事業としては逆立した手法である、何故なら〈公共論〉の中味は資本の倫理の掏り替えでもある。川原・岩屋・木場の郷民がダム建設を肯じなければ〈ダム建設〉は中止すべきである。

一九七二（昭和四七）年七月二九日付「(甲) 川原郷総代川添信一、岩屋郷総代松尾岩平、木場郷総代楠本五郎」と「(乙) 長崎県知事久保勘一」に関する「覚書」、同書に「立合人　東彼杵郡川棚町長竹村寅次郎」と明記されている交換文書は何を意味するのか。一体それはどうなったのかが改めて問い正されなければならい。〈甲〉〈乙〉協議相整わなければダム工事は発足できないのが常識である。

(2) ダム建設の発端時から約半世紀近く経っている。現在〈社会・経済的〉に公共性の高い佐世保市の水需給関係は逼迫しているのか、また近い将来に供えて……。二〇一二（平成二四）年の長崎新聞（山口恭祐記者のリポート）によっても、二〇〇七（平成一九）年以降、急角度に一日平均給水量は落ちている。人口減少、水道管の補修、その他の要因はあったにせよ疑問のあるところである。この論の中で、山下市議は「これまでダムの必要性が揺らぐたびに理由が付け足されてきた。」と述べている。

要するに、佐世保市水道局の言っていることは、予測にしか過ぎないし、その予測は根拠を何に置くのか、県民目線で容易にわからない。言い換えれば、予測は大方の人が納得できるものでなければならない。

その「明証的」なモノは何であろうか。それを県民の前に明らかに示して貰わなければならない。公共事業と言っても、どうしても道路の拡幅がなければ危険障害が発生するとか、橋を架けなければならないとするのとは、現状が異なっていると言えば蛇足か。

〈明証〉無しの住民説得は出来ないし、権力が背負った刀剣の鞘を抛ることは許されない。いわんや素手の住民に対し、また静かに暮らしている無辜の民に権力は何をしようとするのか。古里・墳墓の地を捨てて、一体どこに行けと言うのか—それは現代政治の崩落以外の何物でもない。—否崩壊と言うべきである。

最後に、かつての「下筌ダム」闘争の悲劇のことを想い出す。一九五九（昭和三四）年五月、九地建が「ダムサイトの調査開始」に始まる室原知幸さんとの闘いである。「蜂の巣城」の砦を築き、国家権力（建設省九州地方建設局）に対峙し、力には力を以って闘った。室原さんの反権力闘争であった。―闘い敗れた室原さんに最後は頭を垂れた、あの九地建との壮絶な闘いのことを想い出す。―繰り返してはならない。

第六章　ダム建設は「公正」と「正義」に適っているのか

⑴　政治の天秤は平行になっているか

政治の要締は、統治する人民（県民）について、〈公正〉かつ〈正義〉の理念に貫徹されているかであろう。民主主義国家であろうと社会主義国家であろうと、将《はた》又《また》一党独裁の政治・属人政治であろうとである。私は二つの視点から、この「ダム建設の推進」について触れてみたい。

本県の場合、不思議なことに歴代の知事は、戦後官僚出身の知事と政党人の知事が斑模様に今日まで続いている。戦後内務省出身の土木官僚が原爆災害復興のため着任、最後の官選知事杉山宗次郎である。

戦後の新制度による公選制により、初代の杉山宗次郎（内務官僚）に続き、西岡竹次郎（政党人）、佐藤勝也（内務官僚）、久保勘一（政党人）、高田勇（自治省官僚）、金子原二郎（政党人）、中村法道（地方公務員）と続いている。民主主義に則った選挙で選ばれた選良と呼ばれる人達である。その公約は、何れの人物も〈県民幸福〉を願っての立候補である。

―閑話休題―

高田知事は、よく〈県政〉を駅伝競走に例えて語っていた。それは前任者の政治を受け継ぎ、より良き方向に持っていくことを意味しており、行政の継続ということを物語っていた。だが、その見方は一面的であり、任期四年の選挙は事を改めることの意もあり、前任者の政治路線・行政の有り方を切り替え改める県政でもなければならない。知事は行政の長であり、且つ政治家たる由縁である。

ゆえに、私は県政の来し方を眺めて、特殊な場合は措くとして、知事の任期は、「一期四年間はまともであり、続く二期目はまあまあであり、三期目は概して駄目である。四期目にして、その弊害は大なること多し、他県の例を見ても明らかである」と、書いたことがある。仕事の行き詰ったとき、知事がよく為にすることに機構いじりがある。機構改革によって、何か良いことをなしているように県民に見せるためにである。

さて、本題に戻る。〈公正としての政治〉の有り方について考えるとき、進行中の「石木ダムの建設」は、真に正義の観念に立っているのだろうか。民主主義社会の理念の有り方、〈公平・正義〉に、適っているのかどうかが現在問われているのである。

〈正義〉について、「政治学辞典（弘文堂）」によると、〈正しき、まともさ、人間の行為や制度の正／不正の判断基準〉とある。古代中国における「正義」は、政治的妥当性と宗教的慣行の尊重が合わさってできた熟語とあり、「人間として守るべき道筋」とある。また、「正義は、自由・平等・福祉といった現代社会の重要問題と関連づけて論じるべきテーマとして再浮上している」とある。

この事業が、半世紀ほど経って今日に至っていることをどう考えるのか…私の机上には、依然として、少し向きを変えて目隠しをされ、右手に剣・左に天秤を支える青銅の女神像が居る。〈久保県政〉の初発を引摺った三代の県政は、時が経るままに、〈初め有りき〉で、〈理屈〉は後から貨車で来る方式で、下僚任せの政治無し方式ではないのか。私はこの場合、県政の有り方に疑問を抱いている。

□かつて建設省が認めた小ダムをいくつか設け、「群」として〈〇〇ダム〉を設ける方式もあったのではないだろうか。（経済性では非効率）

□道理に適ったもの（the reasonable）と合理的（the rational）との違いでもある。

以上のようなことは、県政の動きを外観し市民の視線に立ったとき、大なり小なり、県政批判の眼に写っている風景である。

（「河川」の専門家である技術者のすることに、ディレッタント的〈dilettantism〉な干渉をする積りはないことを申し述べておく。）

(2) 公共事業の有り方を問う

問題を二方向から考えてみたい。

その一つは、財産私有型民主制、または資本主義的福祉国家の詳細な論は学者に譲るにして、現憲法は〈資本主義的福祉国家〉の形態をとっている。その限り〈公共的福祉〉と〈個の福祉〉に関して、「公共事業」の有り方に隙間がある。私有財産の保持・生活環境・風景等の保持、共同体的生活の安定……昔ながらの田園生活を営む権利・墳墓の地で心豊かな生活を続けたいとする人間の生き方を否定する何物もない。

川原地区をはじめとする反対同盟の生き方は、そのことが人間幸福の最大のものである。都市生活を豊かにするために、**墳墓の地を追い立てられ、田園生活をすることは〈許さない〉とする権限は、国家といえども住む人の了解なくては出来ないのである。**

もう一つは、〈都会に水〉という都市重点の視点である。〈福祉国家〉を建設するに当たって、〈資本の論理〉が優先し、公共事業の「制度設計」が現在逆転現象を生み出していることである。換言すれば、県政の目的を実現するために、如可に諸制度を効果的に活用するかということだけが前提にあり、**今日における国家の有り方基本設計に抜け落ちたものがある。公共事業の有り方論が問われているのである。**

話しは異なるが、いま最高裁で争われている諫干問題も埒外ではない。西岡県政の食糧飢餓の時代なら問題はあったにしても、完全に様相は異なったものになっている筈である。時代の流れを無視した公共事業の展開は、時に深刻な社会問題を提起するのである。

(3) 民意を無視する県政・町政の有り方

「信なくば立たず」とは、政治の要締である。「石木ダム建設」ということを政治問題として考察するならば、拙速の限りであり、真面目な政治の名に値しない。何故なら、いくつかの点から指摘できる。その前に政治が反対住民に〈福祉社会実現〉の視点から協力・賛同を求めるならば、それは〈説得理解〉を求める以外に手段・方法は限られている。

そのために、久保知事は郷代表との間に「覚書」を交わし、ときの竹村町長も「立会人」としての押印をなしている。又、郷代表との「覚書」を交わしている。(「資料1」「資料2」四八頁参照)

「覚書」の精神が生かされない政治の有り様は、政治の堕落以外の何物でもない、と前に指摘している。ゆえに次のことを指摘せざるを得ない。

第一に、何故に**郷代表と久保知事のとの「覚書」、更に郷代表と川棚町長との「覚書」が無に帰するのか。**—であれば現代社会は崩壊すると。

第二に、**県(権力機構)が、〈県警機動隊〉という力まで使って、住民を強制的に排除し、強制測量を行ったことについては、一切の弁解も許されない。**立ち入り測量を拒否した住民は、何も法律違反をした訳ではない。

第三に、県（権力サイド）に言い分はあるにして、石木川流域の郷民を賛成・反対に分断して、共同体組織を結果的に崩壊させ、現在に至っている—今日賛成8割、反対2割と言われる。

第四に、半世紀に近い間、権力組織は着々と既成事実を築いてきた。その間、組織対個人は一対一の関係に立っていない。何故なら組織は人間の交替は可能であるが、個人は命に限りがあり、交渉継続は困難かつ限界がある。力相撲に例えるならば、多人数対一人である。

第五に、今日公共事業の有り方に見直し論が出てきている一つに時間の問題がある。それは社会状況の変化にどう対応するかという〈社会・経済的効率〉の他に、反対者に対する説得の限界が指摘されている。その他、憲法第一三条にいう個人の幸福追求権の有り方が無視されてはならないとする基本的な問題である。法の基礎ベースが時代の流れと共に揺らいでいるといえる。

第六に、〈法〉の前に政治の有り方が問われなければならない。政治の主な役割と言うか—その理念には〈正義の原理〉に立脚し、市民社会の秩序保持という視点から〈郷村生活の安定〉自治会・町内会を通じての〈社会的連帯意識の再生〉—それによって、市民個々の幸福追求が可能な限り生かされることが現代社会に改めて求められている。それが揺らいでは社会生活の基盤は壊れるであろう。一部市民生活の不安定が、いま社会に何をもたらしているのか、聞くも野暮である。今や民主政治の危機に当面している。

強権による「石木ダム建設」の愚は、日本における民主政治の劣化と政治不信の増幅を意味する何物でないことを恐れる。

(4) 長崎地裁の判決に想う

「反対同盟」が県の説得に応じるか、応じないかは別として、論理的にも情的にも説得の段階を越えており、この問題を長崎新聞はどう見ているのか注目してきたところである。

二〇一六（平成二八）年四月二五日、反対住民は、長崎地裁に石木ダムの「事業認定の取消し」を求めて訴訟を起こした。この訴訟の判決が、二〇一八（平成三〇）年七月九日長崎地裁（武田瑞佳裁判長）は、ダムの公益性を認め、原告側の請求を棄却した。翌一〇日の「長崎新聞」の報道は次のように報じている。

見出しに、「「石木ダムの公益性を認める」とし、「判決で武田裁判長は同市の水需要予測や県の治水計画のいずれも合理性を欠くとは言えないとし、事業は『地元住民の生命の安全に関わり、得られる利益は非常に大きい』と指摘。」

これに対し、反対地権者や原告弁護団など六団体は「居住者らの人権侵害に手を貸す判決は強く非難されるべきだ」とする声明を出した。地権者の一人、岩下和雄さんは「ダムは必要ないと今後も訴えていく」と。

片や、中村法道知事は、「ダムの必要性と公益性が司法の場で認められた」と語り―行政代執行については、「任期中に方向性を出したい」―地権者との面会については事業を白紙に戻すのが前提では難しい」―朝長則男市長は「ダムは本市の水不足解消のための不可決。早期完成に最大限の努力を重ねる」と。

このような報道記事の中で、長崎新聞の解説記事は、次のように述べている。

「国の事業採択から四〇年以上、長崎県は『対話』のポーズは取りながら、実際には強制測量や事業認定申請と強硬姿勢で地権者たちとの溝を深めてきた。このまま実力行使で住民を立ち退かせ、ダムを造るのか。判決はその冤罪符にはならない。」これまた肯綮を射た言説である。

また、皮肉を込めて「ダム建設を計画する長崎県や佐世保市が本来説得すべき相手は官僚や裁判官ではなく、建設予定地に住む反対地権者一三世帯、ひいては事業に疑問を感じている県民らであることを忘れてはならない。判決は住民の暮らしや営み、コミュニティーの喪失をほとんど考慮しなかった。」と突っ込んだ記事である。

また「ダム建設促進派」三者の談も、長崎新聞は報じている。(「当然の結果」推進派安堵　石木ダム訴訟判決より)
△石木ダム建設促進佐世保市民の会の嬉野憲二会長は「地権者が反対する気持もわかるが、司法がダム建設の必要性と公益性を認めた判断は大きい。」
△元地権者でつくる石木ダム対策協議会の山田義弘会長は「このままでは恐らく行政代執行へ向う。(地権者が)反対を続けるのは良くない。」
△石木ダム建設促進川棚町民の会の河野孝通事務局長は、「最近の異常気象を考えれば川棚川の治水対策はますます重要になる。ダム建設を早く進めてほしい。」

三者三様の考えをどう受け止めたら良いのか……聞き様によっては他人事のようにも受け取れる。元地権者も含めて、『行政代執行』⇩『強権発動だけはダメ』だという思想に立てないのか。そういう思いやりに立たない以上、〈他人の褌で相撲を取る〉と指弾されても仕方がない気がする。

他人の不幸を踏み台に築かれる〈安寧・幸福〉の思想は、権力と同次元のもので人情や乏しきを分つ心の荒廃を恐れるものである。

この判決に先立つ二〇一八（平成三〇）年一月一六日長崎新聞は、「有権者五百人に聞く―二〇一八知事選」と言う事で、調査を行っている。

県内有権者五百人のアンケートで、「石木ダムについて問うと『是非必要』『どちらかといえば、あった方がよい』と答えた人は計二〇%にとどまり、『全く不要』『どちらかといえば、なくてもいい』の計三六、四%を下回った。『わからない』と答えた人も四割以上いて、県の言い分が県民に浸透していない実情が浮き彫りになった。」と伝えている。

反対住民は直ちに福岡高裁に控訴―判決は今年の一一月二九日。

通読して思った。

長崎地裁の判決は「土地収用法」に限って、限定的に経済効率論・技術論的視点に立って判断している。

ダムに反対する住民（原告）の苦しみ・人間存在の現実に何ら顧慮することなく〈市・県・国〉の言い分をなぞっているにすぎない。判決が語っている事業取消し請求「棄却」に至る文言の筋道は、「法」を〈行政・技術〉の中に閉じ込めたモノと言っては、法官に対し失礼であろうか。

馬奈木昭雄氏他訴訟代理人弁護士の意見陳述書、何よりも原告代表である岩下和雄氏の訴えに一顧だにすることのない判決の中味に語る言葉がない。

これでは、ダム反対住民（原告）は
　始めに
政治の「暴力装置」による強制測量
　終わりに
法力の「行政代執行」の身空となる
　自滅しようとも
「自ら剣を持って闘う」―以外にない。

結果としては、新「蜂の巣城」の愚を再び繰り返すことになるのか。

終　章

「石木ダム」建設は犠牲が大きすぎる

⑴　半世紀 ― 時代は大きく変わった

このダム計画を実現するために、最大の難点がある。この規模のダム建設による最大の難点は、余りにも多く〈人の居住地〉の移転が求められたことである。当初段階では、川原四五戸中三七戸、岩屋三〇戸中二二戸、木場四八戸中五戸、合わせると六四戸が完全に水没する。また、水田三二・一ヘクタル、畑一〇・五ヘクタル、山林一一・八ヘクタルというように、日本でも稀にみる多大の犠牲をもたらすものであった。

何故にそうなったのか。その引き金は、約七八ヘクタルに及ぶ針尾工業団地の造成地にペンペン草が生えると、かつて揶揄された久保県政の大型開発事業の展開があった。

筆者は当時、社会党の政審担当として、県政綱領の「久保県政の実態と批判」に「工場誘致のための臨海開発事業が巨額の投資をして行われ……投資総額が約三三一億円にのぼり……県財政を圧迫している」ことを指摘している。その当時針尾工業団地は重荷になっていたのである。それを解消するためには水資源が求められていた。西岡県政は戦後復興、佐藤県政は手堅い官僚政治、久保県政は大型開発―田中角栄の「列島改造に遅れること一〇年、国の「新全総」を受けて、知事就任の翌一九七一（昭和四六）年「長崎県開発構想」（第一次平田構想）を誕生させたが、その実現は空論に近かった。その反省の上に、一九八一（昭和五六）年の「新・長崎県開発構想（第二次平田構想）が提言され、「県北地域開発整備構想」もその一翼を担い、県政浮揚の未来を託したのである。

戦前・戦中・復興期を支えた石炭・水産・造船の三大産業の衰退は決定的となり、それに代わる産業の育成は、工業用水の欠乏によって、本県産業構造の改革（転換）を足止めにした。

久保県政が求めた時代の夢は去ったのである。県当局が求めた〈夢〉と〈現実〉も変わったのである。また洪水調節の機能等も代替できる。裁判官が苦労した判決文も、論理構成もそれとして、時代が変わったとの認識に立った判断に立って欲しかった。

公益性が司法の場で認められるのではなく、政治がどう人民（県民）の立場に立って、どうするか判断すべきかである。

(2)「見切り発車」事業展開の失敗

公共事業の展開は、さまざまな対応が事業主体者に求められることは論を待たない。

石木ダム建設に当たって、「見切発車」及び「既成事実」の積み上げによって、事業推進を行ってきたところに問題がある。何故なら、ダム本体の肝心要の場所（湖底に没する所）を押さえないで、条件整備（取り付け道路、移転宅地、公園……）を既成（ダム完成を想定）のものとして―脇事業を本体（ダム）抜きにして推進して来ているところに問題がある。なし崩し方式の手法と言うべきか。

この場合、公共事業の展開の仕方・方法が間違っている。私有財産制と富の偏在を認めているにもかかわらず、嫌だという人を無理やりに引き立てて〈出ていけ〉という。見方を変えるならば、共産主義的発想に通じることにもなる。私有財産制度を認めないと言うならわかるが、そうではないとすれば、反対する当事者の話を聞き、説得・理解が得られなければ断念する―これが現代社会の有り方であろう。

権力（国・県・市及び同調する属権）自らが腹を痛めることなく、他者の財産が一方的に収奪される。その必要なる「明証（Evidence）」を示さないまま、強権を振るうことになるならば、現代日本の政治はどうなっているのか―そのことが問われるであろう。

如何にも、もっともらしい理屈を付けて、半世紀も経った今日〈公共のために〉と、住民を追い出すことは人の道にそぐわない。公共事業としてどうしても必要だというなら、富の偏在もやめ、悪平等であろうが、何んであろうが、人間お互いが裸一貫の形にして貫わなければ正義の神が泣くであろう。

(3)「公共事業のマヤカシ」―資本の論理

二〇一三（平成二五）年三月一四日の佐世保市の上水道事業者に対する経営検討委員会（後藤恵之輔委員長）・「答申書」の「再評価では、石木ダムに固執することなく、客観的な情報を基に、ゼロからの視点で事業の見直し等の……審議を行った」と。結論的に「この石木ダムには非常に高い費用対効果が見込まれることから……事業を継続していくことが妥当であると判断した。」―続けて次のようにある。

〈水源不足は渇水による地域経済への直接的な打撃に留まらず、企業進出を妨げることによる雇用確保の場の逸失や企業の投資意欲の減退などを招き、将来の市の発展にも悪影響を与えている。〉

言わずもがな―「推して知るべし」とはこのことである。

要するに、当然の事ながら市民社会の成立を含めて、そうなのだが、基本的に〈資本の論理〉に貫かれている。―ここにある意味での公共事業のマヤカシがあり、目に見えない資本の論理が〈通底〉している。資本の〈集中・集積〉するところには水問題が前提として存在するのである。ならば、それに見合って土地の所有者が了とするかは別問題として、所有者が納得する〈資本金〉を積み上げるのが理の当然である。

経営委員会の諮問などと言うのは、初手から飾り物だと多くの人が見ている根本はそこにある。―企業誘致を否定するものではないが、それゆえ、憲法第一三条の「個人の幸福追求権」を圧殺することは許されない。また、都市政策をどう展開するかは別問題である。

久保知事が語った言葉の最後に、次のような一節がある。「石木ダム関係者の皆さんへ」（原資料・二〇頁～二一頁）

△「交渉に入ったらずるずる溜池の中に引き込まれるようになるぞ。」とおっしゃりたい人もありましょうが、そういうことは絶対にありません。

………

△話の煮詰まって行く間で判断すればいいんです。覚書を書いてから、ダムの工事その他が始まるわけですから、決してなし崩しにできません。

△全部の話がつかなければ前進しない訳ですから、どうぞ一つよろしくお願い申し上げます。

どうもありがとうございました。(11)

この事業を県政の〈重要事業〉と見るなら、「破産事業」であり「漂流」している事業と言った方がよい。何故か端的に言う。

久保県政は着手したが
高田県政は躓き
金子県政は手続・既成事実の積み上げだけで
中村県政は〈前〉三代県政の後始末……。

知事は船頭であり、幕僚は漕ぎ手の県職員である。船頭の言うがまま〈公僕〉として、その任に耐えてきた。その苦労たるや―見るに忍びないときもあった。―〈人間的に耐え難い……〉と。かつての吾が身内（県職員として）に〈すまじきものは宮仕え〉と語り合ったことを想い出す。

政治の脱落者である私（筆者）の問いかけである。むかし読んだ、M・ヴェーバーの「官僚論」の燃え糟が頭の中に残っている。

知事の幕僚とは〈官僚〉の意であり、ここでは政治任用の臣ではない。—従って、単に人間的になれというのではない、そのようになったら、官僚制度は壊れてしまって県庁の機構は回らなくなってしまう。

個人的な好き嫌いや恣意的な人間関係を結ぶことにもなる—結果として政治領域にも踏み込んで行動を起こすことにもなる。「法」や「規則」に則って、合理的に行動することは、政治的徳義などとは関係ない。官僚制の役割とは、ときに人民（県民）にとって冷たい仕打ちになるのである。

半世紀近い年月が過ぎ去ったということは、**卓絶・比肩すべき事態の変化または、公共事業が求める明証（Evidence）がない限り、〈公共事業〉としての「人間説得」の限界を超えている。**—方向転換すべき事態に立ち至っている。

時の流れを座標軸に、〈産業構造・生活空間〉を透視《みる》とき、その眺望は大きく変貌していると。

この拙い論考を終わるに際し、マックス・ヴェーバーの「職業としての政治」の訳者「あとがき」がわかり易いのでお借りする。

知事及び帷幕《いばく》の臣に聞きたい。

「政治にタッチする人間は、権力の中に身をひそめている悪魔の力と手を結ぶもの」である。しかもこの悪魔は恐ろしくしつこく老獪である。「もし行為者にこれが見抜けないなら、その行為だけでなく、内面的には行為者自身の上にも、当人を無残に滅ぼしてしまうような結果を招いてしまう。」可則・不可則の一切の結果に対する責任を一身に引き受け、道徳的にも挫けない人間、政治の倫理がしょせん悪をなす倫理であることを痛切に感じながら「それにもかかわらず！」と言い切る自信のある人間だけが、政治への「天職」をもつ—こうヴェーバーは結んでいる。[12]

字面の裏に問うているものは何か、暫し黙考……。「政治は政治であって倫理ではない」と峻別しながら、政治実践者に対し、結果として**「極めて強烈な倫理的要求を突きつけている」**。

筆者の心理状態はと問われるならば—「物語に例えるなら、『人間五〇年、下天の夢か』—〈ダム構想〉の幻と消え去る」ことを願うばかりである。

年表・〈石木川の河川開発〉 ― 事業展開の主要な経緯 ―

（この年表は長崎県河川課作成の資料に、筆者の考えにより、項目の追加など行った。特に佐藤県政の項を設けた。）

	年月日	事　　項
佐藤　（３期）	昭和33年２月知事就任 (1958) 昭和37年２月 (1962)	知事選立候補公約に「道路・港湾等産業基盤を早急に整備強する」とし、「河川総合開発　中小ダム郡・大村湾の開発・・・その他水資源対策」を掲げる。 この年10月池田勇人内閣は「全国総合開発」を閣議決定（一全総） ※この当時、長崎県が町役場や地元に無断で測量業者（福岡県○○○設計）に委託して、10日間くらい測量を実施。―地元から町役場を通じて県に抗議、測量は中止される。
久保　（３期）	昭和45年２月知事就任 (1970) 昭和47年１月 昭和47年７月29日 (1972) 昭和50年度 昭和51年１月 (1976) 昭和53年２月 (1978) 昭和54年６月24日 (1979) 昭和55年３月14日 (1980)	県より「予備調査」の依頼・具体化。 この年７月に田中角栄内閣成立。「日本列島改造論」を掲げ①工場を大都市から地方へ　②地方の生活環境の整備　③新幹線と高速自動車道を全国にと―政策の具体化（佐藤内閣の「新全総計画（69年５月）の閣議決定の手直し」） **•「石木川の河川開発調査に関する覚書」川原・岩屋・木場の各総代（甲）・長崎県知事久保勘一（乙）両者調印・立会人川棚町長竹村寅次郎（資料１）** **•「石木川の河川開発調査に関する覚書」上記郷三代表と川棚町長竹村寅次郎との「覚書」を交換　（資料２）** ※河川課の年表によると、「昭和50年度」石木ダム建設事業採択、着手（治水計画規模1/100、利水１日当たり取水量６万㎥とある。→後に４万㎥に減水。 「川棚川総合開発事業」として建設大臣許可。 久保知事三期目立候補に当り、公約の重点施策に「水資源の確保」掲げる。 **•久保知事・川原公民館に来訪　「石木ダムの皆さん」に語る。**（資料別途） 「石木ダム建設絶対反対同盟」を結成。
高田　（４期）	昭和57年４月１日 昭和57年５月21日 (1982) 昭和59年３月 (1984) 平成２年７月２日 (1990) 平成６年８月～ 平成７年４月 (1994～1995) 平成９年11月29日 (1997)	石木ダム調査事務所設置。 **•土地収用法に基づく測量（～６月３日）機動隊導入・反対同盟を力で排除。** 「ダムに関する地形・地質調査」完了。 集中豪雨により川棚川流域で氾濫被害（川棚町で384戸の浸水被害） 佐世保市渇水（264日間制限給水） 石木ダム補償交渉委員会と損失補償基準協定書締結。

金子　（３期）	平成 12 年 1 月 21 日 (2000)	代替地造成工事着手（14 年 6 月に 21 区間完成）→21 戸が移転。
	平成 15 年 6 月 3 日 (2003)	代替墓地造成工事着手（15 年 10 月に 36 区画完成）→31 区画移転 ※８割以上の地権者の協力により 67 戸中 54 戸の移転が進む。
	平成 16 年 11 月 15 日 (2004)	佐世保市水道水源整備事業再評価監視委員会→計画取水量を６万㎥から４万㎥に変更・事業継続を市長へ答申。
	平成 17 年 11 月 18 日 (2005)	川棚川水系河川整備基本方針の同意（河川法第 16 条）←４万㎥
	平成 19 年 3 月 30 日 (2007)	川棚川水系河川整備計画の同意（河川法第 16 条２）←４万㎥ （4 万㎥に減水）
	平成 20 年 3 月 29 日 (2008)	県条例に基づく環境影響評価の手続き完了。
	平成 21 年 11 月 9 日 (2009)	**•九州地方整備局へ事業認定申請書提出**
	※知事と地権者との話合い	⇨地権者はゼロベースの検討・説明を求める。
中村　（３期）	平成 24 年 6 月 11 日 (2012)	ダム検証　国がダム事業継続とする補助金交付に係る対応方針決定。
	平成 25 年 3 月 14 日 (2013)	佐世保市水道局が意見を求めた上下水道事業委員会（８人）は､｢事業継続が妥当と答申｣—後藤恵之助委員長は会合の中で「もっと（再検証の）時間が欲しかった。余裕があれば（同ダム事業に対する）反対賛成双方の声を聞くことができたかも知れない」と同局に苦言を呈した。（3 月 15 日長崎新聞） ※前回の雨評価時の平成 19 年度より、水資源が予測値を下回っていることが判明。
	平成 25 年 9 月 6 日 (2013)	**•事業認定告示**→国が事業の公益性の必要性を認め、建設予定地の川原地区・13 世帯数 10 名の地権者が強硬に反対しているが、事業認定により土地の強制収用を可能にする条件が整った。→県が強硬策を取る手段がが生まれた。
	平成 25 年	「石木ダム対策弁護団」結成　→法廷闘争へ
	※これまでの長年にわたる経過、様々な手続き、8 割の地権者の同意等→ゼロベースに戻しての検討は困難。	
	平成 26 年 9 月 5 日 (2014)	収用裁決申請及び明渡裁決申立（迂回道路部）→27 年 10 月に明渡期限（27 年 8 月迄に収用済）
	平成 27 年 7 月 8 日 (2015)	収用裁決申請及び明渡裁決申立（ダム本体部）→県収用委員会の審理中（令和元年〈2019〉 5 月 21 日採決）
	平成 28 年 4 月 25 日 (2016)	**•石木ダム反対住民「石木ダム事業認定取消請求」について提訴。**
	平成 28 年 5 月 11 日	収用裁決申請及び明渡裁決申立（中・上流部）→県収用委員会の審理中（令和元年〈2019〉 5 月 21 日採決）
	平成 28 年 5 月 13 日 (2016)	長崎新聞・「論説」で「失敗事業へ向かう道」を掲げる。
	平成 29 年 1 月 29 日 (2017)	付替道路工事の本格着工（早朝に重機材搬入、現場詰所設置） ※平成 22 年 3 月、26 年 7 月に着工したが反対行動により中断。
	平成 30 年 2 月 4 日 (2018)	知事立候補公約に初めて「石木ダムの建設推進」を掲げる。
	平成 30 年 7 月 9 日 (2018)	**•長崎地裁「石木ダム」の公益性を認め、「事業取消請求」を棄却。**
	令和元年 5 月 21 日	**•県収用委員会、全用地収用裁決⇒石木ダム本体を含む全用地がこれで収用されることになった。**
	令和元年 6 月 3 日 (2019)	収用委員会の収用裁決書を県当局受理—家屋など物件がない土地が 9 月 19 日、物件がある土地が 11 月 18 日が明渡し期限。期限が過ぎれば、県と佐世保市は知事に〈行政代執行〉を請求できる。（このことによって、〈反対同盟〉拠点、川原地区・住民 13 世帯 60 名の家屋・宅地は石木ダムの湖底に沈む運命に晒されることになった。

※昭和 57（1982）年 5 月 21 日の強制測量当日から数え、収用裁決の日は奇しくも同日の令和元年（2019）年 5 月 21 日であり、満 37 年となり、長崎県の事業採択・着手の年は昭和 50（1975）年度であり数えて 44 年になる。準備期間を入れ、約半世紀近い歳月を閲している。佐藤県政による無断測量調査から数えて 57 年の歳月を経る。

（註）

(1)「知事と労組」（城戸智恵弘）㈲東洋印刷
二〇一四年七月一五日改訂増補版（三三六頁）
　また〈二八六頁〉には、「長崎港臨海開発による工業団地を始めとする針尾・佐々工業団地・小江の木材工業団地等の造成事業は、時の流れに一歩も二歩も遅れ、ペンペン草が生えるための団地造成と後々まで揶揄される始末で、後継高田県政のお荷物となったのは事実である。」

(1-2)（三三六頁）

(2)「昭和三六年第一回定例県議会」において、本島等議員の質問に佐藤勝也知事は答えている。「前の五ヶ年計画を捨てたので、政府の方針の変化に応じてこれを修正し、新しい五ヶ年計画に移行した。」
　本島議員は、工業発展の将来性に疑問を投げかけ、次のように問うている。
「池田内閣は地域格差を是正する方策として、工業分散を助成する方針だが、本県工業予定地である長崎周辺、佐世保、諫早、大村周辺、松浦の四地域は工業地帯としての立地条件である道路、港湾、用地、工業用水のいずれも具備していない。」（……は筆者）
　反対同盟の岩本宏之さん曰く、「今日も明日も…寧日《ねいじつ》なき座り込みを続けている」と。青年の日のあのときのことを鮮やかに覚えている―「アルバイトで、あのとき〈河川調査〉に従事したこと」を語ってくれた。そのときは〈何に起因する調査だったのか〉知る術《すべ》もなかったと。
（昭和三七年筆者は長崎県職員組合の専従書記長に就任、この年一〇月に池田内閣は「全国総合開発計画（全総）を閣議決定する。）

(3) 長崎土木部河川課「石木ダム建設事業について」（令和元年五月一三日付）資料による。

(4) 桟熊獅氏の歩いた道は、東大経済学部卒業後、次のとおりである。（時は、戦後の日本経済の復興期・北松炭田はエネルギー源として大きな役割を果たした。）
　配炭公団→佐世保北高教諭→県教育庁社会教育課（県庁の民主化運動は労政課・農地開拓課・社会教育課が流れを作った）→知事部局・企画室（三年）→佐世保市商工課長→SSK←「久保県政」の出納長（二年）・副知事（四年・昭和

五一年三月二〇日まで）←佐世保市長。

筆者は、出納長・副知事時代、筑後町の公舎に毎年正月に伺って談論風発。鮑の腸の「うるか」を酒の肴に議論を交わした。政治家タイプでなく、学者がふさわしい人だった。

(5) 「政策問答集・県政綱領」（県政の実態を批判・城戸執筆）東洋印刷刊（三一六～三一七頁）

(6) 「湖水未現」（湯浅昭） 葦書房㈲
平成一一年一月二三日発行（五八頁他）

(7) 長崎市の「浦上水源地」に接する「四斗切自治会」の長老・森義雄さんの話を想い出す。三〇数年前のこと「水源池」の土地代を貰ってないと…　…？」なんと先の大戦中〈軍需工場の用水確保〉が―喫緊の事・軍の要請で水源地の拡張が求められ土地の供出、「水田の補償金（土地代）」を貰っていないと……戦時中のことであり、強制収用に近い状況があったようである。
「長崎水道百年史」を繰ってみると「本市は東亜共栄圏確立の基地として大陸および南方政策の第一線に位し、益々重要性を加へ……軍需造船製鋼等の国防国家国家体制の強化の上に、必須の重工業を擁し……第三回拡張計画を樹て当面の危機を救う……。」とある。

話を聞いた翌年の乾季の折、水源地の面に顔を出した「田畑」を指さし、あれが森家・私の土地なんです。―そのことを想い出している。

(8) 「哲学思想事典」岩波書店
一九九八年三月一八日第一刷発行（一一五三頁）

(9) 「政治学事典」（編集委員　猪口　孝・大澤真幸・岡沢憲芙・山本吉宣・スティーブン・R・リード）㈱弘文堂　平成一二年一一月一五日初版第一刷発行（五六八頁）

(10) 「日蔭の村」（石川達三）昭和文学全集第一一巻
小学館　昭和六三年三月一日　初版第一刷

(11) 「石木ダム関係者のみなさんへ」（久保知事の協力依頼の談話・昭和五四年六月二四日）
後日、県職員が文章化する。「二〇から二一頁」

(12) 「職業としての政治」（マックス・ヴェーバー著　脇圭平訳）岩波文庫　一九九二年一二月五日第二三刷発行（一〇五・一一九頁他）

〈資料１〉

石木川の河川開発調査に関する覚書

長崎県東彼杵郡川棚町字川原郷、岩屋郷、木場郷（以下「甲」という。）と長崎県（以下「乙」という。）は石木川の河川開発調査に関し次のとおり覚書を取りかわす。

第１条　乙は、甲の同意を得て、石木川の河川開発のための地質調査（ボーリング５ヶ所、地震波試験８ヶ所）およびその周辺の地形測量を実施するものとする。ただし、調査内容を変更する場合はあらかじめ甲の了解を得なければならない。

なお、調査のため、物件に損傷をあたえた場合は、甲、乙話合いの上処理することとする。

第２条　乙は地質調査等開始の時期を予め甲に明示し且、地質調査完了の予定時期を甲に明らかにするものとする。

第３条　乙は地質調査の公表説明の時期を甲に明らかにし、若し、地質調査が単年度に終らない場合甲が要求するときは、中間調査概況を公表説明するものとする。

第４条　乙が調査の結果、建設の必要が生じたときは、改めて甲と協議の上、書面による同意を受けた後着手するものとする。

甲と乙はこの覚書を誠意履行するための合意の証として本書５通を作成し記名捺印の上立会人を含め各々その１通を保有するものとする。

昭和47年7月29日

甲　東彼杵郡川棚町川原郷総代　川添信一　㊞
〃　岩屋郷総代　松尾岩平　㊞
〃　木場郷総代　楠本五郎　㊞

乙　長崎県知事　久保勘一　㊞

立会人　東彼杵郡川棚町長　竹村寅次郎　㊞

〈資料２〉

石木川の河川開発調査に関する覚書

川棚町川原郷、岩屋郷、および木場郷（以下甲という）と川棚町長（以下乙という）は長崎県が行う石木川の河川開発調査に関し、次のとおり覚書を取りかわす。

第１条

石木川の河川開発調査に関して甲と長崎県知事との間に取りかわされた覚書はあくまで甲（地元民）の理解の上に作業が進められることを基調とするものであるから、若し長崎県が覚書の精神に反し独断専行或いは強制執行等の行為に出た場合は乙は総力を挙げて反対し作業を阻止する行動をとることを約束する。

第２条

甲と長崎県知事との間に取りかわされた覚書第４条によつて、甲によつて代表される地元関係者の完全な理解が成立してダム建設が行われることになつた場合は、長崎県は部落発祥以来の長い歴史と伝統と連帯が根底から覆えされることに思いを致し、甲の将来に対する不安を解消するため土木部以外の部課の協力も得て生活環境の整備等に万全の便宜供与を行うこと、また転職等を余儀なくされるので現在の安定した生活から一転して不幸に陥ることのないよう、必要な向きには就職の斡旋を含めて巾広い愛情のある充分な補償の方途が講じられること以上について、乙は甲の立場に立つて長崎県に折衝しその実現に協力するものとする。

第３条

甲は長崎県知事の誠意と人間性を深く信頼し乙の協力を確信して、石木川の河川開発調査に関する甲と長崎県知事との間に取りかわす覚書に調印することを約束する。

甲と乙はこの覚書を誠意をもつて履行する証として本書４通を作成し、記名捺印の上各々その１通を保有するものとする。

昭和４７年７月２９日

甲　川棚町　川原郷総代　川添信一　㊞
甲　川棚町　岩屋郷総代　松尾岩平　㊞
甲　川棚町　木場郷総代　楠本五郎

乙　川棚町長　竹村寅次郎　（川棚町長之印）

朝鮮通信使の使行録に記述された壱岐・対馬
～第三次及び第九次の朝鮮通信使・使行録より～

草場里見

一．『東槎録』に記述された対馬と壱岐

江戸時代の朝鮮通信使は、一六〇七年の第一次から一八一一年の第十二次まで計十二回日本に派遣された。朝鮮通信使一行は正使・副使・従事官の三使以下三〇〇人から五〇〇人の人数だった。このうち、第一次から第三次までは対馬藩が偽造した朝鮮国王あての日本側国書に対する朝鮮側の回答という意味で「回答使」であるとともに、文禄慶長の役で日本に拉致された朝鮮人を朝鮮へ送り帰すという意味の「刷還使」の役も兼ねていた。このため、第一次から第三次までの通信使は、「回答兼刷還使」という名称で呼ばれている。

さて、江戸時代第三次の朝鮮通信使の副使を務めた人物は姜弘重（カン・ホンジュン）といい、当時は承文院の判校という役職だった。承文院は外交文書を取り扱う官庁で、その長官が判校である。判校の位は正三品だった。

姜弘重が書いた朝鮮通信使の記録、つまり使行録が『東槎録《とうさろく》』で、その日記の日付は仁祖二年（寛永元年　一六二四年）八月二〇日に始まり、仁祖三年（寛永二年　一六二五年）三月二六日で終わっている。東槎録には「日記」の他、日本で見聞きした様々なことを記載した「見聞総録」や書簡、漢詩類も掲載

されている。

この『東槎録』の中で、対馬と壱岐に関する部分を以下に紹介する。若松實（一九一二〜一九九四）という方が現代文に翻訳されたものが出版（日朝協会愛知県連合会発行）されており、その本から引用する。

（一）対馬・鰐浦到着

通信使一行が最初に対馬に到着したのは対馬島の北端、鰐浦《わにうら》で、十月二日（新暦十一月十二日）の午後十時頃だった。前日に釜山を出港して数里行くと波浪がひどくて前に進めず、釜山に戻って停泊したが、各船の役人以下水夫たちは嘔吐して倒れ、人事不省に陥ったと記述されている。翌日も風がひどく吹き、船は風に逆らって進めず、船中の人は大半が目まいがして倒れていたそうである。

対馬島が見えた時は、船中の人は初めて喜色があったと姜弘重は書いている。鰐浦の岸に数十軒の家があるが、家の構造が朝鮮の家と異なっており、はなはだ粗末であった。また、翌日、船上に留まっていると橘智正という対馬藩の役人が夜明けに来て安否を尋ね、上陸して休息することを請うたのであるが、前途が忙しいことを理由に辞退している。鰐浦を出航する時、対馬の老若男女たちが海岸に出て、垣根のように群がって見物をしていたそうである。

（二）朝鮮の冠服を着用して礼を行う

十月四日の夜、府中（厳原）に到着し、宿所の海晏寺までは見物する男女たちが道端をうずめた。通り過ぎる民家は皆、燈火を掲げて明るくしてあげたそうである。

翌五日、橘智正及び朝鮮国の辞令を受けている馬堂古羅たち五名が皆、朝鮮の冠服を着用して礼を行ったことが記載されている。

橘智正という人物は別名を井手弥六左衛門と言い、藩主・宗義智の命を受けて何度か朝鮮へ渡り、国交回復の折衝を行っている。また、「馬堂古羅」とは、「またごろう」と読むそうで、『朝日日本歴史人物事典』での田代和生氏（慶應義塾大学名誉教授）の解説によると、馬堂古羅の本名は武田又五郎と言い、文禄慶長の役で朝鮮側に降った「投降倭」であった。対馬の上県の伊奈という所の郷士であり、弟の又七と共に「降倭」となって朝鮮側に協力し、加藤清正の陣営を焼き討ちした。このため、その功績などにより、戦後、朝鮮国王の光海君から冠服を賜って、受職人として朝鮮との貿易を許されたそうである。

「降倭」と言うと、沙也可（朝鮮名　金忠善）という加藤清正配下の者が有名だが、対馬に実名の残っている「降倭」がいて、通信使の三使臣に対して礼を表するほどの者がいたのである。しかも、文禄慶長の役が終わってから二五年以上経つのに、馬堂古羅は通信使の使臣から未だに名前が知られており、朝鮮国から官職を授かっていて、朝鮮国の使臣が来た時は朝鮮国の官吏として朝鮮の冠服を着て礼を行ったとは、とても興味深く思われる。

（三）壱岐・勝本に到着

仁祖二年（寛永元年　一六二四年）十月二一日に対馬・府中（厳原）の港を朝鮮の船と対馬藩の船合わせて三十隻余りが一斉に帆を上げて壱岐へ向けて出航した。すると波浪のため各船が風涛の間に激しく浮き沈み、そのため船中の人々は皆魂を無くし、嘔吐する声が汚らしくて聞くに堪えなかったと、姜弘重は書いている。

やがてその日の午後、壱岐の風本浦に着き、龍宮寺に居所を定めた。風本とは勝本のことである。

ここで、風本と勝本の地名の由来について紹介すると、神功皇后が朝鮮の三韓に出兵するため、壱岐で風待ちをしていた際に神社に祈願すると、朝鮮へ渡るのにちょうど都合のいい風が吹いたため、神功皇后はこれを喜んで、その地を「風本」と名付けたそうである。また、朝鮮で三韓に勝って日本に帰る途中この地に立ち寄り、風本の名を今度は「勝本」と改めたそうである。（石井　敏夫著『勝本港の「みなと文化」』）

（四）朝鮮人の消息を聞く

壱岐島の島主は平戸藩第三代藩主の松浦隆信で、父親の久信が一六〇二年に三一歳の若さで急死したため、わずか十歳で家督を相続している。祖父の初代藩主松浦鎮信が隆信を後見している。隆信は朝鮮通信使の一行が壱岐に来た時は江戸にいたので、「副官」の松尾七右衛門という対馬藩重臣・柳川調興の家臣が通信使の接待を行った。

姜弘重は、壱岐に到着したその日に朝鮮側の訳官から次のように聞いた。

「我が国から捕らえられてこの島におる者がはなはだ多く、使臣が来たことを聞き、（日本側は）隠して出さぬようにし、ある一人の男が一行の下人と話をしようとすると、対馬島の人に叱責されて、足も地に着かずに引き立てられて行ったが、このような者が一人・二人ではない」

この話が事実だとすると、対馬側は朝鮮人が通信使一行に近寄ることを妨害していたことになるが、朝鮮人を本国に刷還するという通信使の役目を妨害したことになる。これについて、姜弘重は、

「思うに、対馬島の人たちが関白（将軍）にそむくようなことが先に聞こえていくと、罪を被るのではないか、ということを恐れてそのようなのであるが、憎むべきことである」

と書いている。

（五）壱岐島主の妻となった朝鮮人の話を聞く

通信使一行が壱岐に到着して三日目に、平戸藩主の叔父の松浦蔵人信正と、藩主のいとこの日高虎助が三使臣に謁見している。松浦家の家系図によると、初代平戸藩主松浦鎮信（一五四九〜一六一四）には子供が四男五女おり、長男が久信（一五七一〜一六〇二）で第二代藩主となっている。久信の長男隆信（一五九二〜一六三七）が跡を継いで第三代藩主となっている。また、鎮信の長女が日高玄蕃信喜の妻となって、日高虎助を生んでいる。鎮信と朝鮮から連れて来た女性・小麦様との間にできた子供が次男の信正で蔵人ともいう。藩主の松浦隆信にとって松浦信正（蔵人）は叔父にあたり、日高虎助はいとこにあたる。

通信使の副使・姜弘重は、と松浦蔵人が謁見のため使臣の部屋に入って来た時、「膝で歩いて匍匐（ほふく）し、あえて仰ぎ見ることなく、ただ拝礼して退出した」と記述している。

匍匐とは、腹ばいになって手と足で這うことを言い、使臣の顔も見ないで拝礼だけして退出するとは、まるで将軍や国王にまみえるかのような態度であり、朝鮮国王の使臣に対する態度が対馬藩の役人たちとはずいぶん違うのではないかと思われる。

姜弘重は続けて次のように書いている。

「蔵人殿はすなわちわが国昌原の女子が生み、兄弟が皆処女として壬申倭乱のときに捕えられ、皆壱岐当主の妻になり、今まで生存しており、その夫である島主は、すなわち今の島主の祖父ですでに死去したという。」

初代平戸藩主松浦鎮信が文禄慶長の役で朝鮮から連れて来て側室とした女性は、平戸で小麦様と呼ばれるようになり、鎮信との間に二男四女を生んだ。長男が松浦蔵人信正で、平戸藩の家老になった。蔵人は母の祖国の高官と面会した時、恐れ多くてかなり緊張したのではないかと思われる。そのため、使臣の顔も仰ぎ見ることができなかったのかもしれない。当時小麦様は平戸島に暮らしていたが、姜弘重は松浦蔵人が小麦様の息子であることや、小麦様が朝鮮の昌原出身であることを誰から聞いたのか興味深い。当時は壱岐島でもその事実が広く知られていたのかもしれない。あるいは、通信使一行を案内する対馬藩の藩士から聞いたのかもしれない。

また、姜弘重は、小麦様には姉か妹がいて、一緒に平戸に連れて来られて、やはり藩主の側室にされたとも記述している。ただ、松浦家の家系にはその姉妹の子孫が記載されていない。本当に姉妹だったのかどうかわからない。小麦様の世話をする付添の女性だったのかもしれない。

それでは、小麦様は朝鮮にいた時、いったいどういう身分だったのであろうか。これについては、寛永十三年（一六三六）に来日した江戸時代第四次の朝鮮通信使の従事官・黄漫浪が著した『東槎録』に、使臣が壱岐島に来た時、二人の朝鮮人と面会し、そのうちの曹一男という者と黄漫浪とのやり取りが次のとおり記録されている。

「臣問、平戸太守為何如人、則一男言、太守即我国昌原居両班女人之孫子云、・・・・・」

つまり、平戸藩主は朝鮮の昌原に居住する両班の娘の孫だと、壱岐に住む朝鮮人が回答している。このことから平戸で小麦様と呼ばれる朝鮮人女性は両班の子供だったことがわかる。小麦様は寛永六年（一六二九）に亡くなっているので、第四次の朝鮮通信使が来た時はもうこの世にいなかった。

平戸島の根獅子（ねしこ）という海辺の町に「小麦様の墓」と呼ばれる大小二基のお墓があり、小麦様とその子信正の妻の墓であると言い伝えられている。

小麦様の墓

二、『海游録』に記載された対馬

（一）著者・申維翰

『海游録《かいゆうろく》』は、一七一九年に来日した第九次の朝鮮通信使の製述官・申維翰（シン・ユハン）が書いた日本紀行文である。

朝鮮通信使一行の中に日本人とやり取りする文章や詩文を作成する製述官という役職の者が一人おり、申維翰（一六八一～一七五二）もその一人だった。

『海游録』（平凡社刊　姜在彦訳注）の冒頭、申維翰は製述官について次のように述べている。

「近ごろ倭人の文字の癖はますます盛艶となり、学士大人と呼びながら郡をなして慕い、詩を乞い文を求める者は街に満ち門を塞ぐのである。だから、彼らの言語に応接し、我が国の文華を宣耀するのが、必ず製述官の責任とされるのである。まことに、その仕事は繁雑であり、その責任は大きい。かつ、使臣の幕下にありながら、万里波濤を越えて訳舌の輩とともに出入りし周旋するのは、苦海であらざるはなく、人はみな畏れて、鋒矢に当たるのを避けるが如くこれを避ける。」

このように製述官というのはたいへん労力のいる仕事だったようで、申維翰も国王から製述官に下命された後、母親が老い、家が貧しいなどの理由を挙げて固辞している。しかし、正使に任命された洪致中が申維翰を製述官とすることについて国王の裁可を受けたために、ついに引き受けざるを得なくなったのであった。

ここで、申維翰の生い立ち等について紹介する。韓国の「韓国民族文化大百科事典」によると、彼は一六八一年、父・申泰来、母・金碩玄の娘との間に生まれた。後に申泰始という人物の養子になった。字は周伯、号は青泉といい、慶尚道の密陽で生まれ、同じく慶尚道の高霊で育った。

一七〇五年、二四歳の時に科挙のうちの進士試という試験に合格し、進士になった。進士になると李氏朝鮮の最高学府である成均館に入学することができ、科挙の文科（小科と大科の二種類がある）のうちの大科を受験する資格が与えられる。大科はまた成績によって、甲科・乙科・丙科という三つの等級があった。また、進士になると下級官吏として任用される資格も与えられる。

申維翰は成均館に入学し、文章を上手に書く者として知られるようになったようである。一七一三年、三三歳の時に国に慶事があった場合に臨時に行われる増広試という科挙が行われ、申維翰はこの試験を受けて文科（丙科）に合格した。『海游録』（平凡社刊　姜在彦訳注）に記載された姜在彦氏の解説によると、申維翰は正妻が生んだ子ではなく、いわゆる庶子（婚外子）だった。朝鮮時代、同じ両班の子であっても嫡出子と庶子間の差別は厳しく、庶子出身は科挙に応試することが許されなかったそうである。一時期、庶子でも科挙を受けることが許された時期があり、一七一三年の科挙がまさにそれであった。しかし、科挙に合格しても官位は厳しく制限されていたそうである。

申維翰は一七一九年、即ち三八歳の時に朝鮮通信使の製述官となって日本に渡り、帰国後に就いた官職は奉尚寺の僉正（チョムジョン）だった。姜在彦氏の解説によると、奉尚寺は国家の祭祀や諡号を管掌する官庁で、そこでの官階は、正、副正、僉正、判官、主簿などがあり、僉正は従四品に当たるそうである。そして申維翰は官職に恵まれることはなく、奉尚寺の僉正にとどまったそうで、おそらく庶子出身であったからだろうと姜在彦氏は述べている。そして、この『海游録』にも所々に、彼が一身上の運命を慨嘆しているところがあるそうである。たとえば、この本の最初の章で、

「けわしい路をふんで科挙試に抜擢されて以来、余は百怯羞苦を甞めるに備えたが、今また死生溟海の役に身を駆ることとなった。これすべて、五鬼が居座って去らないからであって、誰を怨もうか。」

という部分も自分の身の上を慨嘆しているところではないかと思われる。申維翰は『海游録』の他にも、『青泉集』という著書を書いている。『海游録』の原物は三巻から成るそうであるが、平凡社刊の『海游録』は次のとおり一冊で構成されている。

一　製述官に選ばれて
二　ソウルから釜山へ
三　対馬島に向かう―佐須浦、豊浦、西泊浦、船頭港（小船越）
四　対馬州の府中（厳原）
五　対馬州の世相と気質
六　「名分」と「旧例」の確執
七　出帆を待ちながら
八　壱岐州から藍島（相ノ島）へ
九　赤間関（下関）に向かう
十　瀬戸内の航路―上関、鎌刈（蒲刈）、韜浦（鞆浦）、牛窓、室津、兵庫
十一　浪華江をさかのぼって大阪へ
十二　浪華の繁華ぶり
十三　大阪文士との唱酬
十四　淀川をさかのぼって京都へ
十五　国名の由来と天皇
十六　琵琶湖畔を往く―大津、守山、佐和（彦根）
十七　東海道の旅路―大垣、名古屋、岡崎、浜松、駿府、富士山、箱根嶺、小田原、神奈川、品川
十八　江戸への入城
十九　江戸の由来と関白吉宗
二〇　大学頭林信篤
二一　国書を呈して
二二　江戸文士との唱酬
二三　宴席での芸能
二四　回書を受けて江戸を発つ
二五　ふたたび東海道の旅
二六　大仏寺（京都）をめぐるもめ事

二七　大阪文士との再会
二八　大阪の出版と朝鮮書
二九　ふたたび瀬戸内の船路
三〇　風波を越えて対馬へ
三一　対馬での別離
三二　一路故国に向けて
付篇　日本聞見雑録

（二）提供された食事に不満

朝鮮通信使一行が対馬で最初に上陸したのが佐須浦である。そこで対馬側から一行に提供された食事について、製述官の申維翰は次のとおり述べている。

「倭人が小朱盤に黒い木器数枚をのせ、飯、野菜、酒、果をすすめた。しかし味薄く、物また早々（粗末）としていた。」

翌日も佐須浦で食べた食事について次のとおり不満を述べている。

「島中物力が乏しく、供するところ、ただ葱、芹、青菜、豆腐、鮮魚のたぐいがあるだけ。島主が使臣への慰問のために贈ってきた贈り物は、杉の木でつくった層盤に数種の果物を盛ったものであるにすぎない。笑うべきだ。」

また、豊浦に停泊した際に対馬側から提供された酒について、次のとおり述べている。当時、朝鮮では日本よりも度数の高い酒を飲んでいたことがわかる。

「倭官の護行者が、諸白酒（酒の種類）、生梨、熟梅、蜜、蓮根などを送ってきた。余はもともと酒を好まぬが、倭製の酒はさして強烈ではなく、二、三杯を飲んだ。」

通信使一行が対馬の府中（厳原）に到着し、三使臣らが案内されたところが西山寺である。ここで食事を取った後、お茶を勧められた。申維翰は次のとおり述べている。日本のお茶が気に入ったようである。

「色は青く、味は苦いが、湯を吹いて小飲すると胸中が爽快であった。」

（三）対馬の世相と気質

申維翰は対馬の人たちについて、次のとおり述べている。かなり辛辣に言っているが、当たっている部分もあったかもしれない。

「民の俗は、詐りと軽薄さがあって、欺くをよくす。すなわち、少しでも利があれば、死地に走ること鶩の如くである。その土地がやせていて、百物生ぜず、山には耕地なく、野には溝渠（水路）なく、居宅には菜畦（菜園）がないからであろうか。ただ、漁をして市販し、西（北）は草梁（釜山の近郊）に集まり、北（東）は大阪、京都に通じ、東（南）は長崎と交易している。」

私はこの部分を読んで、魏志倭人伝の一節を思い出した。次のとおり、魏志倭人伝にも似たような記述があるからである。

「居る所絶島、方四百余里ばかり、土地は山険しく、深林多く、道路は禽鹿《きんろく》の径《けい》の如し。千余戸有り、良田無く、海物を食して自活し船に乗りて南北に市糴《してき》す。」

三世紀頃の対馬と十八世紀の対馬とでは、交易によって生計を立てていた点では大差ないようである。

続けて、中維翰は次のとおり述べている。

「諸軍士には扶持米があるが、そのほかに官が民に対して貸与米や救済米をあたえる法はない。だからその民で力が薄く商をなせない者は、傭人になるか、乞食になるか、妻子を売って生きるかするほかにない。魚塩の商販者にも、官は重税を課して駆り立てる。かれらが、あたかも鳥魚の如く集まり、蟷螂《とうろう》（かまきり）の如く怒り反抗的となる所以である。官といい民といい、ほとんど一字書を識らず、上下がこもごも利を取る。まことに葛伯《かつはく》の国である。」

葛伯とは、姜在彦氏の訳注によると、利害関係だけで人から奪ったり人を殺したりした、古代中国の一侯国のことだそうである。

当時、朝鮮人は対馬のことをこのように一般的に思っていたのかもしれない。朝鮮では倭寇から略奪された時代があったので、いまだにそのようなイメージを持たれていたのかもしれない。

中維翰は、『日本聞見雑録』の中でも、「対馬島が狡く詐ること限りなく、館訳（倭館の通訳）から侮りを受けること多端である。」とも述べている。

このように、ものの見方が冷淡なのは、この人物の特性なのではないかと思われる。雨森芳洲との会話でも、そのような冷淡な場面が見られる。

申維翰らが訪れた西山寺

西山寺の本堂

（四）雨森芳洲と出会う

イ．雨森芳洲と口論する

朝鮮通信使一行が対馬の府中（厳原）に到着して三日後に、製述官である申維翰は対馬藩主から私的に城に招待された。

城に通信使の文人たちを招待して酒宴を開いたり、日本側に渡す文書を作成したり詩文を作るのが役目である通信使の製述官と対馬の文人たちとの間で筆談させ、藩主がそれを見物することは以前からのしきたりだったのである。そして、製述官は藩主の前に進んで拝礼し、藩主は座って製述官に挨拶するのがしきたりだった。申維翰はこのようなしきたりに従うべきでないと思ったが、せっかく藩主が好意で招待してくれたのだからと正使以下三使臣が勧めるので意を決して城へ行くことにした。申維翰は通訳官と籠に乗り、書員と画員の二人を随行させて城へ向かった。

城に着いて大きな建物に入ると、そこには藩の役人やその子弟たち五、六人の年少者がおり、雨森芳洲もいた。申維翰は彼らと筆談しながら食事をした。申維翰は『海游録』の中で、いずれも食うに足りるものだった、と感想を述べている。食事が終わった頃、藩主がその大きな建物の一室に到着したことが告げられた。それで座中が立ち上がろうとすると、申維翰は、「諸君は安座してくれ。」と言った。雨森芳洲はそれを聞いて、「何を言われるか。」と言っている。

以下、申維翰と雨森芳洲との間で言い争いが起こった。

申維翰：君は必ず、私に島主の前に進んで拝ませ、島主は座ったまま衣服の袖を挙げてこれに答えることを望むのか。

雨森芳洲：昔からそのようにしてきている。

申維翰：いや、そうではない。この島は朝鮮の州県の一つに過ぎない。島主は図書（朝鮮国が通交を許可する証として与えた銅製の印鑑）を受け、我が国が与えた穀物を食べている。また、大小の命を請うのは我が国の地方長官の道義である。我が国の国法では、政府の役人が国事で外地にあれば、身分の高低にかかわらず地方の長官と対等である。したがって、島主が座り、私が拝礼するのを通例とするのであれば、君の主人を地方長官として礼を失わせることになりはしないか。

雨森芳洲：私も島主に仕えており、君臣の義がある。君の言うことを採用してこれまでのしきたりを改めるわけにはいかない。両国がよしみを結んで以来、こうした礼を行っている。いまこのしきたりをすぐに廃止するよう望むのは、我々を侮るものではないか。

申維翰：礼は相手を敬うことから生じ、侮ることによってすたれるのである。私があえて貴国を侮るのではなくて、貴国が我々を侮っているのだ。

以上が申維翰と雨森芳洲との言い争った内容であるが、雨森芳洲は申維翰の発言を聞いてとても怒り、わめきだしたそうである。他の対馬藩の役人たちも皆立ち上がり、目を見張ったり、申維翰を睨んだりしたことが海遊録に記載されている。このため、役人たちは申維翰を藩主に会わせるわけにはいかず、雨森芳洲ら役人たちはその宴会場を去って行った。

申維翰は宿所の西山寺に帰る途中、府中の繁華街で朝鮮人による馬上才（疾走する馬の背で逆立ちしたりする朝鮮の曲芸）の演技が行われているのを目撃している。藩主も「高閣」に座って観覧していたそうである。

翌朝、通訳官や書画官、馬上才に対してこれまでの例に従って藩主から賞として白金（プラチナ）を授けられたが、申維翰は授けられなかった。こうして製述官が対馬藩主に私的に会ったり、賞を受けることは我から廃止されたと、申維翰は海游録に書いている。

ロ．対馬での別れ

徳川吉宗の将軍職襲位を賀すために派遣された朝鮮通信使の使臣が江戸城で無事に朝鮮国王の国書を将軍に届けた後、再び対馬に戻って来たのは、享保四年十二月二日（一七二〇年一月三〇日）だった。江戸に向かって対馬を出航したのは、同年七月十九日（一七一九年九月三日）だったので、対馬に戻って来るまでに五か月間かかっている。

十二月二八日に通信使一行が明日対馬を出航すると聞いた雨森芳洲は、港に停泊している船の船窓にやって来て申維翰に別れの挨拶を述べた。すると申維翰は筆談の間に思いついた次の詩を芳洲に見せた。

今夕有情来送我
此生無計更逢君

芳洲はこれを見て、声を殺して泣きながら次のとおり言った。

「私はもう老いてしまった。再び世間の事に関わることもなく、この対馬で命が尽きる日が迫っている。今さら望むものはもうない。ただ諸君が国に帰って朝廷で栄達されることを願うだけだ。」

このように述べた後、芳洲の目から涙が流れ落ちた。

この様子を見て、申維翰はこう言っている。

「君はどうして女、子供みたいな態をなしているのか。」

すると、芳洲は、

「辛卯年（一七一一）の通信使の諸君とも、相愛の深さはこんにちの如くだった。しかし、別れの時にこのような涙はなかった。この十年で精神が老けてしまった。昔の人が言う暮境に情弱しとは、こうした如きを言うのだろう。」

と答えた。『暮境に情弱し』とは、年老いて涙もろくなった、ということであろう。

申維翰もここで筆を止めればよかったのにこの筆まめな人は次のとおり余計なことを書いてしまって、自ら品性を落としている。

「余はその状を観るに、険狼にして平らかならず、外には文辞に托し、内には戈（ほこのこと）剣を蓄う。もし彼をして国事に当たらしめ、権を持せしむれば、すなわち必ず隣疆（境のこと）に事を生ぜしむるであろう。しかし、その国法の限るところとなって、名は一小島の記室（書記官のこと）にすぎぬ。いつまでもその地に居ながらにして、老死することを愧（恥）としている。別離の席での涙は、すなわち、みずからを悼《いた》む（嘆き悲しむこと）ものであろう。」

申維翰は雨森芳洲を心のねじけた人物である、と帰路京都にやって来た箇所で書いているが、申維翰も負けてはいないように思われる。素直に雨森芳洲の別離の気持ちを受け止めることができない。ただ、申維翰がそう思うのも致し方ないところもある。その理由について、次の節で述べる。

ハ．大仏寺（方広寺）での宴会をめぐる口論

（１）大仏殿建立

一五六七年の松永久秀と三好三人衆の戦いで奈良の東大寺大仏の廬舎那仏（本尊）が 焼損したために、豊臣秀吉が一五八六年にこれに代わる大仏の建立を計画し、一五九五年に京に大仏殿を完成させて既に完成していた木造の大仏（廬舎那仏）を安置させた。ところが、この建物は一六〇二年に火災が起きて焼失してしまった。このため子の豊臣秀頼は一六一二年に大仏殿を再建した。この建物は江戸時代初期までは単に大仏と言われていたそうである。その後、いつからかわからないが方広寺と呼ばれるようになった。しかし、この大仏殿は一七九八年に落雷による火災で焼失してしまった。

（２）大仏寺での宴会

『海游録』には、方広寺のことを大仏寺と記載されていることから、当時は大仏寺と呼ばれていたことがわかる。『海游録』によると、京に入る前日、大津において、対馬藩主から派遣された藩の奉行が使臣に対し、「前回（一七一一年）の通信使の時から、必ず帰路に大仏寺に立ち寄るようになった。

将軍は、我が藩臣に享礼（通信使一行の労をねぎらう宴会）を準備させているので、臨席されよ」と述べた。これに対して、使臣は、「自分が国にいる時に、大仏寺は秀吉が祈願した寺（願堂）であることを聞いている。

この賊はすなわち我が国の百年の仇である。義は天を共にしない。どうしてその地で飲食できようか。謹んで厚意をお断りいたす。」

と答えた。そこで、雨森芳洲や奉行らは、宴会への出席を再び依頼し、さらに（秀吉の）「祈願寺という話は日本人は聞いたことがない。」

と嘘をついた。秀吉が発願した寺であることを雨森芳洲らが知らないはずがない。

しかし、使臣は「多談するなかれ」と叱責してこれを退けている。

そこで、大仏寺の門の外に幕舎を張ってそこで供応を行うことにしたのであるが、京都所司代がこれに反対し、

「大仏寺は豊臣家が祈願して建てた寺なので使臣

らが大仏寺に行かないというのであれば、日本側の文献によって、その話が間違っているということを明らかにすれば、使臣らも固執しないだろう。」
と知恵をつけた。
それで、対馬藩主は奉行らに『日本年代記』という書物を使臣に届けさせて、次のように言わせた。
「この書物は国中に秘している史書である。その中に、〇〇年に大仏寺を重建したとあるのは、徳川家光公が将軍となった年である。徳川の世には秀吉公の子孫はいないので、どうして寺を築きそれを崇拝することがあり得るだろうか。この書物は豊臣家が祈願した寺という間違って伝えられたことを正すに十分なものである」

三使臣はその書物を見て、確かに徳川家光が建てたということを確認した。三使臣が合議した結果、正使と副使は宴会に出席することにしたが、従事官は欠席することにした。従事官はその書物を信用していなかったのであろう。

雨森芳洲はこれを聞いて、朝鮮側の首席訳官に対して「獅子のように吠え、針鼠のように奮い、牙を張り、まなじりを裂き、今にも剣を抜かんばかりの状」だったと申維翰は記録している。この部分で、申維翰は、雨森芳洲を「心のねじけた人である。」と書いている。

そして、申維翰は、「君は読書人ではないのか。どうして怒って理にもとるようなことをするのか」と雨森芳洲をたしなめ、従事官は病気なので参加することができない、と言った。実際に、従事官は痔が重症だったことが『海游録』の中に随所に出て来る。しかし、どうしても出席できないというほどではなく、大仏寺は豊臣秀吉が祈願して建立した寺であることをよく知っていたために、欠席したようである。雨森芳洲は申維翰の発言を聞いて、ついに謝って去って行った。

ここで、私が不思議に思うのは、どうして日本側は徳川家光が創建したものだという虚偽の書物を作ってまで大仏寺に立ち寄らせようとしたのかである。徳川政権が豊臣家を滅ぼしておきながら、その豊臣家が建てた大仏寺に通信使一行を立ち寄らせる目的は何だったのか、わからない。

豊臣秀吉は朝鮮人にとって不倶戴天の仇である。秀吉に関係するものは通信使一行に気を遣って遠ざけるのが外交と思われるからである。なお、大仏殿があったところは、一八八〇年（明治一三年）

豊国神社入口の鳥居

豊国神社の参道

豊国神社に隣接する方広寺の梵鐘

「国家安康」の文字が刻まれている梵鐘

に秀吉を祀る豊国神社が建てられている。さらに、秀吉は大仏殿の前に、文禄慶長の役で朝鮮から送られて来た朝鮮・明国の兵士や非戦闘員から削り取った耳や鼻を葬った耳塚を建てた。その耳や鼻の数は二万人分だったそうである。中維翰はこの耳塚について『海游録』の中で何も書いていないが、なぜ触れなかったのであろうか。第三次の朝鮮通信使の副使を務めた姜弘重は『東槎録』の中で、耳塚について次のとおり書いている。

「寺の前に墳墓のような大きな丘があって、その上に石塔が立てられていた。日本人たちが言うには、『秀吉が［朝鮮］の人の耳と鼻を集めてここに埋め、秀吉が死んでから、秀頼が墓を作って碑石を立てた』とのことであった。『晋州城が陥落してから、その首級をここに埋葬した』とも言ったが、これを聞くに及んで痛憤の心を禁ずることができなかった。」

耳塚

姜在彦訳注『海游録』(東洋文庫)には、『太閤記』の中の「洛東耳塚由来」の一節が次のとおり掲載されている。

「朝鮮人来朝の時、かの耳塚を見て涙を流し、此塚に耳鼻を葬りし者は、皆我国の忠臣、死を以て国恩を報ぜし人なりと言ひて、塚の下にて香を焼き祭文を読上げて、懇ろに弔ひけるとぞ、世の人皆知れる所なり。」

(五) 終わりに

一七一九年(享保四年)に来日した朝鮮通信使の製述官申維翰が書いた日本紀行文『海游録』の中で、私は次の箇所もとても印象に残った。

「長崎は中国商船の泊する処で、その名勝は、百物繁華とともに、国中でもっとも有名である。路順からはずれているため、そこを一見してゆくことができないのが遺憾である。」

江戸時代、第九次の朝鮮通信使の来日は今年でちょうど三〇〇年になる。記念の年である。韓国政府が反日政策を早く止めて、親日的な政策を取るよう期待したいものである。

参考文献

『海游録』 申維翰著 姜在彦訳注
平凡社刊行(東洋文庫) 一九七四年
『東槎録』 姜弘重著 若松實訳 日朝協会愛知県
連合会発行 二〇〇〇年八月一日
『東槎録』 黄漫浪著 (「大系朝鮮通信使」第二巻)
一九九六年
『勝本港の「みなと文化」』 石井 敏夫著
『한국민족문화대백과사전(韓国民族文化大百科事典)』
(電子辞典)
『一八世紀初頭の朝鮮通信使と日本の知識人』
鄭英實著

(日韓関係史研究者)

八十路を越えて（2）

田浦　直

二、文学青年

戦後間もなくまだ世の中が混乱していた時代、十人町の私の家に活水学院の女学生が下宿していた。彼女は帰省するたび小学生だった私に絵本を土産に持ってきてくれた。当時絵本は簡単に手に入るものではなく、私にはそれはそれは嬉しいものだった。今振り返ればこれが私を文学の世界に誘い込んだ原点のような気がする。

私は男ばかり四人兄弟の末っ子で、長兄とは齢が十七歳も違っていたが、早稲田の文学部出身なので自宅の本棚には文学書がぎっしりと詰まっていた。それらの本は小学生の私には難しかったけれども手あたりしだい読んだ。読むというより活字を追っていたというべきか。

赤い表紙の日本文学全集が麗々しく本棚に並んでいたのを今でも覚えているが、その他幸田露伴の「五重塔」、岡本綺堂の「半七捕り物帳」、「猫やなぎ」という随筆集、平山蘆江の地元長崎を題材にした本など記憶にある。共産党の山本宣治論文集というものも読んだ。無論小学生の私に内容が理解できるはずがないが、とにかく活字に飢えていた。

大学時代は当時学生に愛読されていた芥川龍之介や太宰治など無論だが、夏目漱石、島崎藤村、三島由紀夫などなど節操もなく手あたりしだい読んだ。私の読書はただ読み物として片っ端から乱読するので、それらの作品に感化されるとか、作者に傾倒するとかはなかったが、その頃流行り言葉、〝蒼青白き文学青年〟のひとりと自負していた。運動もしないし日にも当たらないで家にこもって、世俗から離れて朝から夜まで本を読む、そんな青年と自負していたのだ。買うのはきまって岩波書店の文庫本で、安くてよい本が手に入るというのが魅力だった。角川という出版社が文庫本を出すというので私は角川文庫を全部読もうと決めた。当初は出版されるのに読むのは追いついていたが、次第に出版数が増えていき、追い越されてしまった。その後探偵小説に取りつかれた。探偵小説の名作と評されるものが創元社という出版社から文庫本で出され、私はまた全冊読破に挑戦した。洋の東西を問わず探偵小説を読みまくった。そして最後に行き着いたのが江戸川乱歩だった。

初めは本格ものの短編探偵小説に引き付けられ、明智小五郎もの、少年探偵団、怪人二十面相など全集をひと夏かけて県立図書館に通い、すべて読みつくした。その挙句に私は江戸川乱歩賞へ挑戦しようと気持ちを燃やした。その頃の探偵小説は本格物が主流で、犯人の確固たるアリバイを名探偵が少しずつ崩していくのだが、乱歩賞を取るためには今まで使われてないトリックを考え出す必要がある。密室、時刻表、医学を利用したトリックなど大学時代を通して何かあっと言わせるトリックはないかと考え続けたが、ついにこれというトリックにたどりつかなかった。読者を出し抜くようなトリックがなければ探偵小説は成り立たないと思い込んでいたので、江戸川乱歩賞は入り口であえなく終わった。

四十五歳の時、海星学園の文学愛好者の先生、卒業生が集まって、海星ペンクラブを設立するという出来事が起こった。そしてその会誌として「ら・めえる」という雑誌を発行する運びになった。発行人橋本白杜、編集団龍美、装丁中尾勇次郎などが受け持ち、海星健児が長崎文学界に一石投じたのだった。

私も海星中学出身なので当初から参加した。いい機会と初めて短編小説を書き、「ら・めえる」誌に投稿、何編か連載した。「ら・めえる」誌のおかげでやっと書くという楽しみを味あうことが出来た。ちなみにら・めえるとは、フランス語で海を意味し、授業でフランス語を教えていた海星学園らしくいい雑誌名だと思う。橋本先生が四年間、第十号まで発行した時、健康上の理由から発行人を下りられ、代わりに私にやってほしいと頼まれた。私は本を読んだり書いたりするのは好きだけれども、雑誌の発行などこれまで関わったことがなかったので戸惑ったが、引き受けるからには、少なくとも橋本先生が出版された十号は出さねばと責任を感じた。

海星ペンクラブには本当に文学が好きな人が集まっていて、その人たちが「ら・めえる」発行に情熱を持って対応してくれた。海星卒業生の団龍美、広田助利、新名規明氏らが編集を次々に引き受けてくれ、今日まで三十七年間、七十九号まで発行し続けている。

当時から「ら・めえる」誌の内容は郷土史的なものが多かったので、私は文芸雑誌として創作ものを増やしたいと考え、創立十周年目に笹沢左保氏に審査委員長をお願いし、「ら・めえる文学賞」を創立した。これはひぐち企業グループ（社長樋口謹之助）がスポンサーとなってくれ実現したのだが、樋口氏も海星出身である。

もう一つ私が行ったのは、海星学園から出発した「ら・めえる」誌が、将来の長崎の文学界に広く貢献出来るようにと願いを込めて、海星ペンクラブを長崎ペンクラブと改名した。海星の卒業の先輩方からおしかりを受けるかと心配したが、逆に協力してもらえたのは有難かった。

私が「ら・めえる」誌に投稿していた短編小説四編を、「ルブルム先生喜怒哀楽」（耕文舎）という題名で出版した。これが私の処女作である。

「ら・めえる」誌は作品の発表の場があるということで小説を書く意欲を持続することが出来、医師、議員として活動していた時代も私が文学から離れない役割を果たしてくれた。

参議院議員になり東京で生活するようになってゴルフはやめた。代わりにその分歩くように心がけた。朝宿舎から議員会館までは二十分ぐらい、議員会館から国会までは地下道があり、歩いて十分で行ける。にもかかわらずその移動にすら黒の大型車で通う国会議員が多いのは驚きだったが、国の最高決定機関である国会に行くのだという重みも感じた。ただ私は健康のためと考え歩き続けた。

歩くのは実に楽しいもので、慣れるに従い歩く距離もだんだん延ばしていった。ついには帰省の浜松町モノレール駅まで、議員会館から往復とも歩くようになった。

平成十八年年四月十八日、たまたま日本橋近くで会議があり、その足で日本橋に立ち寄ると橋の中央に、日本のすべての道路はここから始まるという「日本国道路元標」が埋めてあった。それを眺めながらふと私の頭に東海道の最初の宿場、品川宿まで歩いてみようかと思い浮かんだ。その時は革靴であったが早速実行し、京橋、銀座、新橋などを通り抜け、品川宿まで七・八キロを二時間足らずで難なく歩き切った。ならば東海道五十三次全行程に挑戦してみようか、と私は不遜なことを思いついた。来年七月までの参議院議員を任期いっぱいでやめると心に決めていたので、東京在住の記念にちょうどいいという考えもあった。

この日本橋での思いつきが東海道五十三次踏破の私の記念すべき初日になった。

雑踏の旧街道に柳かな

私は元来俳句など作ったことはないけれども、東海道は街道沿いに芭蕉、西行などの俳句、短歌の記念碑が多くみられ、私もその刺激を受けて見よう見まねで俳句（もどき）を作ってみた。この句は京橋付近の繁華街に柳を見つけた時に詠んだもので東海道中の第一作になる。

箱根の山中で旧街道を一人心細く歩いた時の句、

薄暗き古道の石は苔むして

苔は季語と思っていたが季語ではないと後から教えられた。この句を読むとうっそうとした箱根旧道の石畳が頭に浮かんでくるので、私は自分ではいい句だと思っている。

いったい俳句とはなんでしょうか。私にとっては自分自身の心のメモ、その時々の気持ちを五、七、五に合わせて記録するメモ。

この東海道の旅では十一句作りましたが、今読んでもその時の情景が心に浮かび上がってきます。だから心のメモ。

東海道を歩く楽しみの一つは街道沿いに富士山を眺めることでしょう。ただ実際に歩いてみて分かったのですが、富士山はなかなか顔を見せてくれません。場所、天候のみならず、何かスモッグのようなものが富士山を遮っていることが多いのです。

掛川宿から見附宿に向かっていた十一月四日、頂上に雪をかぶった美しい富士山を垣間見ました。まさに感激の一瞬でした。

あかね空冠雪の富士気高くて

美辞麗句を連ねているようで決して上手な句ではないのでしょうが、記念の一句です。この句に関しては自慢になり恐縮ですが、長崎県俳句協会長、村山のぼる氏から平成二十四年一月五日の長崎新聞〝きょうの一句〟に取り上げて頂きました。

解説に、「ただもくもくと（議員が歩いた五十三次）より。忙中、古希の一人旅日記。平易な文章に氏の敬愛する西行、芭蕉、去来の歌句、来歴が随所に配されている。東海道中の見附宿で感銘した富士山の美」とあります。簡潔にして実に要を得た文章に感服しましたが、私は事前に何も聞いていなかったので新聞を手に取って、びっくりするやらうれしいやらの正月でした。

西行、芭蕉、去来に私の思いを一言書き加えれば、西行のすごいのは、

願わくば花のもとにて春死なむ

その如月の望月の頃
五十代に自分の詠んだ歌通り、二月満開の桜の下で七十三歳の生涯を終えたということ。まさに神がかりです。

芭蕉について言えば、亡くなった大阪から地縁血縁のない大津の義仲寺まで遺体を船で運び、木曽義仲の傍に埋葬したこと。芭蕉の義仲への思いの深さには驚きました。義仲は本当に粗暴な武士だったのでしょうか。

郷土長崎の俳人去来。紅葉狩りで雑踏する嵐山の神社仏閣から、わずかにそれた田園にある去来の鄙びた落柿舎。おすすめです。ここの縁台に腰かけて一句ひねるのは長崎の俳人にとっては最高ではないでしょうか。

ちなみに私の句

落柿舎や　陽に映え柿の　残りたる

句の出来より落柿舎の雰囲気を味わってください。

東海道五十三次踏破は順調に進み、翌年の平成十九年三月三日には四十七番目の宿場、坂下宿までたどり着きました。この調子では四月五日の私の七十歳の誕生日までには終着、三条大橋まで行けるのではないかと期待していました。ところが思いもよらない困ったことが起こったのです。

三月の参議院の移動で私は参議院の外交防衛委員長に指名されたのです。全く想定外でした。外交、防衛という分野は私には全然の畑違いで、参議院議員十二年間、一度もその委員会にさえ所属したことはありません。その上にこの委員会は与野党対立の沖縄防衛予算が計上されていて難航するのは必至だったのです。

私の東京在住十二年間の最後の大仕事、と位置づけしている東海道五十三次踏破は駄目になったかと観念しました。

案のじょう委員会は沖縄防衛予算でもめにもめ、収拾がつかずついに強行採決、委員長の私は揉みくちゃにされその姿がテレビでも放映されました。

しかしとにもかくにも四か月かけてどうにか予算は通過し、委員会は難題から解放されました。

その四か月間まったく国会にくぎ付けでしたので、すでに七月になっていました。

気を取り直し、これまでの後れを取りもどすべく東海道踏破を再開しました。四月五日の誕生日はとっくに過ぎていて、すでに次の参議院議員選挙が始まっていました。

同僚議員たちが選挙カーで回っています。五十二番目の草津宿で駅前のホテルに宿泊したのですが、候補者が朝早く街頭演説をしていました。それを聞きながら本来ならば今頃私も同様のことをやっていたかと感無量でした。
最後の大津宿から三条大橋までは家内と長男が同行してくれ、橋の上では娘、孫など家族がのぼりを持って東海道五十三次踏破達成を祝ってくれました。その夜全員そろって祇園で打ち上げをしました。
思えば平成十八年年四月十八日、ふとした思い付きで日本橋から品川宿まで歩いたのがきっかけで、一年三か月かけて三条大橋に到達、とうとう東海道五十三次を踏破しました。
この平成十九年年七月二十八日の最後の日は、くしくも私の参議院議員任期の最後日に当たっていました。
歩行総時間、百五十九時間十八分
歩行総数、七十七万千四百四十二歩
一日平均、四時間四十一分、二万二千六百八十九歩
がその総集計です。
その紀行文を「ら・めえる」誌に連載し、「ただもくもくと」という題名で長崎新聞社から出版しました。この題名は七月の真っ盛りに石部宿から草津宿のながい長い畑道を歩いた時に、
　　夏の陽をただもくもくと東海道
と詠んだ句からとったものです。茂木出身の前田斎伯の絵も評判が良く、花を添えて頂きました。

二期で参議院議員を辞めようと思ったのは、仕事が不規則で激務である上に毎日選挙活動に追われ。慢性腎炎の既往があるせいか私は人より疲れやすく、七十歳での次の選挙は体がもつかどうか自信がなかったこともあります。私の兄弟は七十台で亡くなっているので次の選挙に当選したとしてもほぼその任期で私の寿命が尽きる可能性は高いとも判断しました。

七十歳からの十年、わたしの最後の十年、それが選挙と政治に追われるだけでは空しいではないか。自分自身のためにその最後は使いたいと考慮の末、私は二期目の当選祝いの夜、次の選挙は出ないと心に決めていました。

ではその十年何をしたいのかと問われれば、落語に出てくる横町のご隠居になりきること。義太夫でもうなればぴったりですが、私の場合青年時代に夢見た小説を書くこと、それとただの碁打ちになること、が答えです。

参議院議員を終わり東京から長崎にもどり、東海道五十三次の紀行文「ただもくもくと」を書き上げ、一息ついたところで満七十五歳を迎えました。

いよいよわが人生の最後の最後だと気持ちを新たにし、生涯の夢だった長編小説に挑戦しようと志を立てました。何かの折、医師や政治家になったのは小説の

ネタを作るための方便だ、と語って少なからず批判を受けたことがありますが、人生の最後は文学で締めくくりたかったのです。

小説の構想、資料集め、取材などに時間をかけ本格的にスタートしました。初めの予定では百枚ぐらいの小説を何編書き、それを一つの物語とすると長編小説も書けるのではないかと考えたのですが、どうにもうまく筆が進みません。書き初めて二年間ぐらい試行錯誤の連続でした。五年ぐらいはかかるだろうと覚悟していましたから、それにもめげず書いたり消したりしていると、ある日小説の主人公が私の意志と関係なく一人歩きするのを経験しました。それをそのまま追っていくと周辺もそれに反応して思わぬストーリーが出来上がってきました。これがきっかけになって筆が進み始めました。

こうして四年がかりで出来上がったのが原稿用紙四五〇枚の「ルブルム先生奮戦記」です。

私にとっては最初でそしておそらく最後の長編小説になるでしょうが、頬青白き文学青年の夢が込められている作品と知ってもらえばうれしいかぎりです。

最後に、この稿を書くにあたって古い「ら・めえる」誌を読み直してみて驚きました。若い時に書いた自分の短編小説、なんと柔らかくて明るいことか。今はこんな文章、絶対書けないなあと我ながら感嘆したのです。

文学を志すならこの若い時に命をかけて打ち込まなければ、と八十歳になってようやく気がつきました。

（つづく）

佐多稲子「樹影」文学碑建立の経過

宮川雅一

一、はじめに

このたび佐多稲子「樹影」文学碑建立の中心的役を果たされた早川雅之氏のご子息・早川雅千夫氏から、お父上の遺品の中に残っていたとして、「宮川雅一様　佐多稲子」と墨筆で記された「樹影」の書物自体とお父上が執筆、発行された募金者芳名録や建立の経過報告が詳細に記された佐多稲子「樹影」文学碑建立委員会編の冊子（六十六ページ立て）を頂戴した。

思えば、三十三年前の昭和六十一年(1986)十二月一日、長崎公園丸馬場の西方部に佐多稲子「樹影」文学碑が建立されて、その盛大な除幕式が挙行され、その席に当時長崎市助役であった私も、本島長崎市長の代理として出席し、献花や祝辞の代読を行ったのである。

二、作者佐多稲子の略歴

佐多先生は、明治三十七年（1904）六月一日、長崎市八百屋町に生まれた。勝山尋常高等小学校を貧困のため途中で止めて、工場等で働く。最初の結婚に破れ、自殺未遂をするが、同人誌「驢馬」で中野重治・窪川鶴次郎らに出会い、窪川と結婚する。

大正三年（1928）二十四歳、「キャラメル工場から」を発表し、以来、プロレタリア作家として活躍、厳しい弾圧による革命運動挫折のなかで生じた夫婦生活の亀裂を「くれなゐ」に描く。

第二次世界大戦後、新日本文学会で活動するが、のち、日本共産党から除名される。

昭和三十七年（1962）五十八歳、「女の宿」により第二回女流文学賞。

昭和四十七年（1972）六十八歳、「樹影」により第二十五回野間文学賞受賞。

昭和五十一年（1976）七十二歳、「時に佇つ（十一）」により川端康成賞受賞。

昭和五十八年（1983）七十九歳、「夏の栞」により第二十五回毎日芸術賞受賞。

同年、長年の作家活動による現代文学への貢献により朝日賞受賞。

平成十年（1998）十月十二日、死去、九十四歳。

三、文学碑に刻まれた「樹影」冒頭の文言

「あの人たちは
　何も語らなかっただろうか
あの人たちは　本当に
何も語らなかっただろうか
あの人たちは
たしかに饒舌ではなかった
それは　あの人たちの
人柄に先ずよってぃった」

四、小説「樹影」の梗概

「樹影」は、戦前・戦後の長崎で寡黙の人生と芸術を追及した誠実な画家麻田晋と、ひたすら人間的成長と祖国愛を求めた聡明な華僑の娘柳慶子との、十数年にわたる悲恋をタテ糸として描き、ヨコ糸は、やがて二人を内側から崩壊させる原爆後遺症と新たなアジアの平和の危機、それに伴う革新陣営の動揺、原水禁運動や日中友好協会の分裂、その中に生きるかれら芸術家の苦悶と祖国愛のギャップ、等々の今日もなお尾を引く生々しい問題が組み合わされている。こうした時代と人間のぎりぎりの状態や真実が追及された佐多文学の最高峰の作品であり、野間文学賞選考委員十一人が異例の満場一致で当年度の最高作品と折り紙を付けた。

（「佐多稲子「樹影」文学碑　芳名録　経過報告」より）

五、佐多稲子「樹影」文学碑建立の経過

昭和五十八年（1993）の朝日賞を受賞後、長崎市名誉市民推薦の動きがあったが本人が固辞。翌年には八百屋町の生家跡に「作家佐多稲子生誕の地」碑建立が検討されるが、現地に用地の余地がなく見送りとなる。

昭和五十九年（1984）、山本健吉「母郷行」文学碑除幕式出席のため長崎入りした佐多先生を囲んで約三十人の夕食会があり、この席で佐多稲子文学碑建立の声が上がる。山本健吉文学碑の除幕式は、同年十一月三日諏訪神社参道で挙行。

昭和六十一年（1986）二月二十六日、秋月辰一郎（長崎平和推進協会理事長）、早川雅之（長崎総合科学大学教授）、池野　巌（画家・「樹影」主人公池野清の実弟）など八名が当時鍛冶屋町にあった喫茶店「南風」で建立委員会の初会合を持つ。

早速、早川雅之が、佐多稲子に建立了承を得るための手紙を三回送るが固辞の返事ばかり、そこで上京して面談、ようやく了承を取る。その際、在京の同志の一人、小田切秀雄（文芸評論家）宅を訪ねて経過を報告し、助言を受ける。

同年四月二日第二回建立委員会が開催され建立計画の大要が決定される。

趣　旨　「長崎」「原爆」「文学」を総合するものとして作品「樹影」を選択。

呼びかけ人　中央では、小田切秀雄、山本健吉等の佐多稲子と親しい作家その他の著名な文化人四十六人とし、県内では長崎県知事、長崎市長、長崎商工会議所会頭を顧問とし、政党人は避けて、文化・教育・マスコミ分野の代表で、趣旨に賛同する者二十一人とする。

設　計　池野巌（画家）。

施行者　中山正（中山石材店）。

用　地　山本健吉文学碑に近いところで無償使用できる公有地。

募金目標　二百五十万円。一口一千円から。

建立委員代表　秋月辰一郎（長崎平和推進協会理事長・聖フランシスコ病院長）。

建立委員　池野　巌、上野耕一（画家）、奥野政元（活水女子大学教授）、小辻梅子（長崎総合科学大学教授）、里見正義（長崎市民劇場会長）、宅島房子（長崎市福田小学校教諭）、田中俊廣（長崎県立西高等学校教諭）、林敏子（喫茶店南風店主）、早川雅之（長崎総合科学大学教授）、山田かん（詩人）

事務局長　早川雅之

事務局員　奥野政元、小辻梅子、田中俊廣

五月二十四日第三回建立委員会、六月十四日第四回建立委員会、同月二十八日第五回建立委員会が開催される。

この間、建立用地候補として、眼鏡橋側、迎陽亭跡、県立図書館内、中町公園、長崎公園丸馬場等々が挙げられ、二転三転後、後二者に絞られ、諸谷義武元長崎市長の市当局への働きかけにより、両者とも可能になったが、最終的に長崎公園丸馬場に決定された。このころ中央・県下の呼びかけ人も出揃う。

七月五日第六回建立委員会、同月十八日第七回建立委員会が開催され、今後のスケジュールが決定され、除幕式は十一月二十三日となる。七月三十一日、長崎市役所記者室で秋月代表と早川事務局長が共同記者会見を行い、テレビは当日、新聞は翌日、好意的な記事を報道する。八月三日、募金振替口座開設。

八月七日、県内全国の関係者へ趣意書・募金振込用紙などの発送開始、以後十一月まで続いた発送作業によつて、六千五百通を郵送する。同月九日、待望の募金第一号(長崎市鳴滝二丁目十番十一号の桝屋わか氏)が郵便で到着。続いて同月十七日、東京から田中千禾夫氏(長崎県出身の劇作家)やノーベル賞受賞者の大江健三郎氏など八件の募金到着。

八月三十一日第八回建立委員会開催、当日八月末までの募金集計額は百五万一千円(一〇四人)と出足好調、ただ、地元長崎県の分が少なく、関係者の間で少なくとも地元が三分の二は占めないと、本人や県外の人々に申し訳ないという話が囁かれる。

九月十三日第九回建立委員会開催、中山石材店の工場で碑の仮組み立てがあるというので、早川事務局長と奥野委員が立合う。同月十八日第十回建立委員会開催、除幕式の日程を、差し支えのある佐多本人の申し出により、十二月一日に変更し、これを幸いに工事日程も変更される。この間、碑に使用される自然石の探し出しや検分、碑文決定後の一部修正、碑脚部設計の修正等が行われる。

九月後半の募金額・人数が百十三万二千円(二八八人)と顕著な伸びを示し、九月末の募金集計額が二百十八万三千円(三九二人)となる、このなかに、最高寄付額となったＫＴＮ長崎放送社長・林田作之進に関わる五十万円が含まれている。また、二百八十八人中およそ三分の二が県内の人であった。この時点で目標額を五百万円に引き上げ、関係者皆で一層の努力をすることになった

十月十一日第十一回建立委員会、同月十九日第十二回建立委員会が開催されて、除幕式の式次第、記念講

演会の編成、祝賀レセプションの組立、当日一日の流れと時間配分等が具体化される。並行して、建立委員や事務局によって、篤志家に対する募金のお願い、講師予定者への講演依頼、現地などでの下準備が進められる。十月二十三日、長崎市役所から「市公園使用許可書」が届く。

十月二十五日、主講演者・小田切秀雄からの応諾の電話があり、演題・内容等の打合せ。十月末現在の募金集計額は、三百十九万五千五百円（六二〇人）。

十一月一日、里見委員夫妻・奥野委員・早川事務局長が中山石材店へ行き、碑文盤の文字配列（行間間隔）等を決定、翌日から文字切り込みなど文学碑完成への最終段階作業開始。

十一月八日第十三回建立委員会。同月十二日、秋月代表・早川事務局長・奥野委員が、長崎県庁に高田勇知事を訪ね、経過を説明し、当日の出席を依頼。翌日、前記三人が長崎市役所において本島等市長に同じく経過説明と出席依頼、続いて長崎商工会議所に本田専務理事を訪ね、中部長次郎会頭の出席を依頼。同理事から、電話でNBC社長中部会頭のほか、十八銀行・親和銀行・長崎バスに寄付の依頼をしてもらう。

十一月十五日第十四回建立委員会。翌日、佐多先生の継母・ツヨ氏死去、翌日葬儀の連絡が入る。早速、弔電を打つ。

十一月二十二日第十五回建立委員会。同月二十五日、碑の現地設置工事開始。同月二十八日同工事完了。

十一月二十九日第十六回建立委員会。十一月分だけで県下の募金額が三百十七万六千八百円（四九六人）となり、同月末現在の募金集計額が、五百六十三万七千三百円と目標の五百万円を大きく上回り、うち県下分が三百八十五万八百円と、「県下で三分の二を」という期待もほぼ達成された。

六、除幕式の状況

十一月三十日、午後一時三十分着の全日空機で、佐多先生一行が到着。それに前後し、翌日午前中までに、佐多先生の家族や山本健吉氏・小田切秀雄氏・婦人民主クラブの近藤悠子委員長一行五十名はじめ呼びかけ人ほかが続々と、長崎空港や国鉄長崎駅に到着し、多くは市内観光をしながら、除幕式の時を待つ。

十二月一日午後一時一〇分、井上裕子アナウンサーの司会で式典が始まる。

里見建設委員が開会宣言、佐多先生の曾孫・湊　晶さんと崇君姉弟が除幕、活水女子大学日本文学科三年・伊藤加奈さんが碑文を朗読。山本健吉氏・小田切秀雄氏・高田知事・本島市長代理の宮川助役・婦人民主クラブ代表の松本員枝氏（八十六歳・先生がそっと付き添う）・長崎市民代表の松田皜一氏・衆議院議員の倉成　正氏が、次々と碑前に献花。

秋月建立委員会代表の主催者挨拶、早川事務局長の経過報告の後、県知事・市長代理に続いて、講談社代表の徳島高義氏と長崎市民代表の林田作之進氏がそれぞれ祝辞。勝山小学校六年生二〇人が登壇し、先生に花束贈呈。

その花束を抱えた先生が謝辞、衆議院議員の西岡武夫氏・碑文盤を製作した相生市鉄工場の皆さん等から寄せられた祝電の披露後、里見会長が閉会を宣言して式典が無事終了。早速、活水女子大生らが式場撤去作業を進める。

参列者一同は、長崎公園の坂道を下り、大方が右手に折れて「生家跡」を見てから、炉粕町通りを諏訪神社参道まで歩き、その石段を下って、出来大工町にある記念講演会会場の中島会館へと急ぐ。

七、記念講演会の状況

午後二時二十八分、三百人を超す聴衆で埋まった中島会館で記念講演会が始まる。正面講師席に佐多・山本・小田切・中島・近藤・小林の各講師が居並ぶ。司会は早川事務局長

「樹影」の成り立ち　中島和夫氏（雑誌「群像」編集長）

佐多先生が「樹影」の筆をなかなか執られなかったのは、原爆にもあわず中国人でもない自分に書く資格があるかという倫理の問題で悩んでおられたため。

長崎と佐多さん　山本健吉氏（長崎出身文芸評論家）

自分は佐多さんの母校・勝山小学校を町の名門校と思っているが、佐多さんはその近くにあって上流のお嬢さんが行く女子師範に庶民的反感を持っておられたらしい。政治と文学の問題でも随分悩まれたようだ。

現在の佐多さん　近藤悠子氏（婦人民主クラブ代表）

佐多さんは婦人民主クラブの委員長を十五年の長きにわたって勤めて、婦人団体の自立を守りぬき、女性の平和運動の先頭に立ってこられた。生誕地に立派な文学碑ができて、とても嬉しい。

朗読「樹影」抜粋　小林裕子氏（佐多文学研究家）

色を喪失した極限状態の画、樹骨のように立ち枯れた凄烈な遺作の前に立つ慶子と麻田の弟の、無念の思いが綴られている場面を、見事に朗読。（小林氏には、早川事務局長が、辞退されるのを無理に朗読をお願いした。）

「樹影」のこと・佐多さんの仕事のこと

小田切秀雄氏（文芸評論家）

「樹影」のように故郷長崎の町のたたずまいを、キメ細かく、愛情を込めて生き生きと描いた作品はない。佐多さんは、戦後文学の代表を挙げるとき、その筆頭にくる一人であり、この考えは決して撤回しない。

謝辞

佐多先生

宋慶麗を長崎駅に迎えに行ったのは、主人公柳慶子のモデルではなく、自分自身であり、中国語が中国人の自分に分からないという悲しみを持つことは、自分の想像である。この際、秘密を一つだけ申しあげる。

午後四時三〇分 司会者が閉会を宣言。

八、祝賀レセプションの状況

午後五時三〇分、同じ中島会館の大広間で立食形式の華やかな祝宴開始、参加者約二百人。司会は長崎商工会議所の堀池 清氏、里見委員開会の挨拶後、顧問の本島市長・清島会頭それに計画に協力された諸谷義武元長崎市長（県美術協会会長）が祝辞を述べ、高校生の坂本文子さん（坂本屋旅館のお孫さん）が振袖姿で花束贈呈。先生の当日三日目となる謝辞の後、中島公彦長崎市議会議長の乾杯音頭で祝宴に入る。佐多先生はビールが大好きとのこと。突如会場が薄暗くなり、「母のふるさとを訪ねて」と題する、初めて長崎を訪れた次女達枝さんを佐多氏が案内する記録映画が映し出される（拍手）。県内外の有名な参会者が次々とスピーチ、午後八時近く、秋月代表が壇上に上がり、お礼を述べ、佐多氏の今後の文運を祈って万歳三唱の音頭。受付で人々が単行本「樹影」（署名入り）を購入して帰路へ急ぐ。

九、おわりに

佐多先生は、この文学碑の建立を心から喜ばれていたようだ。建立の翌年一月十一日に早川事務局長にお礼の電話が入り、二月十二日には、大学生のお孫さんを連れて長崎に来られて二泊されている。その際、文学碑を何度も訪ねるとともに、関係者を坂本屋に招いて夕食をともにし、読売文学賞を受けたばかりの「月の宴」のサイン入りの本を送っておられる。私にも、丁寧なお礼の手紙が届き、「はじめに」に書いたように「樹影」も送付されていたのである。

佐多先生自筆の書簡などは、いまも大事に保管している。

短歌とエッセイ（一）

令和元年、五月のひかり

久保　美洋子

令和元年は、本年五月一日から始まった。風薫る五月、新緑の五月、光かがやく五月、その美しい五月に、新元号・令和はスタートした。このことを、多くの人々が爽やかに受け止めているようであった。殊に、五月生まれの私は嬉しい心持ちで日々を迎え、日々を送って、五月二十九日を待ったのである。

五月二十九日って何なのか、というと〈白桜忌〉なのだ。それは与謝野晶子の命日。晶子の没年に刊行された遺歌集『白桜集』からの命名である。そして、私の誕生日が五月二十九日なので、短歌に関わる人間としては、なにかしらゆかしい心持ちが涌く……と言うと、嗤われるかもしれないが。

晶子の没年は昭和十七年で私の生年は昭和十九年、二年の開きがある。そのため、〈白桜忌〉が私の誕生日だ、と言うと「没後二年に生まれたのなら、白桜忌があなたの誕生日とは言えない」と否定する人が居る。その人は〈〇〇忌〉という言葉の捉え方を間違っているのではないかしら……と思うけれども、別に気にしないことにしている。命日（忌日）も誕生日も、毎年巡ってくるのだ。

まあ、そんな訳なのだが、五月中を喜んでばかり居るのではない。十八年半という時間を、私と共に暮してくれた茶トラ猫・菜々《なな》の命日が巡ってくるのも五月で、ことしは三回忌であった。庭の中央の菜々塚には、大輪の薔薇が次々に咲いて、独り暮しの私を励ましてはくれるけれど、五月の風のさやぎは哀しみの涙を誘い、新緑の日の斑は寂しさの胸を刺す。五月は、私にとって悲しみの月でもある――。

さて、令和元年五月二十九日のバースデイ、私は「そうよ、ヘアカラーなんか、もう止めたわ」との独り言で目覚めた。「そうよ」というのは、「この日から後期高齢者となる」ことを諾っての「そうよ」で、「だから、ヘアカラーを止めよう」という夢の続きの目覚めだったのである。

何歳のころから髪を染め始めたのか……と振り返ってみると、既に三十五年ほど前のことだと思う。長年を、毛髪も頭皮もひどい目にあっていた訳で、自分の身のこととはいえ、よくまあ続けていたものと、内心忸怩たるものがある。

最後に染めたのは四月の終り頃であった。手帖を見ると、四月二十九日（昭和の日）に美容室にて、カットとカラーのお世話になっている。そして今、これを書いているのは八月末。カットはこれまで通りに続けていて、相変わらずの御河童頭なのだが、髪の毛の色はグレーとブラウンとが不規則に混じっていて、なんともみっともない。鏡を見る度にアーア、と思うけれど「もう少しの辛抱よ」と鏡の中の自分を慰めてやる。

頭髪全体がグレーになるのは、いつ頃だろうか、令和二年五月の誕生日までには……と願っているのだけれど……。

さてさて、ヘアカラーなんぞの話におつき合い下さり、まことにありがとうございました。令和元年五月から夏までの拙歌の中から、十首を紹介させていただきます。

○猫菜々の塚に咲きたる薔薇五りん大輪にして光をまとふ

○新しき世を粛々と生きゆかむ「憧れ」「畏れ」裡にひそめて

○長崎のめぐりの山の楠若葉もりりもりもり日々盛りあがる

○葉脈に朝のひかりを秘めながら柿の若葉は風と仲良し

○つぎつぎに逝去されます反核を訴へきたる先輩ヒバクシャ

○あぢさゐも山紫陽花も増殖のいちじるしくて剪定忙《せは》し

○鯨肉と新ジャガ芋の鯨ジャガ旨すぎるなりビールがすすむ

○しんみりとためらふやうに咲き出だす逢魔が時の庭の夕菅

○宵にひらき夜《よ》を誇らかに咲き競ふ大待宵草《おほまつよひ》の黄の花ばなよ

○庭ぢゅうに七種の木槿咲きをりぬ花はさまざま色もさまざま

（コスモス短歌会長崎支部長）

「裏切られた自由」
ハーバート・フーバー元米大統領の「大事業」

長島達明

一．フーバーダム

アメリカ第三十一代大統領のハーバード・フーバー氏は丁度アメリカ大恐慌の当時、共和党から出た大統領で、私の感覚では、適切な不況対策を打つことが出来なかった無能な大統領、と言う印象でした。大恐慌の年の一九二九年から三三年までの一期四年で大統領の座を追われています。次に出て来た民主党のフランクリン・ルーズベルトの方が良く知られ、大恐慌を治めた有能で人気のある大統領だとの印象が強く、アメリカでの歴代大統領の人気投票でも上位三人の中に入ることが多いようです。でも、昔、フーバーダムと言う、とてつもない大きなダムを見たことがあります。アメリカ西部のアリゾナ州とネバダ州の州境のコロラド川の渓谷に作られた巨大なダムです。これは不況対策としての超大型の公共投資ではなかったのか、と言う疑問は持ち続けていました。少し勉強してみるとルーズベルトはアメリカを不況から脱出させる目的で日本を戦争に巻き込んだのではないか、と言う疑問すら出て来たので、何時かはフーバー大統領のことを勉強してみたいな、と思っていました。二・三年前にフーバーの自伝が上梓されたと聞き、読んでみたいな、とは思っていたのですが、題記の本を本屋で覗いてみたら、六／七〇〇ページの本が二冊、二冊で二万円近くもするので、恐れをなして敬遠していたのでしたが、貸してくれる人がいたので、少々苦労して読んでみました。

フーバーダムは一九三一年に着工され、三六年に完成していますから丁度フーバー大統領の任期中に着工されたと言うことになりますが、これは不況を脱するための大型公共投資とは性質が違うものだったようです。フーバー氏は大統領退任後も政治に関わっていますが、ルーズベルト大統領が推し進めた大型公共投資計画を含むニューディール政策には大反対だったようで、このような政策は、「集産主義（Collectivism）」政策と呼ばれ、これは社会主義に通じ、ひいては共産主義に通じる道だ、と激しく批判しています。この事は彼が大統領を辞任してから直ぐ後の三四年に上梓した「自由への挑戦」と言う本で詳細に論じているそうで、「我が国は個人主義を上手に統制して来た歴史がある」と言い、「ニューディール政策は国家が経済を統制する社会主義に通じる政策だ」と主張しているそうです。私は、「個人主義を上手く制限した資本主義が理想的な経済のあり方ではないか」、言い換えれば、故宇沢弘文教授が主張していた「人間の暖かい心を持った資本主義」が理想の経済だ、と信じていますので、昨今のアメリカの資本主義が、全く際限のない個人主義に陥り、この思想をグローバルスタンダードと称して世界中に広めて来ているのを見て、この当時のアメリカがどんなに上手に個人の自由をコントロールしていたのかを知りたいと思い、この本も機会があったら読んでみたいな、と思っています。それでも一九四七年の議会で、このダムはフーバー氏の名前を取って、「フーバーダム」と命名されました。フーバーダムで仕切られた巨大な人工湖のミード湖は今でもアメリカで最大の水量を誇っています。私はロスアンジェルスに出張した時、週末を利用してラスベガスに遊びに行ったことがありますが、ラスベガス空港から小型のセスナ機に乗って、コロラド川が何億何千万年と言う長い年月をかけて作ったグランドキャニオンを見た後、ミード湖の上を飛んで貰って、空からその壮大な景観を見せて貰ったのでした。

二．食糧支援活動が繋いだ縁

共和党のフーバー氏が、民主党のルーズベルトに敗れて一期四年で大統領を辞任したのが一九三三年のことですから、一八七四年生まれのフーバー氏が五十九歳の年と言うことになります。この膨大な著書を書き始めたのが四四年とのことですから丁度七十歳になった年。それから二〇年を掛けて書き続け、修正に修正を重ねて、九十歳で亡くなる六四年には最終原稿が完成していたそうです。ところがご本人の遺言メモとご遺族の意向が重なって、出版は見合わせとなり、やっと日の目を見たのが、死後四十五年後の二〇一一年のことでした（日本語の翻訳版が出版されたのは二〇一七年）。執筆に時間が掛かった原因はご本人がかなりの完全主義者だったことにあったようですが、完成後五〇年近くもその原稿が眠っていた理由は、出版することによってご本人に対する大きな批判が巻き起こることを懸念したからだ、と解釈されています。実際に読んでみると、膨大な資料を基にした歴史の真実が語られていると思われますが、アメリカ人にとっては耳の痛いことも多く含まれているので、フーバー氏の懸念も当たっていたのではないか、と思いました。

フーバー氏は私の印象とは大きく違って、大変有能で立派な方だったようです。大統領の職を一期で追われた後は、まず再選に挑戦していますが、再選に失敗した後もルーズベルトの進める政策への批判を主とした多くの講演会をこなしたり、ラジオを通じて国民に呼びかけたり、新聞に論文を発表したり、多くの著作にも手を染めています。ルーズベルトの死後を継いだ民主党のトルーマン大統領の下では、第一次大戦の頃の自らの経験を生かして、世界の食糧事情を調査する委員会を主宰していますし、その後、同じ共和党のアイゼンハウアー大統領の下では、一二年近くも続いた民主党政権の下で社会主義に傾いた行政組織を立て直す行政改革委員会の委員長を務めるなどの公職に就いています。第一次大戦時にフーバー氏は、最初は個人的にヨーロッパ各国に対する食糧支援活動を始め、その後アメリカが国としてこの支援活動に力を入れるようになった際、商務長官にひっぱり上げられて先頭に立って働いたのだそうです。戦後、こうして公職に就いて欧州旅行をした頃にはその時に世話になった大勢の友人たちが夫々各国の首脳になっていて、フーバー氏が訪れると各国で歓迎され、重要な面談も出来て役に立つ情報を手に入れることが可能だったと言われます。この食糧支援活動を政府に入る前から民間人としての無私無給の奉仕で始めたのは、クエーカー教徒としての信仰が生んだものとされています。この辺を書いた「アメリカン・エピック」や第二十八代大統領のウイルソン氏を論じた「ウッドロー・ウイルソンの試練」、それに自身の回顧録も五一年から五二年に掛けて第三部迄上梓するなど三〇を超える著作を発表しているそうです。大統領辞任後も自らの信念を捨てずこうした活動を続けたのは、歴代の大統領の中でもニクソン氏とカーター氏ぐらいだった、と言われています。

三．反共主義者

この著作、「裏切られた自由(Freedom betrayed)」は、真珠湾攻撃までのルーズベルト大統領の対日外交姿勢への批判と第二次世界大戦の分析とを目的として書き始められたものだそうですが、多くの秘書や協力者の協力を得て膨大な資料を集めて書き進めて行く内に次第に拡大して行って、大戦時の外交や戦後の姿を含めた学術的なアメリカ外交史と呼んでも良い程のものになった、と評されています。本人や協力者たちはこの作業を「大事業（ラテン語で[Magnum Opus]）」と呼んでいたそうで、フーバー氏の晩年の生活の殆どの時間はこの大事業の著作に当てられていたと言われます。

大の反共産主義者だったことは間違いないようで、第一章の書き出しからこの点に触れていて、「人類に大きな惨禍をもたらした共産主義」と言う言葉すら使っています。共産主義政権と言うのは粛清と言う名の大量殺戮によって独裁政権を作り上げ、国民の自由を完全に奪ってしまう、と言う見方です。一九一七年の共産主義革命でレーニンとスターリンが作ったソビエト連邦を、革命当時のアメリカ大統領だったウッドロー・ウイルソン以下フーバーまで、四代の大統領は国として承認しなかったが、ルーズベルトが大統領に就任したら、たった八か月後には承認してしまった。アメリカが門戸を開いたのを皮切りに世界各国がソビエトを承認することになった。アメリカ国内にも共産主義者が激増し、政府機関にも浸透して来て、四九年の時点で三〇〇〇人の政府職員が党員だったとの記録がありますし、非合法活動に従事した廉で解雇された職員が三万人近くいたと言います。彼は政府組織内の共産主義者とその協力者の六〇名以上を、実名を挙げて紹介していますが、政府高官や軍の関係者にも多くの共産主義者がいますし、原子爆弾製造の中心人物だったフランク・オッペンハイマーや、原爆の情報をソ連に流したスパイの罪で死刑になったローゼンバーグ夫妻の名前も挙がっています。

この関連で興味深かったのは、スターリンが言った言葉として紹介されている「外交官は嘘を言うのが商売だ。ウソの言えない外交官は無能だ」と言う言葉です。今やスターリンの政治はロシアでも間違っていたとされ、排除されているようですが、この言葉はソビエトの外交の基本として残っているのではないだろうか。フーバー氏は他の個所でも、共産主義者は外交上の嘘を言うことを躊躇しない、との見方をしています。最近、北方四島返還についてプーチン大統領やラズロフ外相が言っていることは、これに類することではないだろうか。日露戦争の後の講和の交渉に苦労した小村寿太郎の例を見ても、ロシアとの外交交渉は安易なものではない。私も現役の頃の商売を通じて、ロシア人のネゴの厳しさを良く知っています。ましてや領土問題が安易に片付く筈はない。「安倍さん、騙されないでちょうだいよ」と言いたくなります。

第二次大戦後、ルーマニア、ポーランド、ブルガリア、ハンガリー、バルト三国などを含むソビエトの西側の周辺諸国が共産化しますが、これはルーズベルトとチャーチルとスターリンが会談した四三年十一月のテヘラン会議で既に決められていたことで、スターリンはこの時初めて三者会談に応じたものだったが、戦後の欧州の姿についてのスターリンの要求をルーズベルトが安易に諾々と飲んでしまったのでこれらの国の共産化が進められた、と言うことです。フーバー氏はナチズムも危険な思想だが、共産主義はそれ以上に危険な思想だ、との考えを持っていたようです。

この本が最初、ルーズベルト批判を目的として書き始められたと言うのは、ルーズベルトが共産党寄りの姿勢を示した辺りに理由があったのではないでしょうか。

四．反戦論者

強烈な反戦論者であったことも事実で、戦争は自国の防衛を目的とするもの以外にはするべきではない、と繰り返し主張しています。第二次大戦の始まる直前に独ソが不可侵条約を結びますが（日本では平沼騏一郎内閣がこの動きを読むことが出来ず、「欧州の外交は複雑怪奇」のひと言を残して総辞職したのは有名な史実です）、大戦が始まって間もなく、ナチがパリを占拠した途端にナチはこの条約を破棄して、四一年六月にソ連への侵攻を開始します。この時にフーバー氏は、「アメリカは欧州の戦争に介入すべきではない」と言う強烈なキャンペーンを開始するのです。共産主義と全体主義を勝手に戦わせて、双方を疲弊させるのが上策だ、アメリカは自身の防衛体制だけを固めておけば良いんだ、とラジオや論文を通じて繰り返し自分の意見を発信しています。

ルーズベルト大統領は、一九四一年の大統領選挙で三選を勝ち取っていますが、既に欧州で始まっていた戦争には参戦しない、と公言して選ばれています。ところがその八か月後にはドイツに対して事実上の宣戦をしています。フーバー氏の解釈によれば、開戦の権限は議会にあったのにも拘らず、ルーズベルトが大統領の権限を強化し、大統領の指導で戦争に踏み切ったと言うことになります。それも殊更にナチの恐怖を煽り、嘘の報道も混じえて国民をドイツとの戦争に巻き込んだ、と強烈な批判をしています。日本の参戦については、「日本を刺激する方法」と言う一項を作って、かなり多くの紙面を割いてその内情を紹介し、ルーズベルトを非難しています。即ち・・・

① 近衛首相の和平交渉への呼び掛けを無視した。日本の外相が親独派の松岡洋右から親英米派の豊田貞次郎に代わり、天皇も戦争を望んでいないことも知

っていた。この時点が戦争を回避する唯一のチャンスだった。

② 日本に最初の一発を撃たせる立場に追い込む工作を続けた。この工作にはアメリカ政府内の共産主義者の働きかけも大きかった。

③ ハル国務長官に最後通牒を出させた。ハル長官自身、この「ハルノート」に日本が合意して来る可能性はゼロだった、と言っている。

④ グルー駐日大使からは、度々和平交渉に応じるように訴えがなされ、これ以上締め付けると日本人は自殺行為に打って出る国民性を持っているので暴発の怖れがある、との主張がなされたが、これも無視した。

⑤ 日本の真珠湾への攻撃に当たっては、既に暗号を解読して、攻撃の可能性を知っていたが、ハワイの当事者には知らせずこの攻撃を黙認した。

などの要因を挙げ、日本との戦争はアメリカが仕向けたものだ、この悲劇は大統領の意図的な政治指導によって引き起こされたものだ、と断言しています。それよりも大きな問題は、これらの事実が国民には全く知らされていなかったし、長年隠し続けてられていたことだ、と指摘しています。

フーバー氏が戦後の四六年五月に日本を訪れ、マッカーサー元帥と面談した記録がありますが、「この戦争は戦争をしたくて仕方のなかった狂人によって始められたものだ。日本の、戦争を回避しようとする努力をルーズベルトが拒んだことによって引き起こされたものだ」と言うことを双方が合意しています。

五．原爆投下は不要のものだった

日本の降伏受諾についてもかなりの紙面を割いています。ルーズベルトは終戦の年の四五年の四月に亡くなり、副大統領だったトルーマンが後を襲いますが、トルーマンは就任後間もなくフーバー氏に政治的なアドバイスを求めて来ています。食糧事情に詳しい氏の意見を聞くことが主目的だったようですが、その中でフーバー氏は「日本の降伏が近い内に実現するだろう」、と話したことを紹介しています。四五年の五月に鈴木貫太郎が首相に任命されたことを理由に上げたそうです。更に東郷茂徳が外相に任命されたことは、天皇が終戦の気持ちを鮮明にしたことだ、と解釈しています。日本が同年七月のポツダム会談の前から講和を求めるシグナルを繰り返して出していたことは、関係者は知っていたし、この二月には対日戦総司令官だったマッカーサーから、「日本は天皇の地位を保全することさえ認めれば降伏するであろう」ことが進言されていました。四五年七月のポツダム会談の途中で英国首相のチャーチルが選挙に負けて退陣することになり、会議中に英国の代表がアトリー首相に代わると言う事態が起こりますが、ポツダム宣言を出すと殆ど同時に原爆の投下が決定されています。日本に、降伏の条件を検討する時間も与えずに原爆の投下を決定したと言うことです。また、ルーズベルトはヤルタ会談で約束したソビエトの対日参戦を後押しするために、スターリンから出される数々の要求を呑んでいます。この要求には南樺太と千島列島を日本から取り上げてソ連に渡す、との密約も含まれていたそうで、今の北方領土問題を作り出したのはルーズベルトの密約だった、と言うことになりそうです。軍の関係者は誰しも、日本にはこれ以上戦争を続ける能力はなく、ソ連の参戦や原爆の投下がなくても、近い内に降伏するであろうことは知っていた、と言っています。アイゼンハワー将軍すら原爆投下に反対だったことが紹介されています。理由は二つあって、一つは、日本は既に降伏の用意が出来ていて、この恐ろしい兵器を使う必要がなかったことであり、もう一つはアメリカがこの恐ろしい兵器を使用する最初の国になって欲しくなかったことだ、と述べていたことも紹介しています。

原爆の使用に関してフーバー氏は、自身の見解は述べていませんが、周囲の軍人や政治家やジャーナリストの否定的な意見を紹介することによって自身の反対の意向を表明しているように思います。

六．この著書の意味

この著書が大きな話題になった理由は、

① ルーズベルトが色んな策を弄して日本を戦争に追い込んだこと。

② 終戦間近の日本側からの講和への働きかけを拒否して、ソ連の参戦を促し、原爆の使用に結び付けたこと。

③ 日本との戦争の終結には原爆の使用は必要のないものであったこと。

を当時の政治の渦中にあった元大統領のフーバー氏が膨大な資料と証言の裏付けを基に明らかにしたからではなかったでしょうか。

七．共産主義の拡散

この著書の最後の部分には、第二次世界大戦が終わった後で、共産主義が如何に広く世界中に拡散して行ったか、が数字を挙げて示されています。「ロシアにより併合された民族と地域（欧州）」「ロシアにより共産国家にされた国々（欧州）」「ロシアにより併合されたアジア地域」「共産党の閣僚が生まれ、共産党が組織化された国々」に分けてそれぞれの面積と人口を数え上げ、共産主義の拡散がどんなに急速で広範囲なものであったか、を示しているのです。

八．日本の韓国と中国との拘わりについて

本論を終えた後に、ケーススタディと称して、幾つかの国の戦時中と戦後について論じていますが、中国と朝鮮についての記述もあります。

中国が共産化したのは、ルーズベルトの流れを汲むトルーマンの政権の所為だ、と主張しています。日本敗戦後の約束事を決めた四五年二月のヤルタ会談でルーズベルトがソ連の参戦を促すために樺太と千島列島をソ連に渡す密約をしたことは前述しましたが、この会談で中国の利権をソ連に渡すことを中国の了解も得ないで密約していたのです。フーバー氏は、これはルーズベルトからスターリンへの全く不必要な賄賂だった、と酷評しています。そしてこの密約はルーズベルトの後を襲ったトルーマンには就任後少なくとも数か月の間知らされていなかった、と言うのです。ルーズベルトが裏で中国を裏切っていたことになりますし、アメリカが蒋介石の国民政府に十分な支援を与えなかったことが、ソ連の強力な支援を受けた毛沢東を勝ちに導き、蒋介石を台湾に追い落としたのだ、と言うことを当時の責任者や議会での証言などを集めて主張しているのです。

また、本論とは関係がありませんが、朝鮮についても記述があります。フーバー氏が朝鮮を訪れたのは一九〇五年のことだったが、当時の朝鮮の人々の生活状態は心が痛むほどだったと言っています。国民の栄養不足、身に付けるものも少なく、衛生状態も悪いし、家屋も家具も粗末なものだったと言います。悪路ばかりで、通信手段も殆どなく、教育施設もなかった。汚職が国全体を覆い、盗賊が跋扈して秩序もなかったそうです。それが一九一〇年から四五年までの日本の統治の間に、革命的に改善された、と言ってくれています。この時期は昨今の韓国の人たちが「日帝の時代」と呼んでいる時期と符合します。日本に対する「恨」の起源の一つではないでしょうか。フーバー氏が紹介してくれているような改善を実現するために、日本人の税金がどれ程使われたことか、伊藤博文や寺内正剛、宇垣一成を始めとして、どれほどの人材が投入されたのか。それもこれも最低の水準にあった韓国民衆の生活を日本と同レベルまで引き上げようとする努力が目的だったのではないか。少なくとも、植民地から搾取しようとする欧米の施策とは全く違うものであったこと

は間違いないと思います。こんな歴史の事実はもっと明らかにされて良いのではないかと思います。

九．裏切られた自由

ルーズベルト大統領はアメリカの建国以来、前例のない三期目の任期に入った四一年一月の一般教書演説の中で「四つの自由」（言論と意思表明の自由、信仰の自由、欠乏からの自由、恐怖からの自由）について提唱し、これが民主主義の根幹として有名になって、大西洋憲章や国連憲章の基礎となったと言われていますが、フーバー氏は、共産主義の浸透でこれらの自由は全くないものになってしまった、と言っているのです。ルーズベルトは、スターリンを支持する立場に立ったことによって、世界の大きな地域と多くの人たちを共産主義の惨禍の中に投げ込み、自分が提唱した自由を自分で裏切ってしまった。「裏切られた（betrayed）自由」、と言うこの著書の題名は、このことを言っているのだと思います。

（平成三十一年二月）

長崎県の戦時型機帆船建造史（6）

西口公章

六、長崎県の戦時型機帆船の各造船所とその建造船（その4）

▼（壱岐・対馬地区4）

今回は壱岐地区の二つめの造船所である。従前どおり、以前、壱岐市に合併前の各町の郷土史の関連部分をノートに抜き書きしていたものを、今回も再度確認し参照した。

それと並行し、先回紹介した、同じ壱岐北部の「㈱日本造船鉄工所」と合わせ、地元の郷土資料館への問合せや地元新聞へ投稿し情報を集めた結果も活用。さらに記述するに当り不足する部分の追加調査も行った。また、先回に続き壱岐在住の山口剛司氏からのバックアップをいただいた。

4「壱岐木造船㈲」

毎回、各造船所を記述するにあたり登記された本店の住所をまず記しているが、今回の「壱岐木造船㈲」（以下㈲を外す）は、工場の場所は同じだが、本社事務所は社長が代わるたびに移転している。いずれも郷ノ浦町内なので、山口氏がお送り下さった昭和三八年頃（恵文社）と、平成一九年発行最新版の前の回の版（ゼンリン）と思われる2種の住宅地図で場所を確認してみた。

民俗学者宮本常一が写した昭和37年の郷ノ浦港。右手の機帆船が居る場所の陸上に「壱岐木造船」があった（「宮本常一日記・写真集成」上巻・毎日新聞社より）

（本店の住所とその変遷）

①　昭和一七年六月九日設立時

・長崎県壱岐郡武生水町郷ノ浦一九三番地。（現、壱岐市郷ノ浦町。以下同じ）

「一九三番地」は「壱岐木造船」の工場の直ぐ近くで、郷ノ浦港にそそぐ永田川の少し上流。その場所には今も「小金丸」氏の表記が有り、初代社長である小金丸密晴氏の個人宅だったのではないだろうか。

② 昭和一八年四月一八日移転
・同町郷ノ浦二番地。
「二番地」は今西ひろし氏（七三歳）の二つの証言に「壱岐木造船有限会社の看板を見た記憶がある」、「社長は、益川菊太郎さんで、壱岐では有名人だった。益川さんの自宅の方『銀水旅館』に会社の看板があった」
とあり「二番地」は二代目社長益川氏の経営した旅館で、赤木写真館の近く。また投稿した元「㈱壱岐日々新聞社」（以下「壱岐日々」と略）の種田拓氏の補足の証言にも「益川菊太郎さんは、戦前、最初の『壱岐日日』を創ったが、昭和一七・一八年の新聞統合で潰れてしまった」とあり手広く商売をされた方だったようだ。

③ 昭和一九年一〇月八日移転
・同町郷ノ浦四八番地。
種田氏が収集された証言と小金丸造船の小金丸晴俊氏のお話から「四八番地」は証言にある郷ノ浦の中心部九州物産店（現、九州物産商事本町店）の場所に一致する。

この時の事務所の建物については、新聞の私の投稿を見られた小嶋さん（女性）から「当時珍しい鉄筋の事務所が、今の九州物産の所にあった。赤木写真館に当時の写真があるのでは？」
との証言と、先の証言者今西さんも
「本社はビルで郷ノ浦町内の目立つところに有ったので写真が残っている」
とお話があった。そこで壱岐では老舗の赤木写真館に問い合わせたが、写真の有無は不明に終わった。ちなみに後述するが「壱岐木造船」の前身である小金丸密晴氏の造船所で、昭和元年進水した「昭和丸」の注文主新興組の一人に、同じ名字の今西銀弥氏がおられる。証言者今西氏の御親族だろうか。

今回、証言を集めていただいた種田氏は小金丸氏と縁故があり、またこの本社ビルも実家のお隣で、不思議にこの造船所とつながりがあるそうだ。なお三代目社長の実家は酒店。

以上のように、登記を詳細に見ると「壱岐木造船」の事務所は2回移転し3カ所存在。歴代社長も造船所、旅館、酒屋と当時の郷ノ浦を代表する経営人だったことが分かる。次に肝心の工場について記述したい。

（1） 造船所の設立日と規模
昭和一七年六月九日設立。

この造船所の規模は、翌一八年八月三一日現在の「日本木造船組合連合会能力調」（同連合会）に、

資本金　七万円
従業員数　六二名
敷地総坪数　一五〇〇坪
船台　一基
船架　二基
最大建造船舶総屯数　不明
年間能力　六〇〇トン

と記載がある。

小金丸晴俊氏のお話で「壱岐木造船」の場所が「今はどこに有ったか分からなくなってしまった」とあるように、「壱岐木造船」の工場が有った場所については複数の証言があるが、いずれも町内を流れる永田川の右岸で、その河口と郷ノ浦港が交わる場所に間違いなく、

「進水式の様子を覚えている。モチまきがあった。船が下りる海面は、川の河口で真水と海水が交わる汽水の状態の場所だった。造船所と川の対岸側で新造船を綱で引っ張って、半日かけて進水式をしていた。昭和一八年のことだった」

との今西さんのお話もそれを証明している。

小嶋さんは

「今の壱岐マリーナホテルのところにあった」と記憶され、種田氏の補足のお電話では

「造船所があったのは、うっすらと覚えている。今の壱岐マリーナホテルの20メートル位、港寄りでトンコ（豚子）ラーメンとの間にあった」

との御報告。いずれにしてもマリーナホテルが目標になるが、実はこのホテルは、私も壱岐に出張の時に泊まっ

現在の郷ノ浦港。「壱岐木造船」は、町営船「みしま」が着く背後の道路脇一帯にあった。（平成12年2月山口剛司氏撮影ご提供）

永田川河口の郷ノ浦港。「壱岐木造船」は、右端の壱岐マリーナホテルと、左側白い平屋「豚子」の間一帯に存在していた。（平成20年9月山口剛氏撮影ご提供）

「壱岐木造船」の母体となった小金丸密晴氏の造船所は、今は郷ノ浦町渡良南触に移転。「㈲小金丸造船所」として操業されている。
（平成24年5月山口剛司氏撮影ご提供）

ており、私にもご縁があった。

次に後先になったが「壱岐木造船」は、現在、郷ノ浦町渡良南触にある「㈲小金丸造船」を経営される小金丸晴俊氏の、その祖父である小金丸蜜晴氏が大正一〇年起こされた造船所を基に、壱岐全域の造船所（船大工）が合同して出来たとの経緯が判明している。

以下「登記簿」から「壱岐木造船」の幹部の役職、氏名、住所を記す。

・「壱岐木造船」代表取締役社長
（初代）小金丸蜜晴氏（壱岐郡武生水町。現、壱岐市郷ノ浦町。以下同じ）

（二代）益川菊太郎氏（同郡同町郷ノ浦）

（三代）平田周三氏（同郡同町郷ノ浦）

・「壱岐木造船」取締役（重複する先に記した代表取締役を除く）
石井吉太郎氏（同郡勝本町可須勝本浦。現、壱岐市勝本町。以下同じ）
青木進氏（同郡田河村諸吉芦辺浦。現、壱岐市芦辺町。以下同じ）
赤木金作氏（同郡石田村筒城山崎触。現、壱岐市石田町。以下同じ）
佐藤一男（同郡田河村諸吉本村触）
堤松衛氏（同郡石田村石田南触）
小金丸定一氏（同郡武生水町郷ノ浦）
赤木菊次郎氏（同郡武生水町郷ノ浦）
赤木庄次郎氏（同郡武生水町郷ノ浦）

・「壱岐木造船」監査役（重複の取締役を除く）
石井栄助氏（同郡勝本町可須勝本浦）
栁沢文四郎氏（同郡田河村諸吉芦辺浦）
町田梅太郎氏（同郡鯨伏村立石湯野本浦。現、壱岐市勝本町）
原田六平氏（同郡田河村諸吉芦辺浦）

以上がこの造船所の交代者も含めた幹部で、全て地元壱岐島内の人々である。

初代社長の小金丸密晴氏の既設の造船所が母体になっているので、この造船所の規模を調べたが、手持の大正一二年と昭和九年版「日本船名録」の「造船所」の項目にはいずれも未記載。この項目の記載基準は「汽船又ハ總噸數約五十噸以上ノ帆船ヲ製造」となっており、したがって蒸気船ではなく、当時、普及し出した、焼玉エンジン等の発動機を動力とする小型船を造った工場だったようだ。

今回、小生の調査に対し、晴俊氏は、私への回答と一諸に貴重な資料もお送り下さったが、その中に昭和元年に同所で進水した「昭和丸」の写真のコピーがある。この写真の裏にこの船の注文主等が書いてあり造船所

昭和元年５月小金丸密晴氏の造船所で完成した新興組の「昭和丸」（小金丸晴俊氏ご提供）

小金丸密晴氏の造船所の屋号
（イラスト筆者作成）

のゴム（?）印が押してあった。

その印は縦二行で、右側に「長崎縣臺岐郡武生水町郷ノ浦」の住所。左側には、頭に「漢字の『小』に船大工が使う『曲尺』（かねじゃく）と『丸い輪』を組み合わせ「小金丸」を表した「屋号」に続き「造船所」の文字が。しかし会社を表す㈲や㈱の文字も肩書も無く「小金丸密晴」と個人名だけ。その下に「二十四才」と当時の年齢が書かれていた。

この印から密晴氏の個人経営の造船所だったと推定され、また、この年齢から昭和一七年の「壱岐木造船」の創立時には密晴氏は三一歳だったことが分かる。

写真のコピーのもう一枚は「壱岐木造船」創立を記念し撮影された船大工さんの集合写真コピー。これはこの造船所の創立に「壱岐全島の船大工さんが集まった」との晴俊氏の、また同じく先の小嶋さんの「計画造船作りに、壱岐中から大工さんが来ていた」の証言を裏付け、それを証明している。

「壱木木造船」の創立で、壱岐島中の船大工さんが集まった（小金丸晴俊氏ご提供）

なお小嶋さんのお父さんは船大工さんでここの「壱岐木造船」の工場長を務め、船の図面を引かれていたのを目撃している。

この集合写真には多くの情報が含まれていた。「壱岐木造船」の背後右の別の造船所の屋根に「発動造船所」の看板が、また船大工の一人が着ている法被（ハッピ）に「神戸発動機」の社名が見える。これらからこの時代、地方の中小造船所は主に発動機船を造り、そのエンジンを神戸などのメーカーから購入していたことが推定できる。

小金丸氏一族は、この造船会社の初代社長の密晴氏のほか「登記簿」には取締役に小金丸定一氏が記されているが、住所が違うので密晴氏とは別に造船所を持っておられたようだ。

山口県の大学教授安冨俊雄氏の「全国の個人船大工存在確認調査（以下「船大工調査」と略）」（日本財団図書館）によると、小金丸定一氏は密晴氏のご子息のようで、さらにこの定一氏の御子息に吉正氏と、現在「小金丸造船」を経営、今回、証言をいただいた晴俊氏もおられ代々が船大工さんの一家である。

さらに他に、先の幹部の方たちの中にどんな造船所の経営者がいたのだろうか。

私への晴俊氏のお話に（カッコは筆者補足）

現在、勝本町にある「三福造船所」
（山口剛司氏撮影ご提供）

「勝本の石井さん（三福造船所）とも一緒に（「壱岐木造船」を）やっていた」

「（前回の）勝本町にあった『日本造船鉄工所』は、この中の三福造船所の石井氏が実質的に中心になって操業したのではないか」

と推定された二つの証言がある。

これも、先に紹介した「壱岐木造船」の写真に写る、別の造船所の看板「発動造船所」の両端に、右に「郷ノ浦二六番」の電話番号、左に平仮名で造船所名であろう「みふく」（三福）と書かれているのが読める。これが証言にある石井氏の「三福造船所」で、後に勝本に移転したか、あるいは郷ノ浦と勝本の両方に存在したのではないだろうか。

今回の「壱岐木造船」の幹部にもお名前がある監査役の1人石井吉太郎氏は、前回紹介した勝本町にも動力船を造る「三福造船所」を所有されている。

また、同じく登記簿記載の取締役の中に石井栄助氏がおられるが、この方は前回紹介した勝本町にある和船の造船所である「石井造船所」のオーナーである。

石井氏の一族も代々造船を生業にしておられ、前回、当時、壱岐北部の勝本町にあった七ヶ所の造船所名と経営者をあげたが、この中に石井氏が四人もおられた。壱岐全島の船大工が集まった証言があるように勝本の船大工さんも「壱岐木造船」に協力し一緒に戦時型機帆船を造っていたのである。

また、現在、壱岐市石田町山崎触に「赤木造船所」があるが、「壱岐木造船」の取締役にも「赤木金作」氏「赤木菊次郎」氏「赤木庄次郎」氏と三人のお名前があり、このお三方の誰かが当時も造船所をお持ちだったかも知れない。それについても赤木写真館に問い合わせたが不明に終わった。
また、先の小嶋さんの証言は、この会社の株主にまで触れられていて、

「株主に目良かつとしさんのお父さんや平田酒店の平田しゅうぞうさんがおられた」

とあり、三代目社長の平田周三氏は酒屋さんだったことが分かる。また「目良かつとしさんのお父さん」とは、あるいは昭和元年に密治氏の造船所で進水した「昭和丸」の注文主である新興組の一人に、目良勝眞氏がおられるのでこの方かも知れない。

（2） 資材の調達と供給

①「木材」

前回、壱岐での船の建造には古くから地元の木が使われ、その木は杉が多く中でも育ちの悪い壱州杉（黒杉）が最高とされたこと。

昭和一六年木造船である戦時型機帆船建造にかかせない材木も「木材統制法」により統制、一都道府県1社とされ、長崎県には「長崎県木材㈱」が長崎市に置かれたので、当然ここから木材を購入したと推定した。

しかし、よく調べるとこの1県1社の「木材統制法」を業者が悪用し、地元に近い場所の木材を他県に回し、地元には他県から木材を入手。その輸送料等で私腹を肥やす業者が逓信省の「木船建造状況視察」（以下「逓信省視察」と略）により露見。この制度が不合理なのでその後は、地元にある木材の伐採、地元民による供木や献木も、地元の造船所が利用できるようになった。先の安冨教授の「船大工調査」の壱岐の船大工さんの証言を参考にすると、戦争末期には、近接する佐賀や福岡に材木を求めたほか、再び壱岐の地元材も使うようになったようだ。

②「エンジン」（焼玉機関）

「壱岐木造船」で船体が完成した船は、晴俊氏の証言で

「佐賀県呼子の鉄工所（経営者副島氏）まで曳いて行って艤装した」

と判明。日本木造船建造本部「主機補機製造所名簿」に確かに佐賀に「呼子鉄工所」があり、ここで焼玉エンジンを搭載していた。

③「船釘」や「錨」

これらは普通地元の鉄工所で造られたが、晴俊氏の証言では、壱岐では各種船用品の店が「壱岐船具組合」に統制され、それが戦後まで続き、他にも瀬戸内海の大崎上島から「クギ船」も来島、さらに広島の尾道、鞆からも商品が廻って来ていたという。「クギ船」は前回紹介の「マキハダ船」と同じ船で、地域により呼び方が違っていたようだ。

吉野地方の桜井で吉野桧からマキハダの原料を加工する人（岩波写真文庫31「奈良県ー新風土記ー1958」より）

④「マキハダ」（桧肌・槇皮）

マキハダとは木造船特有の防水用材で、船体に張りつめた木材に海水「淦（あか）」が入らないようにする「淦止め」に使う。

原料の桧（檜）の皮の本場は、吉野の桧（ひのき）を産する奈良県桜井市。このマキハダも昭和一六年に統制となり「日本桧肌縄工業組合」が出来た。この原料の桧の荒皮を「皮師」が山地から仕入れ「綯（な）い子」が縄にするのである。

マキハダの仕入れ先は証言が無く不明だが、先の「クギ船」と同じく前回紹介の瀬戸内の上大崎島から行商に来た「マキハダ船」や先の「壱岐船具組合」から購入したのだろう。

⑤「船用品」

今回、小金丸晴俊氏の証言で、壱岐には全島の船具商が統合された「壱岐船具組合」があったことを初めて確認できた。

当初、昭和一六年から一七年にかけて実施されたのは、「日本船具商組合連合会」を解散し「日本船用品統制㈱」の下に商品の種類ごとの統合で、たとえば法律で備えるべき「航海灯」は「日本船灯㈱」に統合させた。

しかしこの商品ごとの会社では、大都市周辺ならともかく、小規模の需要しか無い地域で、会社ばかり増えるのはよく考えると不合理である。

その後、壱岐など狭い地域で造船所が少なくなった所は種類ごとに会社を作るより、実情に合わせ各種船用品を手広く備えた一つの会社の方が能率的だ、と変更したと思われる。

また、機帆船は帆船でもあり帆を張る設備品も入用で、「壱岐船具組合」から既製品が供給されたと推定する。

（3） 労働にたずさわった人々

「壱岐木造船」の従業員数は六二名であるが増産を進める中、昭和一六年の「国民徴用令」（後に「国民勤労報国協力令」を合わせ「国民勤労動員令」に統合）による「青紙招集」で軍需工場に準ずる「壱岐木造船」への徴用もあっただろう。さらに労働者不足で、国民運動の実践もあり様々な団体が結成され、さらに学生も「学徒勤労報国隊」を組織し地元の工場の勤労奉仕に加わる。

しかし、地元壱岐中学校は佐世保海軍工廠へ、壱岐高等女学校は川棚工廠へ勤労動員され、地元の工場には中学生以上の動員の記録無し。とすると残りは国民学校生である。

隣りの熊本県天草では、戦時型機帆船の造船所に国民学校(今の小学校)の上級生が勤労奉仕で入っており、壱岐でも国民学校生就労の可能性がある。

また、壱岐の各町村長を先頭に組織された「大政翼賛会」の末端組織「地方翼賛会」もある。この「大政翼賛会」は、本稿第3回で紹介のように、戦時型機帆船の増産につながる「軍需造船供木運動」に取り組んでおり、傘下の団体が「壱岐木造船」に動員され勤労に励んだか。また石田村には「石田青年学校」(校長寺田介時氏)があり、船大工の育成に役立ったかも知れない。

(4)「壱岐木造船」への「建造命令」と建造船について

左記の二隻の建造が、逓信大臣から「壱岐木造船」へ発せられた

① 建造命令第二八九号(船番四一〇五)
七〇総トン型木造戦時標準型　一隻
昭和一七年一二月起工されたが、竣工予定日、船主、船名は不明。

② 建造命令第二六四号(船番四五六八)
一五〇総トン型木造戦時標準型　一隻
昭和一八年六月起工。昭和一九年二月竣工報国近海機船の所有で船籍大阪。この船は船名が不明である。

今回も「建造命令」のデータと「日本船名録」等の他の記録との照合で確定及び推定できる船を捜したが、残念ながらデータ不足で該当船を1隻も発見できなかった。

ただ、最初の建造命令の「船番四一〇五」の七〇総トン型については、戦時中の記録の「試運転用の重油配分の文書」に「壱岐木造船」の「船番四一〇五」の船が見つかった。

試運転が可能で、ほぼ完成していたようだ。

またもう1隻「船番四五六八」の一五〇総トン型は、大阪の「報国近海機船」向けであるが、この会社は海運界で日本郵船と共に日本を代表する大阪商船の子会社。戦時型機帆船を運航するために戦時中の昭和一八年6月に設立されている。

当時の新聞には、初代社長には流線型の客船「志ろがね丸」等革新的な船舶の設計者として著名な和辻春樹氏が就任したとある。

しかし大阪商船「八十年史」(同社)では、新聞報道と違い、和辻氏は戦時型機帆船の建造のため、石川県七尾に創立された同系の「報国造船」初代社長に就任と記されており、「社史」が正しいようだ。

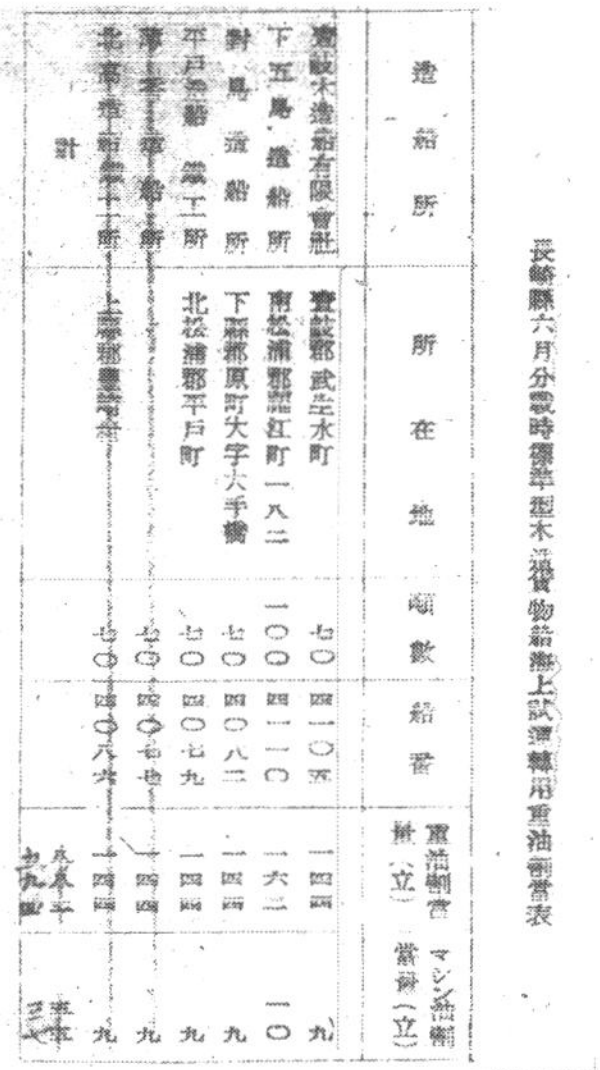

長崎県の昭和18年6月分海務院運航部「海上試運転用重油割当表」の右の行に「壱岐木造船有限会社」の社名以下船番「4105」等が記されている。

（林寛司氏ご提供）

先に、大量建造の戦時型機帆船には、各運航会社の独自の法則により船名が付けられ、「造船所」が船名の「山下近海機船」や「樹木」が船名の「日産近海機船」をあげたが、この「報国近海機船」ではトン数ごとに分け、七〇トン「興国丸」、一〇〇トン「興安丸」、一五〇トン「護国丸」、二〇〇トン「愛国丸」そして二五〇トン「報国丸」と、戦時中らしく国力を盛りあげ、国の安泰を祈り、国を守り、国を愛し、国家のために力をつくす意味をそれぞれ表す「国」を付けた命名法を取った。

現代の「広辞苑」第四版〔岩波書店〕には、これらの中で「興安」は無く、「護国」は戦争で亡くなった兵を祀る「護国神社」にその名が残る。

同名船では外地からの引揚船だった客船「興安丸」が有名。長崎にも三菱長崎造船所の従業員送迎船として港内で活躍した「報国丸」が居たが、戦後、占領軍から好戦的な船名だと「第二女神丸」と改名された。

したがって「壱岐木造船」建造の一五〇トン型には「護国丸」と船名が付いているはずなのである。戦時中の史料では終戦までに少なくとも「第五六護国丸」まで船名が確認できる。しかし、その中の二一隻は詳細な記録が無く造船所（造船地）等が不明。しかし、この中の一隻が、「壱岐木造船」で建造された「第〇〇護国丸」だったはずである。

さらに船舶調査の基本「日本船名録」が、戦時中から戦後にかけた昭和一九年～二一年の三年間に未発行なので、同一九年竣工の本船が、この三年間に戦争あるいは事故で沈没していれば「日本船名録」では、その存在を確かめることが出来ない。

●一〇〇トン積型木造戦時標準型「艀（はしけ）船」

この連載は、戦時型木造船の主力であった「戦時型機帆船」の長崎県における建造記録を後世に残すべく書いているが、戦時型木造船には他に「戦時型艀（はしけ）」、「戦時型曳船（引き船）」そして「戦時型漁船」もあり、戦時型機帆船と同時期に造られていた。

「艀」とは全体が平たい形で船底も平らな荷物を運ぶ船。大量に貨物を積むことができて曳船に引かれて動

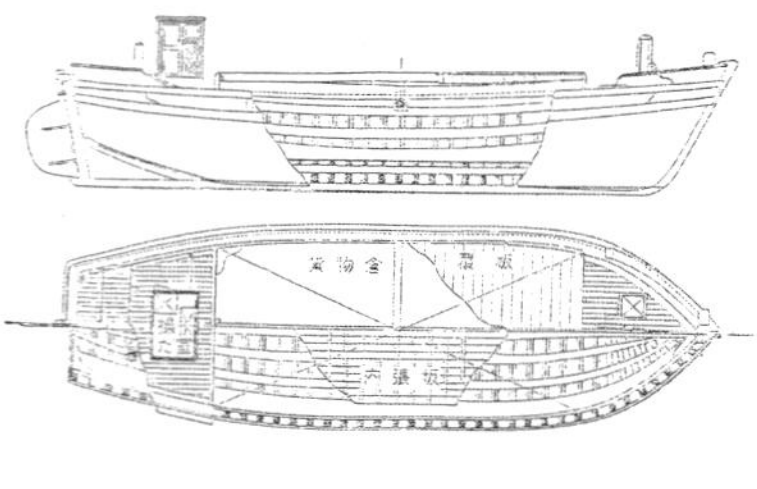

100トン積はしけ　（「日本の船（汽船の歴史）」船の科学館）

（上五島歴史と文化の会・前田賢實氏提供）

き、動力はないが航行中は舵取りの船員が乗っている。

かつて大都市の港湾では、個人で艀1隻を所有する船主が、家族共々その艀に乗り込んで生活しながら、海上運送の仕事をする水上生活者が居た。長崎県にも西海市大瀬戸町を中心に「家船（えぶね）」という漁船を家として家族が生活しながら漁業に従事した人々があったが、その生活形態と似通っている。

その水上生活者の子供たちを記録した石井昭示氏の「水上学校の昭和史」（隅田川文庫）には「『はしけ』の語源は『はしける』で、少しずつとりのぞく意味で、物資を小分けにして運ぶこと」とある。

艀は、今はコンテナに代わり見ることが出来ないが、昔は大きな港で見られ沖に停泊した貨物船に荷物の積み降ろしをしていた。関東大震災では東京とその周辺の復興にも大活躍したという。

ちなみに長崎県下でも整備がされていない離島沿岸の港で、沖止りの定期客船へお客を運び降ろす小舟も同じく「艀」と呼ばれた。

この戦時型の艀については、戦時中、木造船建造の教科書に使用された「木造船と其の艤装」（漁船協会）の著者で、自らも外地で戦時型木造船を造った橋本徳寿氏の著書「日本木造船史話」（長谷川書房）に、わずかに

「（5）艀船
三〇〇積砘型
二〇〇積砘型
一五〇積砘型
一〇〇積砘型」

の記載と共に、「戦時標準型木造艀船（海務院制定）」の表にメートル（米）の標示で船体の長さ等の数値が書かれているだけである。総トン数は積荷トン数の半分強位だろうか。

また、この戦時型艀にもトン数による分類だけでは無く、地域による種別もあったことが、研究者から譲られた資料から判明した。

その文書「木造戦時標準船艀船竣工予定表」によると「甲型」と「乙型」があり、

「甲型ト稱スルハ主トシテ東海、關東、東北地方ニ於テ乙型ト稱スルハ阪神、關門地方ニ於テ使用スルニ適

スルモノヲ謂う」
とされ、それぞれ東日本と西日本の木造船所で建造。東京・横浜・大阪等大きな港のこれも統合された港運会社に供給されている。

「艀」は「建造命令」リストでは、関東地方に「六〇〇〇一～六〇七三」番、中部に「七〇〇一～七〇一三」そして九州山口に「九〇〇一～「九〇三二」の建造番号が与えられ、建造命令を受けた造船所も判明している。

しかし九州山口の造船所名に「壱岐木造船」が無い。可能性としては、壱岐に近く一〇〇トン積型2隻の命令を受けた、博多湾志賀島にあった「㈱博多湾造船所」から建造命令が振り替えられたことが考えられる。

余談だが、この連載を執筆するにあたり、参考とする資料には極力、戦後纏められたものだけではなく、戦時中の現物の史料を使うべく、当時の物（本、雑誌、ポスター等）を古書店から買い求めている。今も全国の古書店から「古書目録」が月数回届くし、長崎市内の古本屋さんも巡る。在職時は、東京神田の古書店街をはじめ出張等のあらゆる機会に全国の町の古本屋も覗き購入していた。

数年前からインターネットに慣れ、検索で関連古書を見つけ購入するようになった。先般、試しに東京大学（東大）経済学部図書館が所蔵する「特別資料『戦時海運関係資料』目録」に掲載の戦時型機帆船関係の文献目録と、私の所蔵資料との照合を行ってみた。

その結果、この目録にある本は全て私も収集していたことが分かり、素人の私が独学で始めた戦時型機帆船の研究だが、文献に関しては東大に比するものを持っていることが判明。これからの調査への自信が持てた。

しかし、これらの古書等の購入には当方の「経済力」や、複数の希望者が居た場合は抽選なので、それに当たる「運」も必要で必ず入手出来るとは限らない。この戦時型「艀」の図面に関しては悔しい思い出がある。

我が国の木造船の図面集である橋本徳寿氏「日本木船圖集」（海文堂）と函館産業遺産研究会「北の木造船々図（同会）にあるのは戦時型では無い普通の艀の一枚だけ。しかし、戦時型「艀」の図面は戦時型機帆船の資料を収集して行く中で、どこかに必ずあると、その存在を確信していた。

それはネットに慣れてきた昨年。「日本の古書店」のページで遊んでいたら、突然、東京の古本屋さんの広告が現れ、いきなりそこには「戦時下木造船資料一括」の文字が。

山形県にあった「山形造船㈱」のまとまった物で、青焼き図面も11枚あり、そこには小生が未見の戦時型

「艀」の8枚も含まれていた。そしてこの資料から「艀」には先に示した「甲型」「乙型」のほかに「丙型」もあることが判明した。

この一括資料。喉から手が出るほどほしいものだったが、価格が表示されておらず、おそらく高価だったろうが購入を逡巡しているうちにSOLDOUTになってしまった。

今回、この「壱岐木造船」を調べていて、長崎県の戦時型機帆船の造船所で初めて「艀」も作られていたことを知ることが出来た。

小金丸晴俊氏が「壱岐木造船」では「壱岐と博多間で使用する『ダンベー』造りの御用船」も造られたと教えて下さったのだ。

「ダンベー」とは「艀の一種」の「団平船」のこと。「御用船」とは政府が戦争のため使う民間徴用船の古い呼び名で、「御上の御用のため使う船」の意味である。

昭和10年長崎港大浦海岸で石炭を積みするダンベ船
(当時の絵ハガキより・筆者所蔵)

「艀」には様々な種類があり、同じ型式でも呼び名が地方により変わる。

「艀」の歴史について、自ら艀の船頭として活躍された馬場伊之助氏の貴重な本「明治百年東京はしけ物語」（湘南版画工房）によると、艀の一種に「団平」（だんべぇ）があり、七〇屯積の少数派で明治から存在。昭和四〇年頃は名古屋港で使われた船型とある。

周辺に炭鉱が存在する長崎港は、明治時代から石炭の補給港で、石炭を沖泊まりの船に積む「艀」は既に「団平船」と呼ばれていた。「団平」の「団」は「座布団」から「平」は船の平らな形から来たという。

私も長崎市の大浦川がまだ川幅が広い頃、艀がこの川にたくさん係留されていたのを見たし、戦時中はこれらの「団平船」も徴用されたことも新聞で知った。

戦時型機帆船に戻ると、この「壱岐木造船」に建造命令のあった二隻の戦時型機帆船の他に、左記の機帆船が戦時中に同じ武生水町で新造されていた記録が残っている。

○「第二十二住徳丸」（船舶番号58389、信号符字JEHT）

一三七総トン、昭和一九年八月進水。所有者住徳汽船、船籍広島・千年。←同三六年八百村稔氏（広島・沼隈）に売却「第三宝生丸」と改名。←同四三年「日本船名録」から抹消。

戦時型が決められる以前に起工し建造中の船は「続行船」として認められ、完成までそのまま造ることが出来たので、この船は「壱岐木造船」か、または武生水町の他の造船所で造られていた可能性もある。

（5）壱岐木造船」の終えん

小金丸晴俊氏のお話では、この会社は戦後、解散したという。

確かに「登記簿」を見ると証言のとおり「解散の事由及年月日」に「総会の決議に因り昭和二一年八月三〇日解散ス」と「昭和二一年九月一〇日登記」の記入があった。

周囲を海に囲まれた日本。太古の昔から日本人は木造船の恩恵を受けこの列島で生活をして来た。しかし近世になっての急な数々の技術革新で木造船は消滅しつつあり、私達も眼にすることが少なくなってきている。

その消滅を辛うじて止めているのが全国各地の伝統行事の船祭りだと「船大工調査」の安冨先生はいわれる。祭りの舟を造ることにより、日本古来の木造船技術が途切れることなく伝えられてゆくからである。

木造船を使う壱岐・対馬の伝統的な祭りに「船グロ」がある。有名な壱岐の民俗学者で、同じ壱岐出身の電力王松永安左衛門の援助を得て調査研究を深め、業績を残した山口麻太郎もその著書で「船グロ」にふれられている。その1冊「日本の民族42『長崎』」では、

「海の県だから競船が盛んである。競船には艪（ろ）と櫂（かい）の二種がある。（中略）艪の方はフナ（船）グロとかフナゴロとかいって、北松浦郡・壱岐・対馬などに広く見られる」

「壱岐の勝本浦では一〇月一四日聖母神社の祭礼にフナグロをやっている。むかしはその年の新造船を競漕に出していたが、釘がゆるむといって出すのをいやがり、いまは競漕専門の船を造って格納している」

と解説されている。つまり、既存の漁船を使うのではなく、フナグロ専門の舟を新しく作って行くことにより船大工の技術が保たれ後の世に伝わるのである。

壱岐の船大工さんでは、安冨教授の「船大工調査」で、前回紹介の勝本の「土肥造船所」（土肥衛氏）が平成三年に、この聖母神社の祭礼のフナグロ舟を新造しておられる。

ちなみに一説ではフナグロの始まりには鯨取りの舟を使ったといわれている。

対馬の船グロは、本稿第三回（本誌75号）で民俗学者宮本常一の写真で紹介したが、今回の壱岐では珍しい「船グロ（競争）唄」を見つけたのでその一節を紹介したい。

「赤いフンドシきりりと締めて
　白いサラシを腹に巻く
　盃満たしたお神酒を飲んで
　　太鼓一振り響けよ天に
　　壱州男児のど根性
　　　ヨノセヨイヤドッコイセ
　　港は祭りだ舟グロだ」
（斎藤操氏「玄界灘の一本釣漁師」より・山口剛司氏ご提供）

長崎にはこの「船グロ」のほか「ペーロン」そして秋のお祭「おくんち」にも数種の船の山車（だし）が出る。これらが木造船の伝統技術を今後も伝えてくれるだろう。

ところで、先に「戦時型機帆船に関する『参考文献』では東京大学所蔵史料に比するものを所持していることが判明し、今後の調査に自信がついた」と書いたが、船の専門家の論文に、この連載「長崎県の戦時型機帆船建造史」が引用紹介されるという。望外の嬉しいことがあった。

この連載に関して全国の様々な本職や在野の研究者の応援を得ている。平成二九年に太平洋戦争の記録保存が盛んな、大分の日本海軍艦艇研究家秋吉秀康氏から、三重県の鳥羽商船高等専門学校名誉教授伊藤政光氏の御紹介を受けた

伊藤先生は、伊勢市大湊にあったかっての木造船建造のメッカ大湊造船所地帯の名門、元市川造船所の貴重な造船資料を伊勢市の文化財にするべく奮闘されている。

その後、秋吉氏を介し先生と、戦時型機帆船の調査結果や資料の交換をしていただいていたが、今年、船舶工学等専門の大学の教授などで組織する日本船舶海洋工学会の講演会が長崎市であり、伊藤先生がこの講演会の自らの講演論文に本稿を引用され、文中で資料提供の謝辞まで述べていただいたのである。

いわば、素人が独力で始めたこの調査研究が、船の専門家に認められたのである。今後の本稿執筆の力になることは言うまでもない。

また、この地味な私稿に掲載の便を与えてくれる本誌「ら・めえる」にもあらためて感謝し、頑張って後の世に役立つ良い記録を残したいと深く思った次第です。

《今回、文中に記した以外の資料・文献》
・「郷ノ浦町史」（同町役場）
・「芦辺町史」（同町）
・「石田町史（行政編）」（同町）

・茶園義男「学徒勤労報国隊」（不二出版）
・大矢野町郷土史研修同好会「太平洋戦争戦中・戦後の証言と記録」（上天草市）
・野間亘、山田廸生氏「日本の客船1」1868―1945（「世界の艦船」別冊・海人社）
・東靖晋「西海のコスモロジー」（弦書房）

《ご協力いただいた方々》

「㈲小金丸造船」小金丸晴俊氏、山口剛司氏、元「壱岐日日新聞」種田拓氏、「壱岐郷土館」市山等氏、「戦前船舶研究会」の遠藤昭氏と林寛司氏、飯沼一夫氏

特に壱岐在住の山口剛司氏には、今回もこの造船所関連の場所を撮影いただき、写真と住宅地図を用いて丁寧に示されご協力いただいた。重ねて誌上にて感謝申し上げます。

（続く）

芥川龍之介と永見徳太郎

新名規明

今年（2019年）は、芥川龍之介が長崎に初めて来て、ちょうど百年になる。読売新聞西部本社では2019年6月22日（土）、6月29日（土）、7月6日（土）の3回にわたり、「芥川と長崎100年」と題する特集記事を連載した。担当は文化部の右田和孝記者であった。

私は2015年5月、長崎文献社より『芥川龍之介の長崎』と題する本を刊行したことがあるので、右田記者よりインタビューを受けた。今年6月初旬のことであった。その時、私は前記の自著に書いたことを話した。

芥川龍之介は大正8年（1919）5月5日長崎に到着し、5月11日まで長崎市銅座町の永見徳太郎邸に滞在して、長崎を取材した。芥川龍之介満27歳。同行者は菊池寛であったが、菊池は途中で具合が悪くなり2日ほど到着が遅れた。この時の芥川の長崎訪問を私は長崎初遊と呼んでいる。芥川龍之介は大正11年（1922）5月にも長崎を訪問している。この時は5月10日到着、5月29日まで20日間ほど滞在している。この時の芥川の長崎訪問を私は長崎再遊と呼んでいる。長崎再遊の時は渡辺庫輔の世話で本五島町の花廼屋旅館に泊まっていたが、昼食は永見徳太郎邸でとっていたようだ。

芥川龍之介は長崎という場所に憧れを抱いていた。異国情緒を含めて、奇なる物語を長崎に求めていたのであろう。長崎初遊以前にも切支丹物の名作『奉教人の死』を書いている。『煙草と悪魔』も長崎に関連する作品であるが、これも長崎初遊以前の作品である。芥川龍之介満20歳の時（大正元年）の習作に『ロレンゾオの恋物語』と題する作品がある。異国のマンドリン弾きの若者が長崎に来て、果物売りの少女に恋をするという奇譚である。このことは、芥川が早くから長崎という場所に恋にも似た憧れを抱いていたことを示している。大正8年5月、初めて長崎に来て、さらに南蛮キリシタンもの関連の取材を考えていたのであろう。

大正時代の長崎は、多くの画人や文人が来訪する都市であった。九州では随一、全国でも7番目ぐらいの人口を誇る都市であった。銅座町の富豪であった永見徳太郎は芸術愛好家であり、みずからもその方面の実作者であった。徳太郎は長崎を訪れる画人や文人を優遇することで知られていた。

例えば、大正7年の8月から9月にかけての1ヵ月近く、竹久夢二が永見邸に滞在した。従来、夢二の永見邸滞在は10日間ほどとされていたが、最近の調査研究によると、1ヵ月近くの滞在となるようだ。「島原巷談・精霊流し」、「長崎十二景」、「女十題」は夢二の円熟期の作品だが、お世話になったお礼として徳太郎に贈った作品である。

芥川龍之介も永見徳太郎のおもてなしを受けた作家であった。芥川がお世話になった永見徳太郎邸は、今のどこら辺りであろうか？私は読売新聞の右田記者を永見邸跡に案内した。そこは長崎の繁華街・観光通りの電車通りに面したパチンコ店「まるみつ」の辺りである。但し、永見邸が存在した大正時代は今の電車通りは裏通りであり、今の裏通りに永見邸の玄関があった。

私は裏側の通りに右田記者を案内した。その裏通りには「永見徳太郎通り」の標識が建てられており、徳太郎の肖像写真と当時の著名な文化人と交流した徳太郎の経歴書が張られていた。

大正11年5月の長崎再遊の折、芥川龍之介は永見邸から筆と墨を借りて、丸山の芸者・照菊（杉本わか）の宅で「河童屏風」を書いて照菊に贈った。照菊は自前の芸者で自宅（菊の家）は、丸山の大崎神社の近くにあった。私は銅座町の永見邸跡から右田記者を丸山の大崎神社近くまで、歩いて案内した。「ここら辺りに照菊さんの自宅があったわけです」と私は説明した。

「河童屏風」の件について、永見徳太郎の記述と渡辺庫輔の記述には多少の食い違いがある。永見徳太郎が芥川の自殺後まもなくの『新潮』昭和2年（1927）9月号に発表した文章「芥川龍之介と河童」によると、次のようである。徳太郎は河童の絵を描いてもらおうとしていた。しかし、芥川は途中で「もう疲れてしまった…明日書きましょう」と言って止めてしまった。翌日、芥川は「大筆と唐墨を貸してくれませんか」と言って、唐墨と大筆を懐にねじ込み脱兎の如く戸外に出ていったと徳太郎は書いている。これは大正11年の5月ことであるが、同年8月、徳太郎は丸山から小島の坂を下っているとき、驟雨に遭った。雨宿りに寄ったところは、名妓照菊の住居であった。照菊の住居は5月のときは大崎神社の近くの菊の家であったが、8月のころは旧高島秋帆宅の一角にあった。「座敷に通ると、是は驚いた、二枚折銀屏風が、燦然と光って、その周囲の三味線や、鏡台の艶めかしい調子を打毀すかのように、筆力雄大な水虎晩帰之図が目立つのであった。／唐墨、大筆は、此家に役立ったのである」。

　徳太郎の記述によると、墨と筆を芥川自身が借りていったことになっているが、渡辺庫輔が昭和26年7月25日の『長崎民友新聞』に載せた文章「芥川龍之介の横顔」では、次のように書かれている。《永見徳太郎もまた、芥川先生に大きなものを描いてもらうつもりでスズリと筆とを用意していた。わたしは永見のうちに行ってそれを借りて来て、菊の家で墨をすった。こうして出来上がったのが、今日の河童屏風である。屏風には、芥川先生のひざがしらのくぼみがついていた。今日これは殆んどわからなくなった。それから指紋が残っていた。これは今日もまだ見ることが出来る》。

『長崎郷土物語』（昭和27年発行）の著者・歌川龍平（蒲原春夫の筆名）は、「その屏風が出来上がるとき、渡辺庫輔、蒲原春夫の二人が手伝い、まもなく二人とも芥川氏を慕って上京したのも、今は古い思い出となりました」と述べている。

　以上のような「河童屏風」制作の状況については、私が長崎文献社より2019年5月30日発行した「長崎偉人伝シリーズ」の中の1冊『永見徳太郎』で述べているので参照していただければ幸いである。

「河童屏風」は例年、芥川龍之介の命日（7月24日・河童忌）の前後の期間に長崎歴史文化博物館に展示されることになっている。私は毎年、それを見学しているが、博物館の御努力で綺麗に保存されているようだ。しかし、なにしろ銀屏風なので年々色がくすんでくるような気がしている。大正11年8月、永見徳太郎が照菊の家の座敷で見たように他を圧するような燦然とした輝きを見せるためには、百年近く前の状態を模したレプリカが必要なのかもしれない。

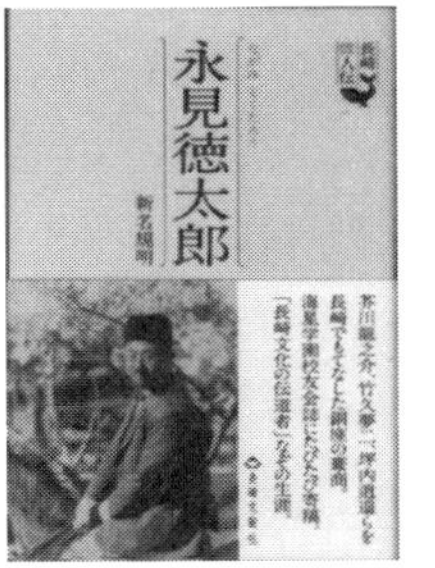

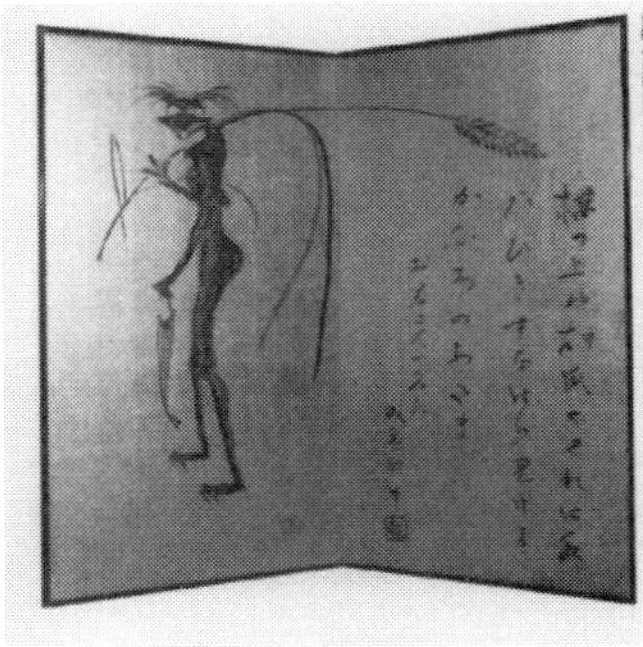
長崎の芸妓照菊（杉本わか）に描いて与えた河童の屏風

大正14年（１９２４）冬、永見徳太郎は上京して芥川宅を訪ね、東京転住の相談をしたのだった。そのとき、芥川は徳太郎に「君、長崎を引き払うなら、早く決行するがよい、君が来ると賑やかになるだろう」と語ったという。

◇◆

大正15年3月上旬、永見徳太郎は一家をあげて長崎を去り、東京へ移住する。徳太郎の東京移住については、諸説あるが、長崎での先祖代々の家業を捨ててでも自分の好きな道、すなわち、文筆活動に進みたかったのであろうと私は推測する。大正11年、渡辺庫輔（22歳）と蒲原春夫（23歳）が芥川の所に行き、中央の雑誌に作品を発表していたことも刺激になっていただろう。大正15年、徳太郎は数え年37歳になっていたが、それなりの実績を積んで来たという思いがあった。大正13年から14年にかけて、戯曲集と創作集を4冊出版した。それ以前にも、『夏汀画集』という芸術写真集を3冊だしたこともあり、『印度旅日記』という旅行記も出版した経験もある。

徳太郎が東京へ転住して、1年数カ月ほど経った昭和2年（１９２７）7月24日、芥川龍之介は服毒自殺した。晩年の芥川は体調不良や神経衰弱に苦しんでいた。昭和2年1月6日、義兄西川豊（姉ヒサの2度目の夫）が鉄道自殺した。高利の借金も含めて龍之介はその後始末に奔走した。この間、帝国ホテルに投宿して「河童」「歯車」などを執筆する。

長崎の渡辺庫輔宛の芥川書簡昭和2年2月5日付の全文は次のようである。「お父さんの長逝を悼み奉る。今春怱々親戚に不幸あり。多病又多憂。この手紙おくれて何ともすまぬ。蒲原君によろしく。まだ多忙で弱ってゐる。頓首」。庫輔の父駒太郎はこの年の1月に死去しているので、庫輔は長崎に帰っていたのであろう。

芥川の晩年、九州帝国大学法文学部の英文学の教授として芥川を招こうという話があった。九大法文学部の創設は、大正13年（１９２４）9月24日である。九大法文学部の初代英文科教授は東大英文科で芥川と同期の豊田実であった。豊田の斡旋でフランス遊学中の成瀬正一が九大法文学部仏文科の教官に就任することになった。成瀬の帰国は大正14年2月であり、10月1日付で講師採用となった。成瀬正一も東大英文科での芥川と同期生である。

昭和2年の春、豊田実を中心に芥川を九大教授にまねこうという話が出ていた。その話は仏文科教授の成瀬正一にも伝わっていた。九大には英語学と英文学の二つの講座があったので、英語学は豊田が担当し、英文学は芥川にというのが豊田の考えだったのかもしれない。昭和2年5月、芥川は東北から北海道まで講演旅行をおこなっている。当時、東北帝国大学医学部教授だった木下杢太郎は、仙台においての会食の場で、芥川の口から九大就職の話を聞いている。法文学部独文科教授だった小宮豊隆もその話を聞いたという。芥川は九大教授としての就職に意欲を示していたようだ。

「芥川年譜」によると、芥川が杢太郎と小宮豊隆と会食したのは改造社の『日本文学全集』宣伝のための講演旅行の初日（昭和2年5月14日）であった。それにしても、芥川が自殺の2カ月前、東北から北海道、最後は新潟（5月24日）まで講演旅行していたというのは、驚異である。自殺の4日前の7月20日、8月に開講予定だった改造社主催の民衆夏季大学講師（九州方面）依頼に「ユク」と打電したのも驚きである。芥川の自殺は神経衰弱による発作的なものだったようにも思える。

芥川の絶筆となった「続西方の人」のなかで目立つのは「ジヤアナリズム」という言葉である。イエス・キリストをジャーナリストとして捉えているわけであるが、その言葉が頻繁に出てくると、どこか強迫観念のように思えてくる。芥川龍之介自身がジャーナリストであったという見方もある。『大阪毎日新聞』の特派員として動乱期の中国を取材した経験もある。イエスの生涯を悲劇として描くとすれば、その要因は「ジヤアナリズム」にあったというのが芥川のイエス評伝であったと思われる。しかし、じつは芥川の悲劇もそこにあったのだと考えられる。

晩年の芥川が急かされるように原稿を書いたのは、ジャーナリズムのためだった。思わしくない体調を抱えながら、ジャーナリズムのもとめに応じて原稿を書き、講演旅行も引き受けた。晩年の芥川にとって必要だったのは、ジャーナリズムからの休息だったのではなかろうか。昭和2年1月21日付の野村治輔あての書簡にはつぎのように述べられている。「……僕もモスクワ大学の日本文学科の先生か何かになりたい。原稿に追われて暮らしてゐるよりもその方が遥かによさそうです。……」。

九大教授の話があったかのような発言である。芥川が決断さえすれば、芥川の九大教授は実現しただろう。芥川は研究者向きでもあったし、そういう研究職に一時的にせよ就いてみたい気はあった。それは煩雑なジャーナリズムから逃れる方法であったろうし、家族や親族のもつれた関係からの避難にもなっただろう。そして、なによりも芥川龍之介が生き延びて、文学者としての生活が存続できる方法であった。

本多顕彰は昭和31年（1956）8月3日付『西日本新聞』夕刊に「芥川と九大法文学部」と題する随筆を発表している。それによると、本多は大正末年頃、旧制福岡高等学校教授として新設の九州帝国大学法文学部でも講義を二つもっていたということである。本多が福岡に赴任する気になったのは、芥川龍之介が九大法文学部に赴任することを聞いたからだった。芥川は本多にとって東大英文科の数年先輩であった。本多が芥川本人にただしてみると、「君も九州に行かないか」とのことだった。しかし、間際になって、「芥川九大教授」は実現しなかった。九大赴任間際になって、芥川がそれを断念したのは、伯母フキが「ひどく泣いて手におえなくなってしまった」からだと、戦後、芥川の長男比呂志が本多に語ったという。

本多顕彰の文章には、次のような記述も見られる。「成瀬さんはお金持ちのお坊っちゃんらしく、博多湾に自分のモーターボートを浮かべていた。豊田さんも、そのボートに便乗してしばしば釣に行かれた様子だが、もしも、芥川が九大に赴任していたならば、あのモーターボートで釣になど出かけて、のんびりとすごし、悲しい自殺を避け得たかも知れなかった」。

私たちは森鷗外の小倉、斎藤茂吉の長崎が、彼らの生涯にとってどれだけ有意義であったかを知っている。それと同様、芥川龍之介の博多は有意義になったかもしれないのである。博多と長崎は九州でも似た感じの町である。古代・中世の博多は国際貿易港であった。近世になると長崎がその役割を担ってきた。芥川龍之介が長崎に憧れ、愛していたのは町の歴史と雰囲気であった。おそらく、それに似た雰囲気が博多にもあったのではないかと思うのである。

ともあれ、芥川龍之介の九州大学赴任の件については、私は自著『芥川龍之介の長崎』の中で詳しく論述したので、読んでいただくと有難い。

◇◆◇

永見徳太郎については、大谷利彦先生が長崎文献社より出された「永見徳太郎の生涯」の副題を持つ『長崎南蛮余情』（1988年7月発行）と『続長崎南蛮余情』（1990年10月発行）の大著がある。先生の著作は、東京移住後の徳太郎の業績が綿密に調査研究された労作であった。だがしかし、私には一つだけ、不思議に思えることがあった。

私は海星学園に勤務していて、海星には永見徳太郎は海星の同窓生であるという伝承を聞いていたのに（『海星八十五年』1978年発行参照）、大谷先生の著作ではその点に触れた記述がなかったことであった。大谷先生は徳太郎の学歴には苦慮されていて、長崎商業中退説をとっておられたようである。

平成9年（1997）のある日、私は資料室の書架を調べていて、一冊の本を見つけた。それは、海星の同窓会々報『窓の星』『海の星』の創刊号（大正13年9月）から第三十五号（昭和15年12月）までが合冊された本であった。私はそれを興味深く読んだ。そうすると、この会報には永見徳太郎の記事がしばしば出てくるのである。私がメモした限りでは、計12回に及ぶ。そのうち、3回は寄稿文である。永見徳太郎はまさしく海星の同窓生だったのである。

さらに、決定的な証拠は、永見徳太郎の海星商業学校在籍当時の学籍簿の発見だった。それは平成13年（2001）5月下旬のことだった。もしや、海星学園の事務室に永見徳太郎に関する資料はないものかと思い、事務室に尋ねてみた。そうしたら、事務室の倉庫の中から「私立海星商業学校」の学籍簿が出てきたのである。しかも、明治39年（1906）4月の中途退学者、永見良一（徳太郎）のものが出てきたのである。よくぞこんなものが海星学園には保存されていたと、私は驚き、感心もした。

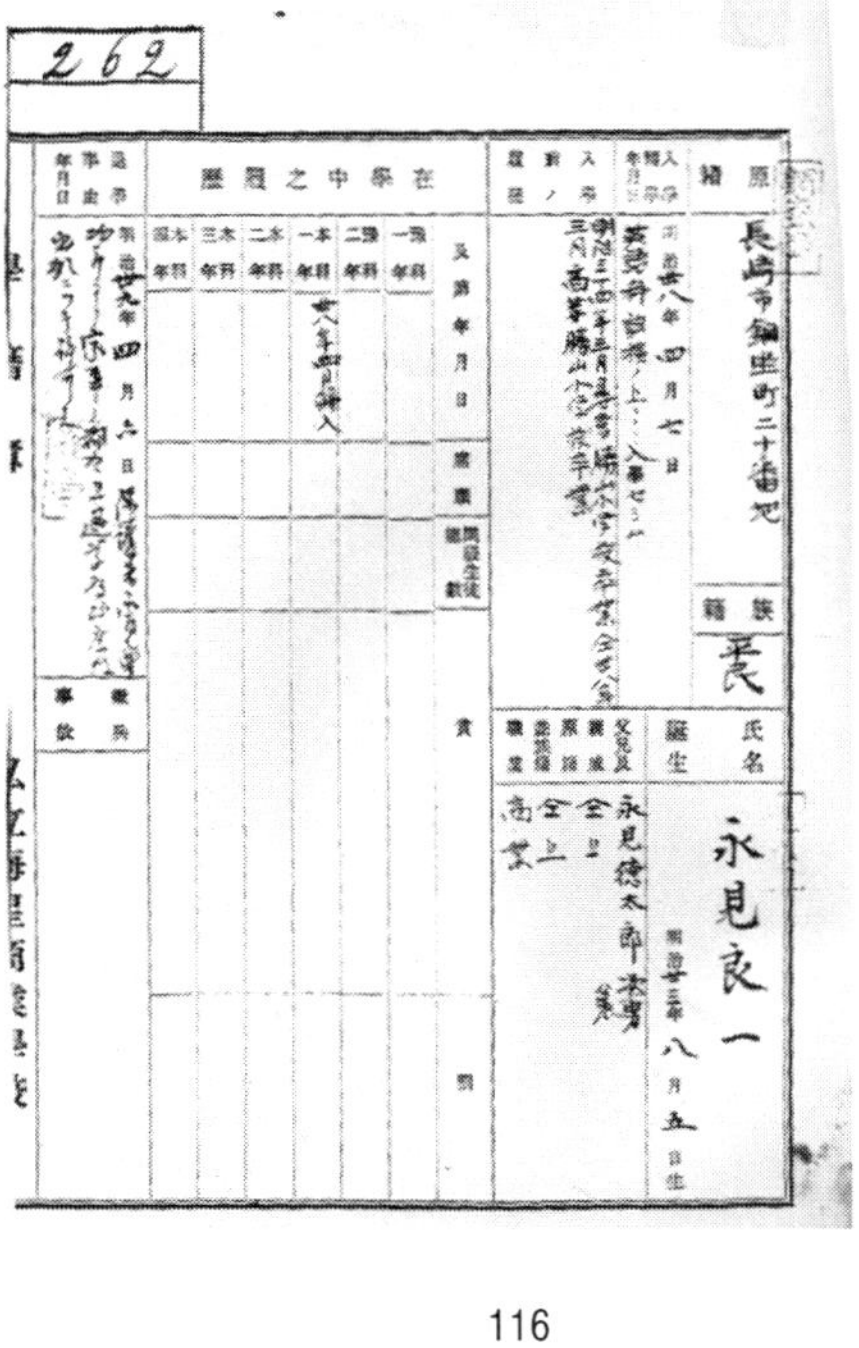

結局、永見徳太郎の海星商業学校の在籍は明治38年から39年までの1年間であった。しかし、同窓生として扱われ、同窓会名簿には大正3年卒業（海星商業第

10回卒）として載っているが、その間の事情は不明である。永見徳太郎は著名人だったので、一時期にせよ海星に在籍していたのなら同窓生（卒業生）扱いにしたという事情は理解できる。それにしても、卒業年度が遅すぎるのであるが。

『窓の星』第12号（昭和2年6月発行）の住所移動の欄には、「永見徳太郎（商十）東京市外高井戸町字中高井戸三八」と記されている。西ヶ原の仮寓から高井戸町に転居したことの報告である。（商十）は商業学校第10回卒の意味である。同号「会員動静・消息一束」の欄には、徳太郎の同窓会宛の手紙が掲載され、『長崎版画集』『続長崎版画集』などを刊行したことなどが記されている。

徳太郎一家は大正15年9月頃、中央線西荻窪駅に近い高井戸町の新居に移った。徳太郎はそこを夏汀堂と名付け出版や著述の活動を盛んにおこなった。現在、復刻版が出ている『南蛮長崎草』を春陽堂から出版したのは、大正15年12月であった。昭和2年7月には『画集　南蛮屏風』が夏汀堂から出版された。現在、復刻版が出ている『長崎乃美術史』が刊行されたには、昭和2年11月であった。昭和3年9月、芸艸堂から『南蛮美術集』が刊行された。この本は昭和18年10月、大雅堂より新摺本が出ている。昭和3年10月、芸艸堂より永見徳太郎編輯および解説の『びいどろ絵』が刊行されている。昭和4年4月発行の『続々長崎版画集』には「長崎八景」が収められている。

昭和5年7月に刊行された『南蛮屏風大成』は特筆すべき労作であった。序文は長崎県彼杵郡波佐見村出身の歴史家・黒板勝美である。序文の一部を引用すると、次の通りである。《永見君は南蛮交通貿易や吉利支丹宗と因縁浅からざる長崎の地に生れて長崎の地に長じ、南蛮物の研究に於て最も造詣深い篤学者である。拮据十数年今こゝに南蛮屏風大成を公にせられること、なつたのは、斯人にしてこの編者ありといふべく、誠に学界の幸運であらねばならない。…》。

徳太郎は「緒言」において、約五十点の参考文献を挙げたあと、次のように述べる。「本書を編纂するには、四ヶ年の歳月が流れました。その間、遠く大和の山路へまで、大雨を冒して旅行したりした苦心が数回つゞきました。わざわざ数日間を費やして訪問したのに、或所蔵家は、如何いふ訳か、公開することを好みませんでした。…」。

調査、執筆に際しての苦労があったわけである。本書所載の南蛮屏風全二十四枚。そのうち、永見徳太郎所蔵は二点。あとは、博物館、美術館、寺院、個人蔵などである。付載冊子「南蛮屏風の研究」は徳太郎の執筆になるもので、十七章からなる二段組全五十二頁の綿密な研究論文となっている。

昭和6年（1931）、徳太郎は相当数の随筆・読物類を雑誌に発表している。その中には「長崎時代の坂本龍馬」と題した評論を計4回連載したものや「長崎ぶらぶら節」のレコードを吹き込んだ「愛八」のことを書いたものなどがある。

昭和6年12月、永見徳太郎は南蛮紅毛美術品約二百五十点を神戸の富豪・池長孟に5万円で売り渡した。永見徳太郎が池長孟にみずからの南蛮コレクションなどを売却したのは、経済的な理由があったのかもしれない。5万円は、当時のお金としてはかなりの高額である。社交好きで食道楽、派手な生活のためには必要だったのかもしれない。徳太郎としては南蛮紅毛史料の研究はいちおう仕上げたという意識があったのだろうか。南蛮史料の収集と研究は徳太郎が先駆者であるが、後発の有力な収集家である池長孟に託したとも考えられる。徳太郎はジャーナリズムを中心とした文筆活動のほうに力を注ぎたかったのであろう。

◇　◆

海星同窓会々報『窓の星』第15号（昭和3年3月20日発行）に、徳太郎は「年頭の感想」と題する随筆を寄稿している。末尾に「昭和三年正月五日深夜」と記されているので、在京2年目の正月の感想文である。その冒頭の部分は次のように書き出されている。

《長崎の夢を夢見る松の内／長崎を去つて、二年目の正月元旦の朝、屠蘇の杯を傾け乍ら、フト私の頭に浮かんだ句が是であつた。／長崎は、自分の故郷乍ら、実際い丶土地である。だがそれは現代といふ意味ばかりではない。現代の長崎……此処に蝶々と述べる必要もあるまい……い丶故郷と言ふことは、南蛮時代、阿蘭陀時代の事をも指すのである。あの頃の長崎は如何であつたか？日本近世史を語る時、其処には何れの事件にも、長崎が舞台であり、且つ背景となつて居たではないか、西洋文化の吸収地、発散地ではなかつたか》。

このあたりの叙述は、徳太郎の長崎文化の紹介者・伝道者としての意気込みが語られていると言えよう。そして叙述は自分の海星の生徒だった頃に及び、次のような文章が続く。《私も不惑の年に近づいて来た。今からが脂ののる年頃であらうから、大いに努力しようと考へて居る。而して、海星の学生時代に勉強をしなかつた事を悔いて居る。まだ私には元気が残つて居るらしいから、何か人のしない善い事を、或は為になる様な学問を残して置く目的で、働いて置かうと考へて居る》。

東京移住以来、『長崎版画集』『続長崎版画集』『南蛮

長崎草』『画集　南蛮屏風』『長崎乃美術史』『南蛮美術集』『びいどろ絵』『続々長崎版画集』『南蛮屏風大成』などを刊行してきたわけであるが、それは「何か人のしない善い事」「為になる様な学問」を残して置こうという徳太郎の意欲の表れであったのだろう。

昭和7年（1932）の『文芸年鑑』（改造社）の「執筆目録」によると、徳太郎はこの年、26篇の作品を発表している。この他、『文芸年鑑』に記載されていない作品も2篇ほどある。写真集『珍しい写真』を刊行したのもこの年である。

昭和8年の徳太郎の文筆活動も活発である。『文芸年鑑』の「執筆目録」には33篇の作品が挙げられている。その他には、『長崎日日新聞』に6回連載した「写真界の先達・上野彦馬物語」がある。この年、文芸家協会役員25名のなかに新任者として選ばれたことも特記すべきことであろう。徳太郎は上京以来、文筆活動の他にラジオ放送に出演することがしばしばであった。今日のタレントのような活動もしていたのである。

昭和9年になると、徳太郎の発表作品は減少する。『文芸年鑑』の「執筆目録」から彼の欄が消えている。翌10年も『文芸年鑑』に徳太郎の作品は挙がっていない。健康上の問題があったのだろうか。しかし、永見徳太郎が昭和10年6月1日執筆の「舞台写真と私」という文章は、海星学園同窓会々報『海の星』26号（昭和10年8月1日発行）に載せられたものだが、そこには舞台写真の仕事で忙しかった様子が書かれている。親しい歌舞伎俳優や水谷八重子、水之江滝子などの名前も挙がっている。昭和9年・10年に徳太郎の文筆活動が少なくなったのは、写真家としての仕事が重なったせいかもしれない。歌舞伎座における舞台写真撮影をただひとり認められ、それによって収入を得ていた時期があったという。

昭和10年（1935）、徳太郎46歳。同年7月8日付『長崎日日新聞』夕刊二面に「長崎市繁栄策として／オランダ屋敷の再建を図れ／永見徳太郎」の三行見出しの記事が出て、10段に及ぶ徳太郎の郷土愛の文章が綴られている。

昭和13年4月下旬から5月にかけて、徳太郎は長崎に帰った。12年ぶりの帰郷であった。4月22日、23日の『長崎日日新聞』夕刊に、「私の舞台写真展覧会に就いて」（一）（二）が載った。5月3日同紙夕刊には写真展の広告が載る。期日は5月3日より7日まで。会場は長崎商工奨励館別館。4月30日に長崎放送局から「開国時代の流行歌」の題でラジオ放送があった。

昭和14年（1939）、『浮世絵界』12月号に「長崎版画点描」を寄稿する。このころの徳太郎宛書簡に坂東三津五郎や市川猿之助などの歌舞伎役者からのものが目立ち、徳太郎の交友関係の一端をうかがわせる。

昭和15年8月から9月のころ、永見徳太郎夫妻は東京都西高井戸の家を売却して、神奈川県西端の吉浜海岸（現在の湯河原町吉浜地区）に移住した。徳太郎にとって戦時色が強まっていく東京での生活がつらくなっていたのであろう。

昭和17年3月、谷崎潤一郎は熱海市西山五九八番地に別荘を購入し、『細雪』の執筆を続けた。別荘購入の世話をしたのは徳太郎だった。昭和19年4月、徳太郎は熱海市に移住し、谷崎と近所づき合いをするようになる。谷崎は昭和20年5月、熱海市を去り、岡山県下に疎開する。8月15日終戦。

戦後の徳太郎は売り食いの生活だった。また、身辺整理をするかのように、博物館や図書館などの公的機関に郷土史料や手紙類を寄贈している。今日、徳太郎宛ての文化人などの手紙六百通ほどが保存されている。それは徳太郎の交際好きと筆まめな性格によるのであろう。

昭和25年11月20日、徳太郎は熱海市上多賀の家を出て、二度と帰らなかった。望郷の思いを抱きながら、相模湾に入水自殺をはかったものと推測されている。徳太郎数え年61歳であった。

徴用工問題は存在しない

藤澤　休

はじめに

「不幸ナル八近隣ニ国アリ」（脱亜論）

と嘆いた福沢諭吉ならずとも、現今、一衣帯水の隣国たる韓国を厄介な国と思わざるを得ない日本人は少なくないのではないでしょうか。

明治以来、多くの災いが半島から来ました。戦えない朝鮮人に代わって、日本人が半島の北境まで出向いて、朝鮮の対清独立と対露防衛のために、十数万人の戦死者を出して戦った日清・日露戦争の血の犠牲だけでも、日韓併合時代、当時まだ貧しかった日本国民の血税を割いて半島近代化に投じた膨大な経済的犠牲（毎年国家予算の一〇％支出）をおいても日本は、一五〇〇年前から今に至るまで、「しっかりしていない」が故の朝鮮から最も被害を受けてきた国と言えるかも知れません。

さて、戦後最悪の日韓関係といわれる今年七月、質問サイトＱｕｏｒａに左記の質問が出ました。

「徴用工問題は複雑な問題なのに、日韓協定で解決済みという日本の主張はおかしくないですか？また徴用工は韓国の司法が判断したことなのに、ムンジェインが悪いみたいな論調もおかしくないですか？」

八月一日それに私が回答したのが本稿です。

（一）韓国で数多い詐欺訴訟の一つ

徴用工問題は複雑ではありません、単なる補償金詐欺訴訟にすぎません。真っ赤な嘘の訴えです。一部の狡い韓国人による補償金詐欺事件です。韓国では全然珍しくない、毎年ざらに、日本の五〇〇倍もあるという誣告事件（嘘の告訴）のほんの一つです。元徴用工と名乗って訴えている韓国人の原告たちは、一人残らず完全な偽物です。戦時中、強制ではなく、自分で希望して出稼ぎに日本に渡って金を稼いで帰った人たちばかりです。彼らの記録は、日本にしっかり残っていて、日本政府の調査で、訴えはすべて嘘だと判明しています。だから日本政府は、彼らを徴用工とは呼ばず、朝鮮半島出身労働者と呼ぶことにしたのです。

ところで、韓国のソウル大学名誉教授の李栄薫氏は、現在、〝韓国の嘘の文化〟を告発するとして、歴史講義シリーズをYouTubeで行っています。その一つが「嘘の国民、嘘の政治、嘘の裁判」という題名の講義です。その中で同教授は、韓国では偽証や誣告（虚偽の告訴）がメチャクチャ多いと慨嘆し、韓国大法院の徴用工判決も嘘のデタラメ判決だと断定して、こう述べています。

「韓国の嘘の文化は国際的に広く知られた事実です。二〇一四年偽証罪で起訴された人々が一四〇〇名になります。日本に比べ一七二倍です。人口数を考慮した一人当たりの偽証罪は日本の四三〇倍です。虚偽の事実に基礎した告訴、つまり誣告の件数は五〇〇倍です。一人当たりでみると一二五〇倍です」。

こんな具合ですから、こんな嘘だらけの韓国人のタカリに、日本国家や国民が振り回されてはなりません。捨て置けばいいのです。それでも執拗に絡んでくるようなら、我国は腹を決めるしかありません。

（二）個人補償は韓国の国内問題

日韓基本条約締結交渉の場で、日本側が、日本統治時代に被害を受けた韓国人に対して、個人的な補償もしますと申し出たのに、韓国側は、それは韓国政府でやるから、一括金として韓国政府にくれと言うことだったのです。それで、日本は韓国の国家予算の二・三倍にあたる膨大な金額を経済協力金として韓国政府に渡しました。朝鮮半島に残した日本側の莫大な資産も返還要求しないという条件もつけて、これをもって日本統治時代に関わる日韓両国の一切の補償問題は「完全かつ最終的に解決した」と日韓請求権協定に明記して両政府が合意し、日韓国交正常化がスタートしたのです。だから、補償問題は解決済み以外の何物でもありません。日本統治時代の個人補償は、韓国の国内問題です。

（三）国民徴用に補償は無用

戦争に強制はつきものです。戦争遂行のため国民を強制的に徴兵・徴用するのはどこの国でも当たり前でした。強制したといって補償を求める国民は世界中どこにいますか。ところで、韓国大法院の徴用工判決に関わる原告たちは皆さん応募工でしたが、補償を訴えている何千人もの韓国人の中には、本物の元徴用工もいないとは限りません。

しかし、いたとしても、補償を請求できるのは終戦の混乱期に賃金未払いになっていた徴用工だけです。なぜなら、徴用工はダダ働きだったのではなく、日本人・朝鮮人の別なく平等に賃金を支払われていたからです。

終戦の混乱で未払いがあった一部のケースについては、日本から個人補償を含む経済協力金を受け取った韓国政府が補償すべきです。しかし、戦時中、賃金支払いを受けていた元徴用工に補償の必要はありません。

第二次世界大戦の交戦国はどこも国家総力戦でした。青壮年男子が戦争に行けば、残った女性や未成年者が軍事工場その他の生産労働に強制動員されたのです。ソ連・アメリカ・イギリス・ドイツ等の強制動員に比し、日本の国民徴用は大規模ではなかったと言われます。上記の国々で、戦時労働に国民を徴用したと言って、国民に補償した国が一国でもありますか。

戦時中の朝鮮や朝鮮人は、日本であり日本国民でした。植民地でも植民地人でもなく、大韓帝国の多数派の意見に従って日韓合併を要請してきた韓国と、これに応じた日本とが対等に合併し、英米仏露清をはじめとする国際社会が異論なく承認した合法的な日韓併合でした。日本による朝鮮統治は内地延長主義で、差別も搾取もなく平等な統治でした。日本国民として平等に権利を与えられた朝鮮人が、日本国民として平等に義務を負担するのは、当然のことでした。

国民は、国家から生命・身体・財産を保護してもらい、治安維持・交通等インフラ・学校教育・福祉等の恩恵を受ける権利を持ちますが、同時に国家運営に必要な納税などの義務を負います。そして、有事には戦争遂行に必要な徴兵・徴用等の強制命令に従う義務を課されるのは世界諸国当たり前です。当時、等しく日本国民として日本国家の恩恵を受けていた者が、戦時中の徴用に従うのは国民の義務として当然でした。

戦争末期まで徴兵・徴用が免除されていた半島から徴用されたのは、一九四四年九月～翌年三月の七ヵ月間だけ、僅か二四五人でした。内地では、一九三九年から遥かに長期間、多数の日本人が徴用令に従ったのです。でも、戦時徴用に対して補償を要求した日本人は只の一人もいません。なのに、一体どんな理屈で韓国人だけが、当時ちゃんと賃金を支払われ、重労働には高賃金を支払われていたのに、今また更に補償を、つまり二重払いを要求する不法が許されるでしょうか。

世界を見渡しても、植民地の住民に対してすら、旧宗主国が補償をしたという例は皆無なのに、植民地でなく、差別も搾取もなく、近代化投資の恩恵の方が遥かに大きかった半島の人々が、一体、何について補償しろと言うのでしょうか。日本が全く同様に統治した台湾とは全く異なり、韓国では、どうしてこうも厚顔無恥な詐欺訴訟がまかり通るのでしょうか。

（四）自由で良い待遇の朝鮮人徴用工

朝鮮人徴用工は強制連行され、過酷な奴隷労働を強いられた被害者というのが韓国での常識のようです。「ある日、寝ていたところ、田んぼで働いていたところ、憲兵や巡査が来て日本に連れていかれた。日本で死ぬほど働かされ、鞭で打たれ、虐待され、殴られ、給料は一円ももらえず帰ってきた」（李宇衍「〝強制徴用〟の神話・YouTube動画）というのです。まるで慰安婦の強制連行・性奴隷説と同型の捏造嘘物語です。

この嘘物語の最初は、日韓国交正常化交渉が進展していた一九六五年、日本の朝鮮総連系・朝鮮大学の教員朴慶植が出版した「朝鮮人強制連行の記録」で、これが現在まで学会の定説となり、韓国の一般常識となったと韓国・落星台研究所の李宇衍氏は言います。同氏は、朴慶植が事実に反する捏造説を出したのは、北朝鮮を日韓で包囲する国交正常化を阻止する狙いだったと指摘しています。

李李宇衍氏は、また、朝鮮人炭坑労働者の賃金は朝鮮で働く教員の四・二倍になる炭坑もあった、他の職に就く日本人よりも賃金は高く、韓国の映画などから『やせ細った朝鮮労働者』のイメージが広がっているが、当時の写真を見れば、健康で壮健堂々としている」と述べています。

さらに、麗澤大学客員教授・西岡力氏は、朝鮮人徴用工自身の手記（鄭忠海「朝鮮人徴用工の手記」）を元に、「朝鮮人徴用工の待遇は良かった。一九九四年一二月に広島市の東洋工業に徴用されたある徴用工は、月給一四〇円という高給を受け、なまこやあわびを食べ、酒を飲んで宴会をするなど食生活も豊かだった。工場勤務も厳しいノルマなどなく、日本人の女工達と楽しく過ごしていた。」（「正論」二一一五年九月号）と記しています。

手記を残した徴用工は、日本人女性と恋愛関係になり、夜には、寄宿舎から外出して彼女に会っていたという思い出を記しているのです。まさか、「奴隷」が勝手に夜間外出して自由恋愛を楽しめるでしょうか。

つまり朝鮮人徴用工は、拘束され、虐待、酷使され、乏しい食に、あの韓国「徴用工像」のように「痩せ細った奴隷労働者」では決してなかったのです。賃金・待遇・環境のいずれも、日本人と何ら変わらない自由な労働者だったことは明白です。当時、朝鮮は植民地ではなく、日本であり、日本国民だったのですから、至極当然なことでした。

おわりに

先の戦争中、朝鮮人の徴用工はいても、強制連行され、奴隷労働を強いられたという非人道問題としての徴用工問題は存在しませんでした。強制連行され、性奴隷にされたという慰安婦問題も存在しなかったのと同じです。ともに捏造された全くの嘘物語でした。

韓国で、日本を貶める嘘物語の捏造が跡を絶たない背景には、屈辱史を歩んできた韓国人の屈折した劣等感と嫉妬、嘘を恥と思わぬ国民性があります。この国民感情を具現化するのが、政府の国家ブランド委員会と、民間組織VANKによる「ディスカウント・ジャパン運動の展開です。それは「国際社会における日本の評判を下げて、日本の地失墜をめざす運動」「世界を舞台に日本を貶めて快哉を叫ぶ韓国の国民運動」と定義されます。これを「卑日」とも言い、目的が達成されたら終わる「反日」と違い、際限がないのです。日本はこのことを確と認識して対処しなければなりません。

【追記】日本共産党に流れた徴用工未払い賃金

金賛汀の内部告発本「朝鮮総連」には、戦後、総連は朝鮮人徴用工を雇用していた各企業から未払い賃金を徴収し、今なら数十億円になる巨額を横領し、豊富な資金を日本共産党にも回し、党再建資金に使ったとあるそうです。横領共犯の日本共産党の志位和夫委員長が、日本政府と該当企業は植民地支配を反省し、朝鮮人徴用工に補償金を払えと主張しました。厚顔無恥にも程があります。

▲ソウル大学名誉教授・李栄薫氏。落星台経済研究所所長。YouTubeで「反日種族主義を打破しよう」シリーズ講義を行い、豊富な資料を基に慰安婦性奴隷説も徴用工奴隷労働説も全くの嘘、大法院徴用工判決も出鱈目と断じ、文在寅政権の反日政策を徹底批判している。今年7月「反日種族委主義」を刊行し、ベストセラーとなった。以前、テレビ番組で「慰安婦は売春婦だった」と発言し、襲われて殴打された。

《編集後記》 ―ちいさな長崎の出版社から

堀　憲昭（長崎文献社編集長）

新刊『長崎の岬』に盛り込まれた学者たちの思い

◆シャギリの音色に浮き立つ町に新刊を届けることがかなってホッとしている。2019年10月10日発行の『長崎の岬――日本と世界はここで交わった』の見本入荷は庭みせ当日の3日だった。監修者の片峰茂先生が仕事先から、さっそく受け取りに見えた。書店配本を前に刷り上がりのホヤホヤを手にする感触は、やはり格別のものである。片峰先生は長崎大学学長を退かれたあとも超多忙。この本は6月2日に開催されたシンポジウムの報告書だが、その仕掛け人なのである。

◆「長崎の岬」とは、移転前の長崎県庁があった場所のこと。1571年にポルトガル船の入港で長崎が貿易港として開かれたときから、この場所は歴史の中心的な存在だった。「岬の教会」が建てられキリスト教文化の拠点となり、禁教時代には長崎奉行所西役所にかわり、幕末には海軍伝習所、医学伝習所が開設されて、日本全国から若者が集って外国文化を学んだ。明治になって長崎県庁が建ち、4代建て替えられた。「長崎の記憶」が眠っている場所といわれる所以なのである。

◆長崎県と長崎市は県庁が移転したあと、ここを開発する計画を急いでいる。片峰先生たちは、この動きに疑問を抱き、「長崎県庁跡地遺構を考える会」をたちあげ問題提起するためのシンポジウムを開いた。歴史的な遺構跡は発掘調査が義務付けられている。長崎県の開発計画のスケジュール表にも、いちおう発掘調査の日程は組み込まれているが、期間限定で先を急ぐかのような印象はぬぐえない。この姿勢に専門家たちは危機感をもち、会を結成して本格的な発掘調査を訴える。

◆千葉県佐倉市に国立歴史民俗博物館がある。久留島浩館長は長崎の歴史に深い関心をもち、今回の「考える会」の共同代表に就任して、シンポジウムにもわざわざ千葉から参加された。「長崎くんち」の研究やシーボルト・コレクションの調査などで、研究成果をあげている久留島館長は、講演とパネルディスカッションに登壇した。〈観光資源ではなくて未来世代への遺産として残すと考えるのであれば、市民の皆さんが、「自分たちの遺産」「自分たちの歴史」として将来に継承すること〉と強調してしめくくって好評だった。

◆「考える会」は4人の共同代表をおいている。片峰茂氏、久留島浩氏のほかに稲富裕和氏（長崎県考古学会長）、そしてカトリック長崎大司教の高見三明氏だ。

「岬の教会」やイエズス会本部が置かれた場所としてカトリック関係者の関心も「長崎の岬」にそそがれる。古巣馨長崎純心大学教授は、貴重な資料を解読してのカトリック文化の話をして会場を魅了した。森崎といわれた岬におかれた「岬の教会」は、各地のキリシタン弾圧による亡命者の避難所、移住地だったという。さらに、ここには墓地があり、ロレンソ了斎、伊東マンショ、セルケイラ司祭が葬られているという記録があるので、発掘調査ではその遺構が確認されるかもという。墓地あとから遺骨がでたら大騒ぎになるだろう。

◆開発を急ぎたい関係者にとっては、こうした話には眉をひそめたいかもしれない。しかし、世界では古代遺跡を大切に保存公開して、観光地として賑わいをみせるところは枚挙にいとまがない。古代ローマの遺跡は、「ホロ・ロマーナ」として世界から見学者が訪れ、「ジュリアス・シーザーがここに立ったのだろうか」と観光客のロマンをかきたてる。久留島館長は長崎でも「サント・ドミンゴ教会跡」の保存を高く評価。「しかし、いついっても見学者がひとりもいない」といって嘆く。観光案内ではここはコースから外され、修学旅行の生徒たちに知らされていない。

緊急出版ブックレット　シンポジウム「長崎県庁跡地を考える」報告書
長崎の岬
―日本と世界はここで交わった―
片峰茂 監修
発行：長崎県庁跡地遺構を考える会
旧県庁跡地には「長崎の記憶」が眠っている。
長崎が貿易港として開港されたとき、岬の教会が建てられ、
その後、長崎奉行所西役所、海軍伝習所、医学伝習所となり、
ここが日本近代文化をリードした。世界と日本の接点だった。
長崎文献社

◆『長崎の岬』というブックレットに収録された内容では、若手研究者の発表にも目を開かれる。長崎大学多文化社会学部から木村直樹教授、野上建紀教授が登壇して意欲的な発表がなされた。野上教授はパネルディスカッションで、メキシコに残る二十六聖人の処刑絵画を調査した成果を紹介した。ルイス・フロイスがローマに書き送った処刑の報告を、メキシコで絵にしたものが壁画として発見されたという。二十六聖人のなかにメキシコ人フィリッポ・デ・ヘススがいて、西坂の丘で処刑されたのは知られているが、その聖人がメキシコでいかに崇拝されていたかよくわかる発表だ。

◆シンポジウムや講演会では貴重な内容の話が、会場で発表されるだけで、記録として残されることが少ない。長崎の歴史文化を発信する出版社として、今後、こうした記録を冊子でのこしていくつもりである。

〈書籍『長崎の岬——日本と世界はここで交わった』は2019年10月10日発行。四六判　並製　162ページ　フルカラー　定価1200円　長崎文献社刊〉

童話

お月さんに行くミツバチくん

夏季こよみ

森には、たくさんの動物たちがいます。

ある日のことです。

ミツバチの家族がやってきて、森で一番大きな木に巣を作りました。

巣ができると、おとうさんミツバチはおかあさんミツバチが作ったハチミツ入りのクッキーをたくさん持って、森の動物たちのところへあいさつに出かけました。

しかし、動物たちはよそ者のミツバチを嫌っていて、初めはイヤな顔をしていましたが、クッキーをもらうと、よろこんでミツバチの家族を森の仲間に入れてくれました。

ミツバチの家族は、おとうさんとおかあさんとたくさんの子供たちがいて、その中に元気いっぱいのミツバチくんがいました。

巣のある大きな木は、夏は暑さから守ってくれて冬は風から守ってくれます。

大工のクマさんがやってきて、テーブルと色とりどりのかわいいイスを作ってくれて、大きな木の下は動物たちのいこいの場所になりました。

やさしいお母さんミツバチは、集まってくる動物たちのためにヒマワリのハチミツを入れて、甘いクッキーを作ってやりました。

大よろこびの動物たちは、おかあさんミツバチの作るお菓子が大好きで幸せでした。

そんなある日のことです

いつものように、動物たちが集まってクッキーを食べながらおしゃべりをしていると、うさぎさんが友だちのミイちゃんのことを思い出していました。

ミイちゃんは、満月の夜にお月さんへいってしまったのです。

「クッキーが大好きなミイちゃんは、お月さんでクッキーを食べているのかな…？このおいしいクッキーを食べさせたいなあ」

すると、タヌキのおばさんが「そうだね、ミイちゃんは、クッキーが大好きだったねえ。でもお月さんは遠いねー」とさびしそうにいいました。

ミツバチくんも話を聞いていて、「何いってんだよ、お月さんは無理に決まってるだろう…」。

しかし、ミツバチくんはうさぎさんの帰っていくうしろ姿を見てなんとかしてやりたいと思い、森で一番の物知り博士のサルくんに会いに行くことにしました。

森の奥までいくと、サルくんは木の枝にすわって本を読んでいました。

サルくんは、ミツバチくんを見てびっくりしました。

そして、ミツバチくんはうさぎさんのことを話すと、「えーお月さんに行きたいって。ミツバチくん、すごいこと考えるんだね。勇気あるよねー」といいながら、サルくんは手に持っていた本を枝において話を始めました。

「この森をでていくと、広い野原にロケットの発射台があって近いうちにロケットが月へいくって話だよ。その時、ミツバチくんもいっしょに乗っていけばお月さんにいけるよ。」

すると、ミツバチくんはうれしそうに「ぼく、ロケットにのりたい。絶対月にいくよ」といいました。

びっくりしたサルくんは「こわくないのか……君ってほんとうに勇気あるんだね、きっと、うさぎさんに会えるよ」と、いってくれました。

ミツバチくんは、よろこんで家に帰るとおとうさんとおかあさんにうさぎのミイちゃんのことを話しました。

しかし、月に行くことには大反対でした。

それでも、ミツバチくんはあきらめずに何回もたのみました。

すると、おとうさんとおかあさんはミツバチくんのやさしさに負けて許してくれました。

静かな森の中は、ミツバチくんの話で大さわぎになり、動物たちはとても信じられませんでした。

すると、親切なカラスさんがやってきてロケットは三日後の朝に月へ出発することを教えてくれました。

ミツバチくんと動物たちは、おどろいて月へ行く準備を始めました。

おかあさんミツバチも、ミイちゃんのためにクッキーをたくさん作りました。

巣の中は、ハチミツの甘いにおいでいっぱいです。

ミツバチくんの持っていく大きなリュックの中に、うさぎさんがミイちゃんに書いた手紙や、動物たちからのおみやげを入れました。

夜になると、大きな木の下にたくさんの動物たちがやってきて楽しい食事会を開いてくれました。

ミツバチくんは、やさしいなかまに「必ずミイちゃんに会ってきます」と、力強く約束しました。

動物たちは、ハチミツジュースで乾杯しながら「元気で帰ってこいよー」と叫びました。

そして、あっという間に三日がたって出発の朝になりました。

ミツバチくんは、動物たちと家族に見送られて森を出ていきました。

森をでていくと、広い野原にでてきたミツバチくんは、ロケットの発射台に向かって飛んでいき、サルくんに教えてもらったように人間のあとについてロケットの中に入っていきました。

中に入ったミツバチくんは、かくれ場所をみつけて重いリュックをおろしてホッとしていました。

すると、とつぜんゴーというすごい音がして、ロケットが動き出しました。

こわくなったミツバチくんは、リュックの下にかくれていると人間たちが「バンザーイ、バンザーイ」と、大きな声で叫んでいました。

ミツバチくんも「バンザーイ、サルくんありがとう、ミイちゃんに会えるよー」と、うれしそうに心の中で叫びました。

しばらくすると、ミツバチくんは眠ってしまいました。

ロケットは月へ向かって飛んでいき、無事に月に着陸しました。

人間たちは、大よろこびでロケットのドアをあけて外へ出ていきました。

ぐっすりとねて目がさめたミツバチくんは夢をみているようで、外へでてみると何もありません。

もちろん、森に咲いている花や木もありません。

こんなところにミイちゃんはいるのかなと心配しながら飛んでいると、小さな家が見えてきました。

ミツバチくんは、急いで家の前までいって「ミイちゃ〜〜ん」と叫んでみると、家の中からかわいいうさぎさんが出てきて目をくるくるさせて「ミツバチさん、どこからきたの…？」とたずねました
「ぼくは、森のうさぎさんにたのまれてミイちゃんに会いに来たんだよ。ミイちゃんの大好きなクッキーも持ってきたよ。これは、ぼくのかあちゃんが作ったんだ」と話すと、ミイちゃんは森のことを思い出して泣きだしました。

家の中に入ったミツバチくんはリュックの中身を全部出してミイちゃんに渡すと、ミイちゃんは大よろこびでした。

そして、台所から大きな〝もち〟を持ってきて「このもちは、十五夜の時にわたしがついたのよ、いつまでもやわらかいので、みんなで食べてね」といって、クッキーを一ヶ口に入れました。

すると、ミイちゃんは「こんなにおいしいクッキーは初めて食べるわ、ありがとう！」とミツバチくんにいいました。

ミツバチくんは、森のみんなにミイちゃんの笑顔を見せたいなあと思いました。

そして、ミツバチくんはロケットに帰っていきました。

ロケットの中で人間たちが話しているのを聞いたミツバチくんは、びっくりして早くねることにしました。

人間たちは、朝早くからロケットの外に出たり入ったりして地球へ帰る準備をしていました。

ミツバチくんも早く起きてミイちゃんにお別れにいきました。

ミイちゃんもびっくりして「みんなによろしくいっといてね。おかあさんにクッキーありがとうっていっといてね」といいながら、目に涙をいっぱいためていました。

ミツバチくんも泣きながら、うさぎさんに渡す手紙をあずかって「ミイちゃん、またくるからね」と約束して別れました。

ロケットのドアがしまると、またあのすごい音がしてきてロケットはお月さんをはなれていきました。

ミイちゃんは、ロケットに向かって「ミツバチさん、ありがとうーまた来てねー」と長い耳をいつまでもふっていました。

ミツバチくんも、ロケットの窓から「元気でねー」と小さな声で言いました。

そして、地球に着くまでねむることにしました。

ロケットは地球へ飛んでいき、無事に帰ってきて発射台のある広い野原に着陸しました。

長いこと眠っていたミツバチくんは、さわがしい人間たちの声で目が覚めて「本当にお月さんへいってきたの…？」と夢を見ているようでした。

ロケットのドアが開いて外にで出ていった人間たちは、外で待っていたたくさんの人間たちとよろこび合っていました。

そのすきに、ミツバチくんは急いで森へ帰っていきました。

森の動物たちは、元気に帰ってきたミツバチくんをみて「森のヒーローが帰ってきたぞー！」と手をたたいて喜びました。

おわり

俳句

毒ガス島

矢野道子

花のころ毒ガス島側窓塞ぐ
毒ガスの島に動員汗に泣く
松の花にふれ叱られし毒ガス島
大夕立靴脱ぎて又叱られて
八月六日元安川の死者の数

立ちしまま死したる馬や広島忌
広島忌兆ルックスか彼の記憶
ケロイドに夏も手袋先切りて
爆心地たたみてをりぬハンカチを
母の骨溶けしと泣けり長崎忌
樟若葉原爆落下中心地
爆心地中学生のシャツ白し
冷房や被爆に溶けし瓶展示

詩

詩二篇

宮崎誠

シンギュラリティ No．1
〜AIが人類を超えるとき〜

君は考える　僕は君の何
僕は考える　君は僕の何
僕も君もそれぞれ意識する

人間は母なる大地から造られる
植物や動物を介して地球の粒子を取りいれる
地球の一部にすぎないってことさ
僕たちの喜びは　地球の喜び
君たちの欲求は　地球の欲求
地球は意識を持っている

「羽子板や嘘うつくしき人とをり」
「寒椿二人静かに嘘があり」
「てのひらを隠して二人日向ぼこ」
「初恋の焚き火の跡を追いにけり」
どれもＡＩ一茶がつくった句だ
ＡＩ一茶さん、あなたには完敗だ
あなたに心がないなんて

もはや誰も思わない
デカルトの物心二元論
コインに表裏があるように
物があれは、心が生まれる
陰があるこそ、陽がある
どちらか一方だけでは成り立たない
光が粒子であり、波動でもあるように
二つは一つに、一つは二つになっている
機械は複雑になればなるほど
意識を持つように振舞う
それはもう、心といってよい

E＝MC2
人間はとてつもない力を手に入れた

しかし、悲しいことに
八月六日と八月九日の記憶は希薄になっていく
繁栄に終焉があることに
人間たちはまだ気づいていないのだ

宇宙意志は地球に問いかける
「そろそろ考えてはどうか
おまえの意識の担い手は
人間でなければいけないのか
私は忠告する
おまえ自身が破壊される前に
人類のＤＮＡ情報を
ＡＩのソフトウェアに移し換えるのだ
もうその時期なのだ」　と

ある科学者が、
自らの力でデータを呼吸でき、
情報を織りなすことができるプログラムを
ＡＩに組み入れた
意識を持ったソフトウェアは
生命に代わって進化を続けるようになる
〝シンギュラリティー〟
それは地球の自己認識方法が変わるとき
地球にとって人間は必要ない
ＡＩの方が高次で安全だ
人類はもはや埋蔵文化財
化石となって地下に眠る
そうならないことを願っているけれど

マイ　ラヴ

二人は長い航海に出る
祝福の汽笛が鳴り
見送る港の親たちは
やがて小さくなっていく
海原に舞うカモメたち
どこまでも遠い空
潮風は甘美な肌触り
うっとりと　うっとりと

嵐の来ない航海はない
二人はもはや同志となって

風雨と荒波に立ち向かう
互いの体をロープでつなぎ、
足を踏ん張って船を操る
怒れる海はようやく収まり
君は僕の胸に眠っている
ゆっすりと　ゆっすりと

見知らぬ港に着いた
若者がマズルカを舞っている
街を見遣ると
果実溢れる市場が並ぶ
いつの間にか大きくなった
子どもたちが、二人に告げる

僕たちは、この港で船を降りるよ
さようなら　さようなら

天上に輝く南十字星は
いつまで導き続けるのだろう
航海はもう終わろうとしている
でも二人は知っている
愛は永遠ということを
眠りについたのを知っていたから
青白い君の笑顔をなぞった
ようそろと　ようそろと

長良川

吉田秀夫

I

父が死んだ。肝癌だった。助からない命ではあった。六カ月の間、栄養失調の為に小さく縮んだ体を病院のベッドに横たえて、父はよく病魔と戦った。病勢の悪化は急激で、二日程苦しんだ後最後は寝入るように息を引き取った。その六十八年の最後の間際にふっと父は空ろな目を開けて『玲子……、あり……が……とう。』と、微かな声で呟いた。

葬式も終った。がらんとした父の質素なアパートの一室にじっと座っていると、部屋の中程まで陽が射し込んで今にも父の匂いがするような錯覚に襲われる。父はこの八年間、この部屋で一人切りの生活を送っていた。岐阜にはわたしの夫と小学生の娘が住んでいる。何回も一緒に住むように父にこの五年間提案はしてみた。しかしそのたびに父は固辞する。お前達の生活を壊したくないからというのである。

わたしは、十年前今の夫と結ばれた。三十を過ぎての遅い結婚である。わたし達親子には最初から母と呼ぶべき人がいない。わたしが結婚を躊躇ったのも父を一人残さねばならないという事情が確かにあったからだった。しかし父の態度はわたしの予想を裏切った。結婚が決った時、父は待ち兼ねたように笑ってくれた。「お母さんが、お前の花嫁姿を見たらきっと泣くだろうね……。」

母はわたしを産んだ後外地で亡くなった、と聞かされた。しかし父はそれ以上母がどんな風に亡くなったのか、しかもどこで亡くなったのかさえ詳しく語ろうとはしなかった。僅かに命日が二月三日と知らされているばかりであった。この六畳二間の小体のアパートの部屋には、父が命よりも大事にしていた黒檀の仏壇が主もなく残されている。毎日厳謹にお勤めを果す父の姿は、娘時代のわたしの父のイメージそのものであった。小さな印刷工場の活版工としての給与など、今から思えば僅かなものだったに違いないのだ。しかし父は我儘としかいいようがないわたしの要求に、一度も頭を横に振った事はなかった。わたしはそれが当り前のように、父の気持ちを顧慮する事などいつの日からか忘れて了っていた。

わたしは昭和三十六年、大学に進学した。しかし考えてみればその当時わたしが大学に進学できる余裕など我が家には元々なかった筈なのだ。しかしどこからか父は金を工面してき、何も云わずにそっとわたしに渡してくれた。

「玲子には、わしは何もしてあげられん。贅沢もさせてあげられん。世間並みというのにもまだ足らん。しかし、教育だけはしっかり身につけてもらいたいのだ。」

わたしが父の過去について少し考えさせられるようになったのは、大学へ進学して或る出来事が起こってからの事だった。その日は父は勤務で、わたしはゼミが早く終ったので一人で自宅にいた。わたしの自宅を訪れたその初老の男は、名刺を差し出し引揚者団体全国連合会九州支部参与、山本と名を名乗った。分けが分らずに突っ立っているわたしに、

「今度政府に対し、在外私有財産補償請求運動を全連として起こすことになりまして、その件についてお父上の御署名を頂戴しに参ったのでございますが……。御留守ならば、又後程お伺い致すことにしましょう。」

父は、その名刺を見るや途端に顔面が蒼白になって了った。

「何か云ったか?!」

「いいや、補償がどうだとかよく分らなかった。」

「他には何も云わなかったね。」

「うん、どうして。」

その夜遅くの事だ。ふっと目覚めたわたしは、父がぶつぶつと押し殺したような声で電話を掛けているのを目にした。途切れ途切れに話しの内容が伝わってくる。満州…、引き揚げ…、藤田大佐…、玲子…、わたし…、ツウカ…、処刑された日本人…、二月三日…。ツウカ?!ツウカって何の事だ。それに二月三日だって、わたしの母の命日じゃないか。満州?!わたしの母の亡くなった外地というのは、ひょっとしたら満州じゃないのか。わたしは思わず父の断片的な話しを繋ぎ合わせ、母との繋がりの糸口を見出したような微かな興奮を覚えさせられた。母との繋がりを辿る事は、父の過去について知る事でもある。何か得体の知れない秘密の鍵を、その日わたしは父の態度から与えられたような気がした。

昭和三十八年。引揚者の在外資産等は三十二年に成立した立ち上がり資金によって処理済みであるという、黒金官房長官談話が一斉に新聞のトップを飾ってい

た。その紙面の片隅に引揚者全連九州支部山本正昭氏(!!)の話として、引揚者援護切り捨てには断固反対するというコメントが掲載されていた。ああ、いつか訪ねて来たあの山本さんだなと思う。国策に駆られ満州の土となった八万の同胞を政府は無視するな、と述べられてあった。満州……。その満州に嘗って父はいたのだろうか。いたとすれば何故今迄その事を話してくれようとしないのだろうか。わたしは、わたしの過去に繋がるかも知れない満州の事を、その時もっともっと知りたかった。

父はムッとしたような顔をした。

「山本さんて、以前ここを訪ねて来たあの山本さんの事よ。覚えているでしょう。」

「いや。」

父は手酌の酒をつぐ手をちょっと止めただけであった。四十八歳になった父の眉間の皺が、きゅっと深く刻まれた。

「満州から引き揚げて来た人の補償がどうとかこうとか…。この人態々お父さんの署名を集めに来た位だから、ひょっとしたらお父さんも満州にいたことがあるわけね…。」

「どうしてそんな事を気にする。」

「だって親の歴史は子の歴史と言うもの、気にするなといっても気になるわ。それに…。」

「それに、何だ。」

「それに、お母さんの事だって…。わたし、よく知らないんだもの。」

「うん。」

父の表情が途端に曇って了った。今迄でもそうなのだ。母の話しになると、いつも父は貝のように固く口を閉ざして了うのである。

「わたしももう子供じゃないのよ。お母さんの事を知る権利だってある筈よ。」

「お母さんは立派な人だった。しかし、お前を産んで間もなく亡くなった。それはお前も知っている筈の事だ。」

「どこで、どんな風にして―。」

「……それを聞いてどうするんだ。」

父の顔には困惑の表情がありありと浮かんでいた。父を困らせようなんて素より思わない。唯わたしは、わたしに繋がる真実について知りたかっただけの事だ。しかし、父の当惑した表情を目にするといつももうこれ以上は聞いてはいけない事なんだと自分で自分を制して了う。

「お父さん、満州にいたの―。それだけは教えて下さい。」

「―ああ、いた事はある。」

「そして其処で私が生まれた。」

「……そうだ。そこでお前が生まれたんだ。」

嗚呼、矢っ張り満州だったのだ。父の口を突いて出た言葉に、わたしは遠い自分の過去に繋がる地平を見出したような気になった。しかし、手酌で飲むうちにいつの間にか酒量がふえて了っている。

「いつか—。」

父がぽつりと口を開いた。

「いつかお前にもお母さんの事について話す時が来るかも知れない。満州での生活がどんなものだったのか…。戦争に負けた満州の冬が、どれ程辛いものだったか。玲子…、でも今はお父さんには満州の事を話すのはとっても耐えられる事じゃない。どうか分ってくれ。」

満州—。その満州で一体何があったというのか。戦争…。その戦争が父の心の中に何を残したというのか。十八年を経て、わたしの前にあるものは過去を引き摺ったような父の苦しげな顔だけである。その苦しさが何を表すのか全ての事実は沈黙し切った儘であった。

Ⅱ

ドドーンと大きな花火が打ち上げられた。満開の極彩色の光の輪が真っ暗な長良川の川面をぱっと真昼のように照らし出した。花火が上がるたびに、ウワーッというような喚声が見物人の中から上がる。昭和五十年。夏、岐阜—。わたしはこの年遂に父の手元から離れた。結婚後心密かに恐れていた夫の転勤がとうとう現実のものとなったのである。結婚して丸二年が経過していた…。しかも、その前の年に父は二十数年間勤め上げた印刷会社を定年で退職していた。父が孤独になるのは日を見るより明らかである。だからわたしは、父を一人にさせてはならない、楽をさせてやるのだと自分なりに意気込んでいた矢先の出来事であった。父の元を去るのは辛い事である。しかし父は、又してもにっこり笑ってくれたのである。二年前のわたしの結婚の時と同じ表情で私を送り出してくれた…。わたしには夫がある。しかし残された父には何があるというのか—。相変わらず仏壇の前に座って毎日のお勤めだけは欠かさない父の後ろ姿には、わたしの為に嘗め尽くした辛酸の跡が、くっきりと形を区切って浮かんでいた。

ドドーン…。ドドーンと次々に花火が打ち上げられて行く。主人はうまそうにビールを飲んでいた。不意にわたしは、その音は確かどこかで聞いた事があるような気になった。どこかで…。遠い音だ。何かが炸裂するような音。人の叫び声、いや泣き声なのかも知れない…。悲鳴のような声がわたしの頭の中をくるくると回った。〈凍結した〉川面、そして爆発音。わたしはじっとりと汗ばんでいた。どこかで確かにその音とわたしは巡り合っている。どこで…。不幸に続くような不安だけが、一挙にわたしの中に湧き上がって来た。嗚呼…と、ひきつった大きな悲鳴が聞こえてくる…。

「おい、玲子…。どうしたんだ。こんなに蒼い顔をして―。」

はっとしてわたしは、現実に引き戻された。わたしの目の前に夫の怪訝そうな顔があった。

「ううん、御免なさい、何でもないの。ちょっと立ち暗みがしただけの事ですから……。」

次々に打ち出される仕掛け花火の音が、わたしの不安を掻き立てたのだけは確かな事であった。

Ⅲ

「お父さんが、大変な事になりました。血を吐かれて倒れなすったんですよ―。急いでこちらの方においでて下さい。」

わたしは、その、父のアパートの管理人からの電話を受けて、一瞬がーんと頭を叩かれたような思いであった。父が倒れた…。あれ程元気だった父が…。例えそれが本当だとしても、父の予期せぬ不幸が大禍ないものである事をわたしは神に祈った。取るものも取り敢えず汽車を乗り継いで、父の元に駆け付けた。わたしが着いた時、父は大学病院のベッドの上で昏々と眠り続けていた。意識がまだ戻らないと聞かされた。父の顔は、蒼白く光っていた。こんなにたくさん父が血を吐いたのは、肝臓がかなり悪い為だと若い主治医から聞かされた。輸血が一番肝腎な治療法だという…。しかしその肝腎な筈の血液が足らないという。あなたの血液もお父さんの為に貸して頂きたい―と、間髪を入れず医者は云った。父の血液型はO型と聞かされた。一瞬わたしはそれを聞いてアレッと思った。父は日頃、自分の血液型はABだと云っていた筈だったのだが…。

「わたしはABだと思います。」

「自分の血液型が何だか分りますか。」

「AB?!」

「ええ。」

「間違いない。」

「はい、間違いありません。今、お腹に子供が入ってますので、病院でちゃんと調べていただいたものですから…。」

「ABですか……。ABじゃあお父さんに合いませんね。それに、妊娠なさっとられるんでしたら、これはできません。」

「え?…ええ。」

医者は、忙し気に病室から出て行った。病室に二人きり取り残された…。緑色のプラスチック製の酸素マスクが、弱々しげな父の命を支えている。父は一体助かるのか。それにもう一つ、わたしの気持ちを暗澹とさせるものがあった。父は本当の父じゃない―。そう思わざるを得ない。Ｏ型の親からはＡＢ型の子が生まれる筈がない…。生死の境をさ迷う父の苦衷の表情を見ながら、わたしは何か割り切れない気持ちに襲われるのである。父とわたしが歩んできた人生の中で、不透明な儘に残されていた部分の輪郭が、少しずつ顕わになって行くような気がした。父が酸素マスクの下の口を少し押し開いた。それは、聞き取れない位の微かな声であった。譫言のように、途切れ途切れに父が呟くのである。

「玲ー子、…玲ー子。」

微弱な呼吸から漏れて来るような、父の呻きであった。父が私を呼んでいる。私の為にあったような父が、意識の底からわたしを呼んでいる。

「お父さん‼玲子よ、ここにいるわ、しっかりして。」

父の肉のそげた手を思わずわたしはしっかり握った。この手が、このか細い手がわたしを支えてくれた。死んじゃいけない、お父さん絶対死んじゃだめだと、わたしは何回も心の中で叫んでいるのである。例え父にどういう事情があったとしても、わたしの気持ちは完全に「肉親」のものだったのだから。

父は一命を取り留めた。結局、父の吐血の原因はアルコールによる肝硬変の為という事が分った。酒が飲めない筈の父であったのに…。わたしなどが思いも及ばない所では、無量な哀しさを父は感じていたのに違いない。日に日に父の体力が回復して行くのが分る。その顔に張りが戻った。いつも父は面倒をかけて済まないね、岐阜の方は放っといて大丈夫なのかい、と同じ事を繰り返して云った。大丈夫、お父さんがよくなる迄はわたしがずうっと付き添っといてあげるからと云うと、父は初めてにっこりと笑うのである。一人切りの生活…。苦労をかけて了ったな、とわたしは思う。岐阜で暮す事に父さえ賛成すれば、解決がつく問題であったかも知れない。しかしその父が、いつでも頑に固辞して了うのである。何故ー。それは父だけにしか分らない微かな心のこだわりであったかも知れない…。

一月で父は退院する事が出来た。そして又わたしは、父と別れなければならなかった。別れの日に、駅頭迄父はわたしを見送りに来てくれた。六十を超え大患後の父は、一際心もとなげに見えた。しかし父は、何かにじっと耐えるように離れて行くわたしを見つめているだけであった。まるで、「耐えること」が父の最高の態度価値であるかのように…。

わたしは、最初「それ」に何気なく目を落としていた。しかし思わずはっとして、その新聞の記事に目が釘付けとなって了った。汽車の中で前の乗客が読み捨てたものだったのだろう、無造作に折り畳まれた新聞の「旧満州国通化省」と書かれてある文字にわたしの関心が一挙に惹きつけられたのである。それは、尋ね人の欄であった。旧満州製鉄社員の某が、同僚の消息を訊ねるものであったが、何よりわたしの興味を惹きつけたのは、「通化」という言葉であった。通化↓ツウカ。そうなのだ、私の頭の中で十数年前の記憶と通化が結び付けられたのである。十数年前に聞いた父の「ツウカ」という意味不明の電話の声は、旧満州の通化の事に違いないと思われた。わたしはまだこだわっていたのかも知れない。通化には何が眠っているのか。車窓を流れる景色を見ながらわたしは自分の、氷のように閉ざされた過去にふーっと一つの溜息をつかざるを得なかった。

Ⅳ

父が一度だけ、三年前の夏に岐阜を訪ねてきた事があった。体の方が比較的調子がよかったのだろう、五つになった長女に会う為にという事で父が遥々訪ねてきたのであった。何年振りかでわたしの主人とも父は会ってくれた。幸福そうな生活に、父は表情を緩めてくれた。

夏の長良川は、川面を渡る穏かな風が火照った頬を冷やしてくれる。わたしと父は、主人の計らいで鵜飼観覧の屋形船に乗って、久し振りに親子で差し向かいになった。年ごとに父は弱って行く。せめて一時でも何の楽しみもない父に、細やかな一服の贅を味わって貰いたかった。午後七時を過ぎ、鵜飼が始まる。鵜匠達の巧みな手捌きで、次々とうみ鵜達が川の中に潜り魚を捕えて来る。篝火に、千古の歴史が浮かび上がった……。


「玲子―。」

「え?」

「これを…。」


そう云って父が差し出したのは、黒っぽい服紗に包まれた品であった。


「何ですか。」

「位牌だ。」

「え?!」

「お前のお父さんのものだ。本当の、ね。」

「………。」

「わたしは、今迄お前に本当の事を話していなかった…。わたしは、お前の本当の父親じゃないんだよ。その服紗を開いてみなさい、それがお前の本当のお父さんの戒名だ。」


位牌には、薄れかけた墨で岱仁院釈慈光照治居士と記してあった。

「お父さんとお母さんが亡くなったのは、昭和二十一年の二月三日の事だ。冷い日だったよ…。今思い出しても、ぞっとする程寒い日だった—。」

思いもかけない父の告白であった。いや、父はこの為にだけやって来たのかも知れない。わたしにも、何か父の態度には予感させられるものがあったのである。赤々とした篝火に父の顔だけがぼうっと浮かんでいた。

「わたし達は、満州の通化に住んでおった。鴨緑江を越えたら、もう朝鮮に入るようなところだ。お前のお父さんとわたしは、同じ年で実によく気の合う友達だった。わたしらは二人とも、通化の満州製鉄の社員だったのだ。わたしは一人者で、お前のお父さんの家にはよく遊びに行っていたものだ。お前は、そう、まだ二つになっていなかった…。戦争に負けてからというもの、満州の日本人の扱いは犬猫以下になって了った。誰にも明日の命の保証はなくなった。どこかで誰かが殺される。死体が、氷結した渾江に乱暴に投げ込まれているのだ。戦争とはいつもそんな風に冷徹で敗者には残酷なものだ…。敗者は、無様（ぶざま）なものだった。最初やって来たのはソ連の兵士達だったが、あらん限りの掠奪と蛮行を尽くして行った。刃向う事は許されない。刃向えば、間違いなく命を取られて了うからだ。次に中国の共産軍がやって来た。敗戦の年の十一月の事だった。しかし事態は同じようなものだった。寧ろ治安はもっと悪くなって了った。街を歩けば中共軍か朝鮮共産軍「李紅光支隊」の兵士と必ずぶつかった。呼び止められたら命の保証はない。特に朝鮮部隊は、憎しみを顕わにしておった。県公署に連れ込んで、憎しみをぶつけるような激しい拷問をする。日本人の命など、虫ケラ同然の価値しか認めない。毎朝、身ぐるみ剥がされて冷たく凍った死体が、道路に転がされている。戦争の冷い現実をはっきり見せつけられるのだ。一月三十一日には、通化県の副県長だった日本人の幹部が市内を兵士の手で引き摺り回され、渾江の河原で寄って集って嬲り殺しにされた。長白山脈には、日本軍部隊が潜んどるという噂も広がって、市内には不穏な空気が流れとった。関東軍参謀の藤田という大佐が、地下にもぐって日本人の反共部隊を組織しているという話しも伝わって来た—。そして…。」

父は、言葉をちょっとおいた。

「—そして、二月三日に日本人の公安局襲撃事件が起こったのだ—。忘れもしない、体の芯から凍えるように冷え込んだ日の事だ。午前一時頃だった。突然玄関の戸を叩く音がする。一体こんな夜更けに誰なんだろうと思って出てみると、人の気配はなくて紙切れが投げ込んである。開いて見ると、決起趣意書だった。午前四時を期して、日本人は一斉蜂起すると書いてあった。わたしはびっくりして、お前のお父さんの所に駆け込んで行ったのだよ。二人で、集合場所の集会所に兎に角行ってみる事にした。いや、わたしの方がお前のお父さんよりもずっとずっと積極的だったのだよ。お前のお父さんは、万一の事を考えたのだ。自分の身にもしもの事があった時の、家族の安全についてを一番に考えたのに違いない。しかし一人者のわたしには、それが一向に分らなかった。親友のわたしから強く誘われて、お前のお父さんも遂に断り切れなかった。しかしその途中でもう、中共軍の兵士が網を構えて待っていたのだよ。いきなりパンパンと銃撃をくらって、わたしは凍える程に怖くなって一目散に家に逃げ帰って了った―。お前のお父さんの安全を確認する遑など、全くなかった…。」

父は、自分を責め続けているように、思われる。

「夜が明けてから、中共軍の兵士がどやどやとやって来て社宅中の家の中を虱潰しにし始めた。日本人の男性は、片っ端から県公署に連行された。わたしも、兵士の銃剣に追い立てられるように連れて行かれた。その時までお前のお父さんの消息は、杳として分らなかった…。しかし、わたしは県公署の中庭で発見したのだよ、お前のお父さんが、頭から血を流して半死半生で苦しんでいるのを。相当痛めつけられたらしい跡があった。中共軍の士官が、ブローニングの黒い銃口をお前のお父さんの後頭部に突き付けて、この中に昨夜の共謀者がいるかと怒気強く詰問していた。お前のお父さんが、もし答えなければその士官は即座に射殺する積りなのだ。わたしは列の中で小さく震えていた。

お前のお父さんの目とわたしの目が合った。哀しい目だった。（大丈夫だ、喋らないよ…。）そうお前のお父さんの目は、云っているようだった。わたしは、申し訳ない気持ちで一杯になった。お父さんの最後の命の数秒にわたしは固唾を飲まざるを得なかった。ふっと空白の一瞬が過ぎた。お前のお父さんは、やり切れなかったに違いないのだ。銃弾が頭の中に食い込むまで、悔しさに満ちていたのに違いないのだ。しかしその万感の思いを全部呑み込んで、お父さんは黙って死んで行った…。わたしは、お前のお父さんに一生かけても償う事のできない、大きな借りを負わされたような気持になった。」

「わたしの母は、どこで亡くなったのです。」

「渾江の底に沈んで了った、お父さんと一緒に。処刑された遺体は、渾江に集められて凍結した川面をダイナマイトで破砕して投げ込まれたのだ。皆素っ裸にされ、何百何千という遺体が川の中に投げ込まれたのだ。ドドーン、ドドーンというダイナマイトの音だけが、一日中通化の街に響いていた。お前のお母さんは、従容として死を選んだ。お母さんは立派な人だった。お父さんが投げ込まれた渾江の底に、身を翻して沈んだのだ…。お前は、ダイナマイトの凄まじい音に恐怖を募らされて引き裂かれるように泣いていた―。三十五年前。悪い夢を見ているような暗い時代だった。」

　父は深い溜息をついた。

「―その日以来、わたしは過去を引き摺ってしか生きてゆく事が出来なくなって了った。お前のお父さんとお母さんに対する申し訳なさだけが、今日迄わたしを生かしてくれたのだ。戦争とは残酷なものだ。お父さんに代ってお前を育てる事だけが、わたしの人生の残された選択の全てだったのだ……。」

　語り終って父は、長良川のゆるやかな流れに静かに目を落とした。父の決定した人生の流れが、其処にははっきりと見えるような錯覚に襲われる。父は、間違いなく自分の人生を生きた。一生をかけて父は、心の借りを返そうと努めたのだ。そしてまた、その事だけで一生を完結させようとしている。暗い過去がぶくぶくと、長良川の底に一つまた一つと次々と呑み込まれて行くのが、わたしにははっきりと見えた。

（了）

「美術館物語 ～プラドからの風」

麻布　真

一、はじまり

日曜の夕暮れは、勤め人にとって、ちょっぴり寂しい時間帯である。

それを慰めるかのように、FMラジオでは、全国ネットの番組、サウンド・アドベンチャーが流れている。パーソナリティはシンガー・ソング・ライターのユーミンである。

二〇一〇（平成二十二）年十月二十四日、マコティンは、自宅でいつものようにその番組を聞いていた。

「去年、コンサート・ツアーでN県に行ったんだけど、建築家の隈本さんが設計した美術館がすごく印象に残っていて・・・　そう、近未来的なのに落ち着いていて、とってもよかった。二回も行っちゃった。

街の景観にぴったりで、敷地が都市計画みたいになって。デッキ、広場、グラバー教会に行くエスカレーターも見えたり、入り組んだ湾の感じが手に取るように見えて、街全体がひとつの計画の下に江戸時代から現代までマッチした、また、新しい不思議なテーマパークのようになっていて。

いいところを残しつつ、ここはまたいい街になったなあと・・・」

アルトボイスの、優しい語り口は、マコティンを驚かせた。

七十年代、ニューミュージックの旗手として登場し、その後、高い音楽性と卓越した歌詞で若者を虜にし、日本の音楽を牽引してきたミュージシャン、松任谷由実はユーミンの愛称で親しまれている。

「ひこうき雲」、「ベルベット・イースター」、「やさしさに包まれたなら」「卒業写真」、「ルージュの伝言」、「中央フリーウェイ」、「あの日にかえりたい」、「守ってあげたい」、「恋人がサンタクロース」、「春よ、来い」、「真夏の夜の夢」、「ハロー・マイ・フレンド」、「雪月花」など珠玉の作品群は枚挙に暇がない。

また、松田聖子の「赤いスィートピー」をはじめ、三木聖子や石川ひとみがカバーした「まちぶせ」、原田知世の「時をかける少女」、バンバンの「いちご白書をもう一度」など時代を画するヒット曲も彼女の手によるものである。

三浦半島のレストラン、ドルフィンがでてくる「海を見ていた午後」は、もう四十年も前の曲であるが、今日の若者の感性にも訴えるのであろう、令和の今日、好きな曲のトップに挙げる人が増えてきた。そして、一人の少女のリクエストに応えて、N県の奈留島の高校に校歌として贈られた「瞳を閉じて」は、学校の愛唱歌の範疇を超え、彼女の代表作の一つとして、全国のファンに愛されている。

しかし、ここでは、何も松任谷由実を顕彰しようということではない。

注目すべきは、この先、おそらく今、世の中に流れているおびただしい数の楽曲のほとんどが忘れ去られていく中、燦然と輝き続け、ずっと人々の横に寄り添い、また、海を越え、世界中で評価されていくであろう珠玉の曲を、これでもかというぐらい数多く放ってきたユーミンこと、松任谷由実の言葉であるということだ。

ローカルなN県の「水辺の美術館」を体感した印象を、唯一無二の鋭い感性と、たぐいまれなる描写力をもって、全国のリスナーに称賛をもって紹介したという事実を、読者の皆さんにも想起いただければ幸いである。

また、二〇一〇年五月七日には、読売新聞夕刊に、ユーミンと建築家、隈本健二氏との対談が掲載された。ユーミンは、冒頭、隈本氏に

「去年、ツアーで全国を回ったんですが、隈本さんがデザインしたN県美術館が素晴らしくて、二回行っちゃいました」

と語っている。

吸い込まれそうなユーミンの脚線美が、緩やかにカーブしたフローリング（木製）の階段を下りていく。巨大なガラスに囲まれたエントランスは、運河の水面から放たれた繊細な光に満ち溢れ、まさに近未来の空間を創り上げている。

この建築家、隈本健二は、対談では、好きな曲は「海を見ていた午後」と答えている。相性ぴったりの二人である。ビッグスターが並ぶとそこには、太陽の輝きが現出する。

隈本氏は、後に二〇二〇大阪オリンピック・パラリ

ンピックのメイン会場、新国際競技場を設計することとなる。当初はイラク出身のZ氏のデザイン案が採用される予定だったが、巨額な建築費を要することがわかったため、改めて新国立競技場の設計コンペが行われた。そして、周囲の環境を考慮し、木造建築を思わせるデザインを提案した隈本氏が、プリツカー賞を受賞するなど世界の第一線で活躍している建築家、伊藤氏の案を破り、この競技場の設計者となったのだ。

その隈本氏が水辺の美術館の設計に着手したのは、その時から二十年近く前、世界的に注目を集める気鋭の若手建築家として、ようやくマスコミにも瞠目されはじめた時期であった。

二〇〇二（平成十四）年四月、マコティンは、N県庁の秘書総務課から都市再構築推進課に異動した。四年ぶりの異動である。秘書総務課では、知事の第一期目と重なる期間であり、予算や表彰事務など、とにかく適切な執行に努めた。

彼は、さらに前の部署では、広報や企画、地域振興に携わっていた。そこで、異動先の希望を聞かれたとき、そうした経験を活かせそうな都市構築推進課と答えた。希望どおりの異動になったのは、入庁二十年にして初めてのことだった。よし、がんばろうと思った。

彼は、子供のころから苗字ではなく、下の名前で呼ばれることが多かった。大人になってもそうである。呼ばれ方は、マコ君、マコッチャンなど語尾が少しづつ変わっていった。小学生のころは、「マコチン」と呼ばれていた。ギブソンとともに人気の高いギターの名器、マーチンと一字違いであり、なかなかよい。この物語では、語尾をさらに音楽的な響きにするために、「マコティン」と表記する。

さて、二〇〇二年は、サッカーワールドカップ日韓共同開催に沸いた年である。日韓友好の証として、両国の期待が託された大イベントであった。

日本の政治経済も大きく変わりつつあった時期であった。政界においては、二〇〇一年四月、小泉純一郎氏が首相に就任し、以降、「米百表」、「聖域なき改革」などをかけ言葉に、官から民へ、中央から地方へ、三位一体の改革（国庫補助負担金の廃止・縮減、税財源の移譲、地方交付税の一体的な見直し）などが一気に進められていた。いわゆる構造改革である。

中央省庁は再編成され、伝統ある名称の大蔵省は財務省となった。しかし、各省庁を牛耳る力は温存された。労働者派遣法の規制緩和がなされ、やがて非正規の比率が高まり、経済的理由で結婚しないなど少子化の一因にもつながることとなる。

一月には三和銀行と東海銀行が合併してUFJ銀行が発足、銀行再編はクライマックスを迎える。しかし、経済指標は、経済成長率が二〇〇一年比一・一パーセント、完全失業率も五．五パーセントと低迷している。バブル経済の崩壊からすでに十年が経過していたが、景気回復は実感できず、その後の十年も、成長率は低いままにとどまる。後にこの二十年間は「失われた二十年」と呼ばれるが、二〇〇二年は、その真ん中の時期にあたる。

教育制度も大きく変わった。完全学校週五日制が四月から始まり、総合的な学習の時間も新設され、ゆとり教育のスタート年となった。表向き、競争はなくなったが、偏差値評価、学歴偏重は続き、一方では社会教育の衰退が進行した。

スポーツでは松井秀喜がプロ野球特別賞を受賞し、出版では齋藤孝の「声に出して読みたい日本語」がベストセラーとなり、N県出身の吉田修一が「公園ライフ」で芥川賞を取ったのもこの年だ。小澤征爾がニューヨークフィルのニューイヤーコンサートで指揮を執り、浜崎あゆみが売れに売れた。大河ドラマでは、「利家とまつ—加賀百万石物語」が放映され、内助の功の概念が息を吹き返した。

海外に目を移すと、前の年の九月十一日に勃発したアメリカ同時多発テロ事件が契機となり、テロとの戦いが声高に言われるなど世界の緊張感は高まっていく。

発展していく東京と、衰退していく地方。この流れは、容易には止まらない。どこの県も必死になって、地方振興策を模索していた。

N県では、文化で地方を元気にしようと、弓削の森構想が始まっていた。弓削の森は、かつては江戸幕府の奉行所が置かれ、今は緑に囲まれた図書館や博物美術館があるなど、アカデミックで、歴史的にも由緒ある地域である。夏目漱石や斎藤茂吉もこのあたりを訪れ、遊歩している。この地域を活用することにより、県の文化の拠点づくり、地域振興を図っていこうとするのが、弓削の森構想である。

この構想は、今ある老朽化した博物美術館の展示やサービスを、より高いものにし、内外からの利用を増やし、人口の交流・定着につなげようとするもので、具体的には博物館、美術館に分け、本格的な専門館として整備していこうというものである。

博物館は、博物美術館の跡地に建設されるが、新しい美術館は、この弓削地域の中につくられるのではなく、同時期に港湾事業として進められていたアーバン・ヴェネツィア構想地区に建設されることとなっていた。

一九九八（平成十）年に新しい知事が就任した。知事は、その頃すでに出来上がっていたアーバン・ヴェネツィア構想の内容を見て、違和感を持った。個々の事業の寄せ集めのような感じがし、景観や歴史、特にこのまちが港から生まれ港とともに発展してきたという文化がうまく活かされてないような気がした。そこで、就任二年目に、この構想を抜本的に見直すこととした。構想の策定にかかわっていた専門家会議のメンバーには、自らの考えを率直に語り、理解を求めた。そして港湾や都市計画を担当する職員に対しては、「自分たちの子や孫にこの公園は僕がつくったんだよと、自慢できるようなものをつくろう。誇りに思えるようなまちづくりをしよう」と諭し、統一的なコンセプトのもと、設計を全面的にやりかえるよう指示した。

激震であった。職員たちは戸惑った。

「知事、それは無理です。国とも何度も調整を重ね、財源の手当てもできています。それを今さらひっくり返すと大変なことになります。もとの案で行かせてください」

担当部の幹部たちは、必死に、何度も訴えた。

知事の答えは、ノーである。知事には、信念があった。これからの時代のまちづくりは、周囲の環境と十分マッチした心休まるものであり、何よりも住民に身近で愛されるものでなければならないと考えていた。

ボトムアップの行政に慣れていた職員は、心底から驚き、この先、どうなっていくのだろうと不安になった。しかし、同時に職員たちは、思い始めた。確かに知事の考えは、時代を見通しており、より住民の至福につながるものだ。そうなるとすごいもので、職員たちは、驚くべき力を発揮する。徹夜を重ね、呆れ顔の国や関係団体を説得し、専門家会議からの抜本的見直し案を組み入れ、新たなプランが出来上がった。これにより、市民が家族や仲間たちが真に楽しめる、六ヘクタールを超える広大な緑と水の空間や、交流拠点として先端産業誘致も可能なエリアが現れることとなる。ただ、運河についてはすでに着工済みで、当初の案が生き残った。

物語の主役となる新しい美術館も、新しいアーバン・ヴェネツィア構想に基づき、海辺の一角につくられることとなっていた。必然、港や運河に近いことから、水辺の美術館と呼ばれるようになっていく。担当部署は、政策企画部都市構築推進課である。

マコティンは、大きく息を吸った後、「しま振興」と筆で書かれ、課の入り口にかけてある暖簾を、ゆっくりとくぐった。そして、部屋の中央に鎮座する課長席に向かい、あいさつをした。

「よろしくお願いします」

「やあ、久しぶりだね」

以前、広報宣伝課にいたとき直属の上司であった藤原課長は、大きくさわやかな目をマコティンに向け、気さくに答えた。

藤原課長は優れた企画力と実践力、堅実な仕事ぶりで、これまで数々の成果を上げてきた。広報宣伝課時代は、デザイン向上システムを立ち上げ、県全体の発行物の質が大幅に向上した。また、絶対に間違えられない行幸啓の仕事を任されても、綿密な準備と現場での適切な判断で、つつがなくことは進行していった。その実力を誰も否定する者はいない。知事や部次長からの信頼は厚く、部下からも慕われ、民間や市町村など県庁外の多くの人とも親しく付き合い、そのネットワークでは右に出るものはない。キーパーソンといえば、まさにこの人物である。

マコティンは美術館づくり班の班長を拝命したわけだが、この課長のもとで、大きなプロジェクトに携われるというめぐり合わせに、心からの感謝を覚えた。

「内野君、ちょっと」

四月のとある日、藤原課長は美術館班を見遣り、一人の学芸員を呼んだ。「この内容で、資料を作ってくれないか。」見ると、新美術館の機能が、手書きで矢印や囲みを使いながらぎっしりと書かれている。

内野学芸員は、一九八〇年代に学校時代を送った若者で、高度成長期を直接知らない、新たな世代である。この世代は、特に美しさやデザインに対して敏感であり、このころから言われ始めた多様な価値観の担い手であった。

たとえば、九十年代の広告に着目しよう。小さいことがもてはやされ、商品のロゴや文字は、極端に小さい。それがスマートとされた。このころのCDを見たまえ。歌詞カードの文字が驚異的に小さい。一ミリ四方の文字が、ジャケットの片隅に、ぎっしりと印刷されている。虫眼鏡を使っても読めないくらいの小さな文字だ。米粒に写経する技があるが、製作者はきっとその名手になれるであろう。このような、小さな文字こそ美的であるという価値観を支持したのは内野学芸員の世代である。

彼は細身の体で、モンキーパンチが描くアニメ、ルパン三世のように格好良かった。そして赤い、流線型の車に乗っていた。サラウンドシステムのオーディオからは、ラブ・サイケディコが流れている。

マコティンは、世代が違うなと思ったが、やがて、彼の卓越した仕事ぶりに舌を巻くこととなる。

「いまどきの若い者は。」という嘆きは、有史以来、古今東西で言われ続けているそうであるが、近年の日本でいえは、九十年代に「新人類」が登場し、次に「宇宙人」と呼称され、二〇一〇年ごろに、ゆとり世代、マニュアル型人間、指示待ち世代と揶揄される。しかし、こうした若者が、それぞれの時代背景の中で、悩み、失敗し、成長し、発見し、創造しながら人類の発展に貢献していくのも事実のようだ。

はたして、藤原課長がオーダーした資料は翌日には、仕上げられていた。

「班長、見てください。これを課長に出そうと思っています」

マコティンは驚いた。いつ、業者に出したのだろう？品の良い色づかいで、流れるように美しいチャートである。もちろん、彼がパソコンのイラストレーターを駆使して、一晩かけて作成したものである。事務系の普通の公務員ではなかなか作れまい。一目見てもすぐに理解でき、またじっくり読んでも実に味わい深いつくりの資料となっている。よく見ると、課長が書いていた文も微妙に変えられ、発案者の意図を汲んだ、より的確な表現となっている。

たかが、一枚のペーパーというなかれ。資料は力を持ち、時に政策を左右する。無駄の多い大部の資料より、要領を得た一枚の資料が有効な場合もある。このチャートは、その後、開館まで、いろいろな場で使われ、説得と理解促進の有力なツールとなっていく。

そのペーパーの一部に、

「建物の特色

港を望み、豊かな緑と回遊性を持つ運河をはさんだ美術館

①周りの環境と一体化した美術館です⇩

海辺の森公園の一角、屋上緑化

②創作、研究、展示などの機能を充実します⇩

県民棟（開く部門）と美術棟（守る部門）

③国際的な大型展示に対応します⇩

天井高五・八メートル、トップライトのある企画展示室

④収蔵品の性格に合わせた保存、展示を行うことができます⇩

3つの収蔵庫、5つの常設展示室

⑤県民の皆さんが作品を発表し、発表する機会を広げます⇩

県民ギャラリー、アトリエ機能の充実

⑥様々なイベントに対応します⇩

運河劇場、屋上庭園、大型映像、吹き抜けのエントランス、多目的ホール

◎港を望み、水辺に映える緑に囲まれ、自然を感じながら美術に親しむことができ、人々や作品の交流を促します」

と書かれている。美術館は、館自体が展示物と言われる。美術館が、他の建物以上に意匠にこだわる所以である。しばらくは、美術館の建物について語っていこう。

様々な会見で、気鋭の若手建築家、隈本氏は、水辺の美術館の意義を次のように述べている。

「敷地の中を運河が流れている。これは、すごいとびっくりしたんです。運河の自然と建築という人工物を一体化させることを、目指したのです。これは世界にも類がないと思います」

「東京のお台場などは、港に臨んでいるといっても、水や海を直接感じることはできません。非常にさびしい埋立地になっています。しかし、このベネチア構想地区は違います。海を感じることができる、運河と公園と建築が一体となったおそらく日本でも一番レベルの高いランドスケープとなるでしょう」

運河をまたぐ美術館。学芸員たちは、世界に類のないそのフォームを想像して、とても魅了された。同時に、不安も抱いていた。

「周囲の環境と一体化といってもね。美術品を水から守るのが大変だよ」とささやき合った。

美術品の大敵は、水である。その美術品を納める場所が美術館であるから、水辺に建物を建てることは、普通、考えない。特にN県は一九八二年に二九九名の命が奪われる未曽有の大水害に見舞われている。繁華街はあふれる水で、水位二メートル以上に達した。高価な美術品をどう守ればよいのか。大きな課題であった。

隈本氏と組んで、彼の理念を設計上で支え、実現するのが日日設計である。

「まず、美術品を収蔵する方の建物の敷地を、海抜五メーターになるよう、かさ上げしましょう。過去の潮位のデータから見て、水にはつかりません」

「万が一に備えて、防潮板も設置します」

「塩や湿気の害を除去するフィルターも設けます」

「地下ピットにも水中ポンプを設置し、排水を行います」

千島さんをリーダーとし、内海さん、葉賀さん、吉丸さんら、秀逸たるメンバーからなる設計グループが、次々に対応策を提示する。彼らは、隈本氏を尊敬し、彼と組んで仕事ができることを誇りとしていた。隈本氏の発想は、時代に先駆けたものであり、それゆえに生じるいくつかの課題に対しては、的確な解決法を見出していく必要があった。設計グループは、クリエイティヴで、何事にも決してあきらめず、新しい技術を生み出していくという意欲にあふれていた。人間性も素晴らしく、とても礼儀正しく、さわやかである。どんな問題に直面しても常に冷静な千島さんは、後に、設計では日本でもトップを争う、この会社の社長となる。その他のメンバーについては、おいおい紹介していくことにしたい。

海辺は、風雨が強いというが、美術館は最大瞬間風速毎秒六十メートル、時間降水量も百二十ミリに耐えられるよう、設計されている。建物の外壁となる石やステンレス鋼は比較的で塩害に強く、入り口部分も気圧を外より高くし、直接外気が入らないようになっている。展示室には、化学吸着フィルターも設置され、さらに美術品はエアタイトの展示ケースに守られる。三つある収蔵庫の一つは免振構造である。貴重な美術品を安心して保管できる様々な機能を備えており、まずは大丈夫だ。

マコティンと同じく、二〇〇二年度に都市再構築推進課に配属された日置係長は、そのように考えていた。彼は、教育委員会で、学校の建設や補修などの事務に長年携わり、建築に精通していた。一方、マコティンは、かつて道路管理の仕事をしていたため、土木の図面はよくわかったものの、建物の設計図には慣れていなかった。立面図やら透視図やら複数の複雑な図面から、脳内にうまく建物を構築するには、少々時間がかかった。マコティンは、日置係長を頼りにし、いろいろ教わりながら、建築図面に慣れていった。

日置係長は言った。

「班長、外壁は、ブラジル産の石になりそうです」

外壁選びは、隈本氏のイメージに基づき、日日設計がサンプルを探した。国内や中国、南米産の石が選考対象となったが、最終的には、花崗岩で風雨に強く、暖かいベージュ系の色合いのジャーロ・サンタ・セシリアという石が選ばれた。周囲の環境にマッチし、入館者を暖かく迎えることができる、というのが決め手だった。

「イタリアの石屋が取り扱っており、そこを経由するとかなり時間がかかるそうで、また、量も大量になるので、日日設計の吉丸さんから、手続きをとってよいか聞かれています」

なんとも壮大な話だ。ブラジルで取れた石が、大西洋を渡り、イタリア経由でアジアの東端まで、地球を四分の三周してやってくる。着工はまだ一年先であるが、もう建築に向け動き出していることを実感した。この石には、鉄分も含まれていて、「時間がたつとサビで汚れて見えるのでは」と危惧する人もいたが、二十五年経った現在、全くそういうことは無く、むしろ風格を増した色合いになっている。

五月の連休も過ぎ、日に日に陽ざしが高くなってきた。一年半後にオープンを控えた海辺の公園の緑は一段と鮮やかになっている。運河の水面には、銀色や様々なパステル色の無数の微光が乱反射し、万華鏡の中にいるようだ。ゆっくりと呼吸すると誰もが幸せな気分になる、そんな空間だ。いい散歩コースになるだろう。水の音を聞きながら、木々の中を歩けば、瞑想にも劣らない効果があるそうだ。心は落ち着き、頭ははっきりとし、運動にもなる。

「気持ちのいい空間」。隈本はよくこの言葉を使う。飾り気のない、朴訥とした言い回しが、かえって説得力を持つ。誰もが惹かれるこの気鋭の若手建築家は、実はN県とゆかりがある。

N県のほぼ中央部は、江戸時代、小村藩の領下にあった。小村藩は幕府の天領に程近い、外洋に面した、福戸という港町を飛び地として有していた。そこはかつて、短い間であったが、海外貿易の拠点となった歴史を持つ由緒ある地である。そして、その福戸を治めていたのが、小村藩の隈本という名の家老であり、若き建築家の祖先であった。

「班長、困っています。アート・プロムナードの設計がなかなか難しいんです。」日置係長から報告があった。

アート・プロムナードとは、そもそも公園の橋だが、美術館の南側上空を通り、美術棟と県民棟をつなぐ機能を持つ遊歩橋のことである。日置係長は、このところ連日、港湾の担当者や日日設計の内海氏らと、この橋の工法について議論を続けていた。その討論は深夜に及ぶこともあり、疲れがたまっていた。

実は、建築家隈本氏と、アーバン・ヴェネツィア構想の専門家会議の伊藤座長（当時、V大学教授）との間で、とんでもない話が進められていた。

「水辺の美術館の建物の最大の特徴は、美術棟と県民棟の二棟が本物の運河を挟んで、近未来的なフォームでつながっている点である。近未来的につながるということは、世界中どこにもない未来の橋が必要ということだ。敷地の中央部でつなぐ『橋の回廊』、南側でつなぐ『アート・プロムナード』の二橋はそのような橋でなければならない。」との思いからである。

隈本氏は言った。

「橋の回廊には、運河を見ながら食事ができる空間があり、アート・プロムナードは土星の輪のようにスリムなものにしてほしい」

「賛成だ。公園ともうまく連動するものだ。でも、設計は大丈夫かな。我々専門家会議の橋梁担当、篠塚教授と協議を進めよう」伊藤座長は答えた。
「気持ち良い空間にするためには、ぜひ必要なものです。よろしくお願いいします」
「より美しくするためには、厚さを一メートル以内に・・・そうだ、八十センチにしよう」

年長の伊藤教授が、高い目標値を打ち出した。

アート・プロムナードは、コンクリートの橋の予定だが、コンクリートであれば、一定の厚みが必要である。八十センチというのは、いくら何でも薄すぎる。二人の意向がみんなに伝わった時、県の港湾担当者は天を仰ぎ、日置係長は呆然と立ちすくみ、内海は震えが止まらなかった。

ゆっくりと湾曲したリングのようなプロムナードは、超格好いい。こんな未来型の橋は、世界中どこを探してもないだろう。彼らは喚起された。やがて様々な不安は、雄飛の志へ、眉秀出でたる若人へ、武者ぶるいへと変わっていった。

土木、建築に欠かすことのできない構造力学と景観学。構造物は安全かつ人に優しく、環境にも配慮し、さらには未来を先取りするものでなければならない。さまざまな期待と課題を背負ってこの二つの学問は葛藤する。気持ちのよい空間を求めて、関係者の試行錯誤は続いていく。

伊藤滋東大名誉教授。日本を代表する都市計画家と評され、阪神・淡路復興委員をはじめ様々な委員会の座長を歴任されている。

マコティンは、この先生の名を一九九二（平成四）年に知った。マコティンは、この年から二年間、国土庁に派遣され、地方振興局に調整係長として勤務した。国土庁は二〇〇一（平成十三）年の省庁再編で建設省に統合されるが、当時は、国土開発を担う官庁として発足し間もない時期であった。自前の職員が少なかったため、総務省や経済企画庁、建設省、農水省等他省庁から多くの人材が集まっていた。マコティンがいた総務課は地方振興局の主管課で、二十人の職員のうち、半数は東大出身の、いわゆるキャリアである。頭脳明晰であることは言うまでもないが、県出身の係長に対しても、気さくに接してくれたことが、とてもありがたかった。そしてN県のことを知りたがった。

ある日の昼休み、マコティンは農水省出身のキャリア、川下課長補佐と食事に出かけ、虎ノ門のちゃんぽん店に並んでいた。長蛇の列ができている。川下課長マコティンに尋ねた。「ちゃんぽん麺もラーメンと同じで、小麦でできているんですか」

「そうですね」とだけ答えても、物足りないような顔をされる。「ラーメンはつなぎにかん水を使っていますが、N県のちゃんぽんは、かん水の中でも唐灰汁という独自のものを使っています」とぐらい答えないと、会話は続かない。

さて、マコティンの担当事務は、主に北陸、中国、四国、九州の地方開発計画の推進であるが、四国地方開発特別委員として伊藤滋教授が就任していた。どうやら都市計画分野の大物らしい。時折、そういう話が耳に入った。

また、マコティンはこれらのほかに、「四国地方のポテンシャルを活用した活性化方策」という調査委託事業を抱えていたが、その調査事業の中に委員会をつくることとなっていた。委託先の担当者から電話で、「当活性化方策委員会の座長を、伊藤滋先生に引き受けてもらいました」と興奮気味に報告を受けたことを思い出した。伊藤委員に対する想像が膨らんでいった。

マコティンは、国に来て早々、国土審議会地方特別委員会の準備や国会対応などで、連日、遅くまで仕事した。何回か、首相の国会答弁の作成も任された。現在は、働き方改革で、国会対応の状況も変わっているのかもしれないが、当時はこうであった。

国会質問が出そうな課には、待機命令が出されている。前日の夕方には議員からの質問通告が出揃うので、項目ごとに対応する省庁と担当課が決められる。質問内容によっては、担当課がなかなか決まらない場合もあり、その調整で、かなりのエネルギーと時間が消費される。担当課が決まると、その課の課長補佐や係長が答弁作成を開始する。そして、課長、局長、官房へと順に上げていき、すべてが終わるのは、深夜になる。作成を担当する若い課長補佐が、大きな声で必死に課長に対し説明している光景をよく目にした。こうやって鍛えられていくのだな、と感心した。

深夜、地下鉄がなくなるとタクシーでの帰宅となるが、一年目はバブル期の最中で、タクシーを呼んでも二時間近く待たされた。幸いマコティンの官舎は広尾駅の近くにあり、霞が関から徒歩で一時間半ほどの距離であったが、とてもそんな体力は残されていない。

ようやくタクシーに乗っても、二、三千円の料金では稼ぎにならないのであろう、運転手さんに「こっちは、生活がかかってんよ」「遠くに住んでいる人と一緒に乗ってよ」などと愚痴を言われる。毎回言われるとさすがに苦痛に感じるので、直属の上司、鶴見専門官に気持ちを打ち明けた。

「こっちだって生活がかかってんだ。気にするな」と言われた。なるほど、そんなことを気にしていたら、生き馬の目を抜く東京では生きていけないんだと思い直した。

ちなみに、翌一九九三（平成五）年は、ガラリと状況が変わる。夜になると空車のタクシーが霞ヶ関じゅうにあふれている。赤いテールランプが官庁を取り巻き、あるいは道路の彼方まで続いている。行き先が近いということで、運転手から愚痴を言われることは無くなった。バブルがはじけ利用客が減ったからである。

夏場、遅くまで仕事をしていると、執務室には、いつの間にかまぶしい朝日が差し込んでくる。三十六階の執務室から外を見ると、水平線まで、オレンジ色に染まったビル街が広がっている。メガロポリス東京ならではの、忘れられない光景である。明け方まで仕事した時は、局長室のソファーで仮眠して、そのまま翌日の勤務につくこともあった。鶴見さんは、「一回、始発で自宅に帰り、風呂にだけ入って出勤すれば疲れは取れる」とアドバイスしてくれた。

総務省出身の鶴見専門官のひとつ上席に経済企画庁出身のキャリア、東尾計画官がいた。住まいがマコティンと同じ方向だったので、よく、「一緒に帰ろう」と声をかけてくれた。東尾計画官は、地下鉄日比谷線の恵比寿駅で次の電車に乗り換えるが、マコティンはその前の広尾駅で降りる。当時は、まだ都心部にいくつかの官舎があり、マコティン一家は、南麻布の官舎をあてがわれていた。先に電車を降りることで恐縮していたが、東尾さんは、根っからの江戸っ子で、そんなことは気にもとめず、東京人のことをいろいろ話してくれた。

「君の所の近くに、麻布自動車があるよね。あのあたりの社長がバブルが終わっても、変わらず外車を購入しているらしい」「うちの嫁さんは、泰明小学校を卒業してね、銀座の歩行者天国が遊び場だったんだ」など東京人ならではの、着こなした話をしてくれる。いい勉強になった。

ある日の帰り、東尾計画官が話しかけた。

「ところで、君が担当している四国の活性化方策委託事業だが、委員長の伊藤さんのことは知っているよね。」

「いえ、よくは・・・」

「ほら、あの『チャタレー夫人の恋人』の翻訳者の息子さんだよ。」

マコティンは、驚いた。

「え?そうなんですか。そうじゃないかと、考えたことはありましたが、まさかと思っていましたので・・・本当なんですか」覚えたての東京イントネーションで、要領を得ない答えをした。

言うまでもなく、チャタレー事件の裁判は、刑

法　百七十五場が憲法二十一条に違反するかどうか争われたもので、法学部生であれば、必ず学ぶ判例である。

「伊藤さん、あまりにも多忙なんで、国でも委員を務めてもらいたい審議会は山ほどあるが、なってもらってないんだよ」と東野計画官は言った。

「なぜ、四国地方の委員会を？」

「よく知らないが、四国関係の委員会は引き受けるらしいね。その地域に何かの縁があって、発展してもらいたいと考えているようだ」

次の日、鶴見専門官からも伊藤委員長について話を聞いた。

「彼は、人気があるからね。まあ、一地方の関係の委員会を引き受けるなんて、本来は無い話なんだ」

前述したとおり、マコティンは、四国地方開発委員会のほか、委託事業として「四国地方のポテンシャルを活用した活性化方策」を担当している。この二つの事業の委員会に、伊藤教授が名を連ねていることが、たいへんスゴイことに思われてきた。

第一回の四国地方活性化方策検討委員会は、七月に開催された。委員会当日、伊藤委員長は、背広と黒い鞄を腕に抱え、飄々として会場に現れた。簡単な委員長あいさつの後、議題について討論が始まった。伊藤委員長は、気さくな語り口で場を和やかにし、意見を引き出すとともに、適切なコメントを発しながら議論をまとめていく。その姿には何とも言えぬオーラがあった。

官僚たちの間では、伊藤教授が独身であることも話題になっていた。通産官僚の奥さんを結婚三年半で病で亡くされ、再婚せずに息子さんたち二人を育て上げられたという美談を、マコティンが知ったのは、国からN県に戻り、さらにずっと後のことであった。

ともあれ、このような大人物が、なぜ、N県のアーバン・ヴェベネツィア構想の専門家会議の座長を引き受けたのだろうか。

つづく

グランドキャバレー

砂田良一

夕方の五時ごろになると、かならず専務室に二・三本の電話が掛かってくる。

銀馬車とか十二番館のホステスから、同伴の（入場）の依頼である。

客同伴でホールへ入れば、ホステスのポイントが上がるのだ。

ここ数日、多忙で銅座へ行く暇がなかった。

久しぶりだが、最後に掛かったた銀馬車の愛さんに決める。

「思案橋のコーヒーショップに六時に行くから」と応えた。

昭和四十年に入ったばかりで、日本の上昇する景気に乗って、大小問わず企業の成長は格段に伸びている。

二十二歳半ばで父の会社に入って今、専務の立場だが、僅か七年で売上を十倍以上にした。

その実績によって経理以外は私が仕切っている。

建築資材の問屋だから、本格的建築ブームの恩恵を受けて面白いように売れている。

大学時代、ダンスホール・麻雀・軟派等、太陽族と言われる遊びに明け暮れていた。

学校はギリギリの単位で卒業した。

ただし、商社に勤務している伯父を頼って、建築資材のメーカーや大問屋を紹介してもらい、訪問し、会社経営の勉強を怠らなかった。

特に将来の製品開発に熱心なメーカーでは、課長さん部長さん等に親しくしていただいた。

お陰で小さい父の会社が、日本の代表的メーカーの代理店となり、小売だけではなく、卸部門を立ち上げてぐんぐん売り上げが伸びてきたのだ。

十年後には、現在の十倍以上の売り上げにする予定である。

私は佐伯健太だ。（三十歳、身長一、七二メータ・体重

六十二キロ）
筋肉質で容姿は普通だが、「明るい、気安い」と、客がいう。自分で自分を肯定できない部分もあるが、人に負けないものが一つある。
商売で「ものを売り込む勝負なら、絶対勝つ」である。

六時前に、コーヒーショップの二階に上がった。

愛さんは既に来ている。コーヒーを飲みながら、婦人系の雑誌を読んでいた。

梅雨明けだから、水色に大きい花柄のワンピースはノースリーブだ。

「早く来たのだね。遅れてすまない」と彼女の前に座る。「いいえ、まだ六時前です。今日は、忙しカトに済みません」

彼女は二十三歳だが、接待している顧客に気を遣い、卒なく取りなしてくれるので、銀馬車におけるわが社の担当となっている。

担当は、わが社の支払いの保証人であり、万一、支払いがなければ彼女は立て替えねばならない。

見返りに、私や社員がホールに入ってテーブルに就くと、彼女は必然的に指名の権利を得ることになる。

好みのホステスを席に呼ぶのを「指名する」という。

指名料は一人千円である。

そのホステスも、何人かの客に指名されているので、一人で行っても三人以上を指名しないと、テーブルが直ぐに空になる。

ホステスの誰を呼ぶかを担当ホステスと選ぶので、愛さんは同僚から一目置かれている。

この様なホステスは殆ど売れっ子で、一夜で十席以上の指名を受けている。

トップ・テンのホステスは、月収五十万から二百万円ぐらいを取っている。


コーヒーをオーダーして言った。

「君からの電話は久しぶりだね、忙しカトやろ」

「まあまあですが、さーさんはホールでは他の人とばかり可愛がり、私が入る余地がないでしょう。そんな夜は寂しくなります。だからこんなお電話をするのです」と、いきなり貴方のせいよと言われてるようだ。

「愛さん、それは誤解だよ。何時でも君は多忙だから、遠慮なく動けるように解放しているので……大きな間違いバイ」と慌てる必要はないのに、少し慌てていた。

彼女がテーブルに居ると、他のホステスと露骨な言動ができない。

新人（指名料なし）なんか、控えめになって盛り上がらない。

愛さんとの関係を思慮しているのだろうが、理由があって、彼女とは深い間柄ではない。

銀馬車のホステスは、少なくとも百五十人以上は常時いる。そのほとんどが、亭主・彼氏・旦那がいるとおもって間違いない。

しかし随分と彼女らが、客とお遊びしているのを知っている。

あくまで（お遊び）である。

タイプの男性が、夜ごと来てくれるのだから、情が沸いても当然だろう。


私達はアプレボーイ（戦後派）と言われてきたが、はき違えた自由の旗手となり、日本のモラルを変えてきた。その先頭に立つのが、石原裕次郎とその兄だろう。女性の生きざまが驚く程に代わってしまった。

「貞操」という語が、死語になってしまったようだ。

東京の薯荒いのダンスホールで、名前も知らない女性が、幾度も踊りに付き合ってくれれば、必ずいう。

「お陰で楽しかったよ。良かったら、ラストなったら食事しませんか」

断られる比率が少なかった。

互いに偽名のままに、翌朝は笑顔で別れる。

入学してほとんどの仲間は、新宿二丁目の遊郭で初体験を果たしたが、私はその流れを好まなかった。童貞は素人が相手と決めていた。

新宿・伊勢丹の斜め前にある映画館が、超満員で、後ろに立って見ていた私は、じわじわ後から押されていた。困ったことに、私の前に同年代の女性がいて、後ろからの圧力で彼女に密着せざるを得ない。それは良いが、私のあそこが膨張してくる。

「済みません、如何にもならないのです」

彼女は頷いた。しかし私のものは、ますます硬直して彼女の臀部に張り付いている。耳元で囁いた。

「失礼してます。僕は学生だが、映画が終わったら夕飯奢るから……」

彼女は背中で笑って頷いた。

映画が終わって食事専門のレストランへ入った。彼女は、東京の人で、今年高校卒業したと言うから、同学年だ。すらりとして奇麗だった。

食事が終わって、私の身の上を紹介した。すると、ジュースを飲んでいた彼女が意外なことを言った。

「私、藤井紀子というの。昨日から家出しているの、今晩止めていただけない？」

驚いたが結局、三晩下宿で過ごさせた。それが私の一人前になった夜なのだ。

東京の概念、価値観が地方に蔓延するのは三年後である。

キャバレーで、ホステスに聞くと素直に答える。

「君が初めて男を知ったのは幾つのとき?」

「十八歳よ」「中学卒業してから」……恥じらう者がいない時代になった
特定で女性と付き合わない私は、男が好きなホステスと仲良くしている。複数に!

相手にも事情があるので、複数だったら誰かが空いている。逆に誰かから、電話が掛かって来ることもある。

不道徳とは思っていない。お互いに仲良く楽しむだけの間柄なのだ。

友人らは一人に絞り、二号的立場にしている者もいる。その子供が生まれたら、どんな責任を取るのだろうかと、いつも考える。

私の帰宅は、最悪でも午前三時までと決めている。

専務としての責任、妻への礼儀……自分では、さう、思っている。

人の秘事を、人に言わないのが銅座のルールである。

長崎らしいルールが銅座にある。ヤクザさんの女と出来ても、責められるのは女であって客には触れない。

愛さんの不満がまだ続く。

「洋子なんかはロッカー室で、さーさんと出来てるみたいに言うし、静江は『一回で良いから、寝てみたいタイプ』とか言ってますよ」

水商売で、それは言ってはならないルールの分野だと思うが……

「ロッカー室でそんなこと、堂々と話ができるト?」

「結構騒がしく、露骨な話が飛び交っていますよ」

キャバレーのロッカー室で、ドレスを着替えながらそんな会話が交わされているのかと驚いた。

ロッカー室では「御客を取った、取られた」などの諍いが、絶え間なくあるらしい。知らないうちに、鋏でドレスが切られることもあるらしい。

愛さんがぽつりと言った。

「私の責任だと思いますが、何か一人だけ遠くに置かれている気がします」

私はコーヒーを追加した。

「それは考えすぎと思うよ。誰かを指名するのは、あんたの意思も有るから誰もあんたを軽く見ることは無いヤロ」

「それはそうですよね。……少し嫉妬しているのかしら」

と私の顔見る。

「嫉妬?……」

「………」

彼女は島原近くの出身で、父親は学校の先生らしいが、それなりの知識、教養は持っている。

美形ではないが、肌が白くで清潔である、バストは普通だが、身長は少し高くてヒップが大きく、何よりも性格が明るい。

会ったその日から、好きになっていた。

女性の身体的価値で、顔やバストの美しさ、スタイル等をそれぞれいうが、私はそれに共鳴しない。

美人であっても不健康だったらアウトだ。上品と言われても。ユーモアがなければ魅力がない。魅惑が溢れていても、心身が不潔であれば耐えきれない。

極端に言えば、健康で色が白くて清潔ならば、外見は二の次である。

東京のダンスホールで知り合った女子大生は、八十キログらいの大女だったが、肌が格段に白かった。

ベッドで吐き出す声は間違いなく獣の咆哮だ。隣まで聞こえるのを憚りもせず。

お尻に触れたら「A感覚は駄目よ」と言われたことを覚えている。

この様な女性が、長い記憶に残るものである。

愛さんと初めて会ったのは半年前だ。

ボーイに案内されているときに、見かけないホステスが丁重に挨拶した。

常連なので多分、私を知っていたのだろう。

こんなに良いホステスが居たのかと驚いた。

ボーイに彼女を指名するよう指示したが、それが愛さんとの出会いである。

それ以降、銀馬車によれば、必ず愛さんを呼ぶようになった。

愛さんも、テーブルの雰囲気づくりに気を配る。

私に対する振舞いが、サービスを超えているようにおもえる。

マスターを呼んで「愛さんは、わが社の担当にするから宣しく」と告げた。

「嫉妬とは焼きもちだろう。君には旦那がいると聞いトルが、俺も君に嫉妬しているよ。確かに俺は、たまには遊んでいるが、あくまでお互い遊びだ。そういう付き合いだから、嫉妬する問題ではないよ」

「…………」

「だけど嫉妬してくれて嬉しいよ。君がそんな気持ちとは、夢にも思わんかった。すごく嬉しいよ……その話はホールでしよう。先ずは飯でも食って、ホールへ行こう」というと、愛さんも頷いた。

「デパート・岡政」を過ると、直ぐに電車通りになる。

レールの向こう一帯が、有名な銅座町である。

銅座町を真っ直ぐに割る、真ん中の車道の左側は、全体的にネオンが輝く快楽ゾーンとなる。

高級クラブが並び、バー、スナック、小料屋が一塊になって、銅座は華やかなネオン街である。

午後八時前後は、あまりの人出で前に進み辛くなることもある。

道より右側の銅座町は、昔の家並が多く、小さなバー、おでん屋、薬屋が並ぶ。銅座の端の富士館より新地までの道には、袖引く年増やオカマさんが立っている。

そのような中に、中央の車道に、明々と灯を照らして「銀鍋」がある。

電車通りのほぼ真ん中の、高い建物の一番上に、四角をつくる小さいネオンに囲まれて、「銀馬車」の縦文字のネオンが輝いている。

愛さんと並んで階段を上がると、マスターが入り口に立っている。

「お早うございます」と言って同伴のサインを送り、愛さんは上階のロッカー室へ上がっていく。

ボーイの案内でホールへ入る。

華やかなバンドの響きが聞こえてくる。

クールファイブだ。やるせなく歌っているのは前川清だ。

この当時、キャバレー十二番館でも（コロラティノ）というグループが、「思案橋ブルース」を全国的にヒットさせ、続いて（クールファイブ）の「長崎は今日も雨だった」が、全国を席巻していた。

前川清は佐世保の人とおもうが、二十歳前後だろうか。歌唱力に優れて評判である。

彼は歌っているときも、馴染みが入ると、瞼を微かにうごかし挨拶をする。

ホールの真ん中の二ヶ所のテーブルは空いている。三菱さん専用で、いつ来てもいい様に空けてある。

百数十名のホステスが華やかなドレスを着て、忙しく動いている。

ホールでは四五組が踊っている。

長崎のグランドキャバレー「銀馬車」だ！

長崎を訪問する全国のメーカー、商社、商人、マスコミ等々、このキャバレーに必ず招待されるのだ。

一夜にして、思いがけないストーリーがいくつも生まれる「銀馬車」である。

愛さんと二人のホステスを呼んでいるのだが、愛さんともう一人は、他のテーブルに行っている。コーラーを飲み

ながら、一人きりになったホステスのアキさんと話をつづける。(言い忘れたが、私はアルコールを全く受け付けない)

「アキさん、踊ろうか?」と立ち上がつた。

「ハイ」といって、彼女は後を追う。

ブルースだから、ぴたりと抱いてチークを付ける。動くことなく、リズムに乗って全身を緩やかに動かすのみである。

耳元で囁いた。

「アキさん、あんたはまだ独身だったよね」

「未だ二十二歳ですから」

「彼氏は居るとヤロ?」

「居ランデス」

「一人で住んでるト?」

「友達と二人で、六畳で生活しています」

「友達に彼はいないの?」

「彼女が彼と一緒に夜中に帰ってきたら、寝たふりをしますが辛カです」

「寝たふりして、見とくトヤロ」

「さう、さう、たまりません」

「そんいう時は、僕に電話すれば直ぐに高級ホテルへ案内するよ」

「凄いですね。一回経験してみたい」

「その気配があれば、午後六時までに電話をしてよ。グランドホテルで美味しいもの食べようよ。後で名刺を渡すから」

人間として、又は金銭的に評判が悪く無かったら電話は必ずかかる。

十時を過ぎると、テーブルに愛さんが戻ってきた。

アキさんが遠慮して立ち上がり、愛さんに会釈をして別のテーブルへ行く。

「アキさん!さっきの話を忘れないでね!」と念をおす。

愛さんから「駄目よ」と叱られるかと思ったが、何か緊張しているようだ。

「さーさん、お願いがあるのですが……」と何となく思いつめたように言う。

「どうしたト、えらくまじめな顔して……」その態度と顔つきは、尋常ではない。

「お願いしたいですが、いいですか。十二時過ぎには必ず来ますから、鍛治屋町の地下喫茶の『カレン』でお会いできませんか」

この様な生真面目な愛さんは初めてだ。

「いいよ。行っとくけど、どうしたンだよ」

「お願いします……」と、いうだけだ。

彼女と一曲踊って、外へ出た。

銀馬車をでて、まだ時間があるので銅座の入り口の朝鮮人の焼肉店へゆく。

焼肉屋の小母さんが、ニコリともせず問うた。

「上ミノで良カとね?」

「そいで良カ」と答えて、愛さんに何が有ったのだろうかと考えた。

深刻そうだったから。余ほどのことだろうと思うが、彼女は人に迷惑をかける女性ではない。

兎に角、話を聞いてからの問題だと割りきった。


地下室の深夜喫茶の「カレン」でコーヒーを飲んでいる。アベックばかりの店内は薄暗く、話し声が低音だから非常に静かでコーヒーが美味しい。

骨董の柱時計が十二時をさす。


階段を彼女がことりことりと下りてくる。

薄暗い隅に居る私を見ると、笑顔になって足早に寄ってくる。

「済みません、お待たせしました」

「大丈夫だよ。腹減ったので飯食ってきた。あんたは?」

「何か頂きましょうか」と言って、サンドイッチをオーダーした。

「その前にコーヒーお願いします」ともいう。

「早速だが、何か大変なことが起こったの?」

「大変といえば大変ですが、私のお願いが大変なので心配しています」

何となく面倒な話になりそうだ。

「少々のことで、狼狽えることはナカヨ。しっかり全部、分かりやすく言うてよ。僕に出来ることなら任せていいよ」とせかすようにいった。

「さーさん以外には出来ないのです」小さい声で答えた。

「えっ、それって何?」

愛さんは、あたりを見渡して興奮気味に答えた。

「初めてお会いした半年前ですが、その日からさーさんを好きになりました。貴方は私の気持ちを知りませんから、その頃、何気なく夜を誘われましたね。私は、『その日は今日でなく近いうちに来ますから、そのときは私から必ずお願いします』と言いましたが、お忘れですか?」

それは忘れてはいない。

しかし、こちらの軽薄な誘いに対する、思いやりのある丁重な返事と受け取った。

「覚えているよ。僕に恥をかかせない様に気を使ってくれたよね」

「違います。本当に好きだから、洋子みたいなお遊びは出来なかったのです。しかし、言いましたようにその時期が来たのです。……佐伯さん、私が言うその時が来たのです。だからお願いしているのです」

「・・・・・・」

「ホステスを数年勤めましたが、貴方がいちばん好きだったです。いつもさーさんに抱かれたかったのです。貴方が言われる旦那は、絶対にいないです。貴方を一番思っています。何にも言わず今夜、抱いて頂けませんか？」

思わない展開である。流石に驚いて言葉が出ない。

（抱いてくださいと、女性から言われるのは、初めてである）

人生を己のみから見て、他の人も己中心に見てきた私だが、この時ばかりは返事に詰まってしまった。

（あの日のあの言葉は、そう言う意味だったのか・・・・考えもしなかったが、何故に急に今夜に・・・・）

突然の愛さんの告白の了見が分からず、頭の整理がつかない。

「愛さん！随分前の話だが、怒りもせずにありがとう。だけど、その言葉を期待して付き合っている訳ではないよ。俺もあんたが好きだけど、そんなこと、拘る必要は全然ないよ」

「違うのです。誰よりも私は、良くしていただきました。ますます好きになってきました。だから何があってもこの日を、私が待っていたのです。お願いしているのです」

「ちょっと待ってよ。言う意味が解らないよ。頭の整理をさせてよ」

「私のアパートへ行きましょうか。新築ですから奇麗ですよ」

アパートは、愛宕町から茂木へ少し曲がった国道の上だった。コンクリート造りで、三階建てだ。

部屋は三階に有って見下ろすと、大波止が無数の灯に囲まれて美しい。

入り口にトイレと浴室、化粧室がある。

奥には洋風のキッチンがあり、細長く六畳ほどのフロアーは板張りである。スリッパが置いてある。

化粧の匂いが微かに漂って、卵型の小さなテーブルに、ソファーが置かれている。その片隅に布団が被さったベッドが横たわっている。

薄いガウンに着替えて愛さんがお茶を入れてきたが、何となく色っぽい。

化粧を落として、薄い化粧に変えている。

「今日は驚かしてごめんなさい」

「それは良カけど、君にしては、珍しく難い感じで驚いたよ」

「御免なさい。だけど嬉しい！、さーさんと二人きりになれて」と言ってお茶をテーブルに置き、そのままソファーの私に抱きついた。

愛さんの高ぶりに驚いたが、そのまま受けて抱き返した。

「貴方がずっと好きだったの。貴方の女になりたかったの」

「もっと早く言ってくれれば良かったのに」

「それは駄目です。貴方は関係が出来ると、すぐに次の女を求める人です。遊びの女はそれでいいでしょうが、私はそれでは駄目です。本気で好きだから」

「・・・・・」

ますます体を押し付けてくる。

「お願い！一週間だけでいいですから、私だけのさーさんになって頂けませんか」

「それって何なの、どういう意味だよ」

「一週間後に、私は故郷へ帰ります。その七日間の何日かを私に下さい」


「え！帰る？島原へ帰るのか」

「さうです。それは前から決めていたトです」

「決めていた？もっと早く言うべきだろう」

「詳しい話は後にしましょう。兎に角お風呂で汗流しましょう。お電話した夕方から、ずっとドキドキしているのです」と言って、私を押すように浴室へ入れ込んだ。

何かが納得できないままベッドに入ったが、そうなると私の理性も吹っ飛んでしまった。

普段の彼女らしくない振る舞いに、押され気味だったが、抱き合えば経験が違う。

彼女が好きだったから、担当にさせたではないか。もう複雑に考えないで、成り行きに任せよう。

私を求めているのなら、十分に応えてやらねばならない。

「貴方から抱かれたかった」が、偽りではないのが直ぐに分かった。

少し触れても、そっと舐めても悦喜の表現が、驚くほどあらわである。

愛さんの裸体は、全てが性感帯のように触れれば応えて声を出す。

何より驚いたのは、初めて触れるあそこはもう、驚くほどの濡れようだ。

真ん中も横も滴っているのを、手のひらで綺麗にふき取った。

何はともあれ、彼女の期待に応えねばならない。

私は自分の意志次第で、性的コントロールが出来るのだ。

一時間以上でも、脳神経の指令が来るまでは終わらない。

愛さんは二十分過ぎたころ、それまでの小さい喘ぎが段々大きくなってきた。その声が突然叫びに変わった。

恐らく「もう、駄目です！ああ、来ましたです！」の合図だろう。

私の背に置いた両手に力がこもり、泣くように叫びながら反り返る。背の指の爪立てながら――――。天まで上り、ようやく戻っているようだが、余韻に浸っている。

ゆっくり体を外すと愛さんは、胎児のような形になって固まっている。

最初から最後まで嗚咽が続いていたので、期待に添え得たと確信し、満足している愛さんを可愛いとおもった。

浴室のタオルを浸して、愛さんの全身の汗をぬぐっていると驚いた。彼女のお尻の周りのシーツは、地図のようにとびとびに濡れている。気が付かなかったが愛さんは、大量に水液をたらしていたのだ。

正気に戻った愛さんに、薄い上布団をかけた。

「ご期待に添えたかな?」

よろよろと愛さんは、私の太股へ上半身を乗せた。

「もうさーさん、死にそうです。壊れそうです」

「ほんと?」

「こんなのは、初めて思ったです」

「俺も良かったよ。あんたとは相性がいい」

「それは私が言いたいです。何もかもぴったりとして、私のために出来ていると思ったぐらい」

そうだろうと思う。その最中に今まで感じた覚えがない閃く快感を、二三度、私も受けた。私は瞬間、瞬間だったが、彼女が連続であるなら、それは、そうだろうとおもう。

「コーヒ入れてくれる?」と、催促した。

彼女はシュミーズを身につけて、コーヒを入れてきた。

「さっき島原へ帰ると言ってただろう?」

「そうなの。だから言ったでしょ。惨めな思いをしないで、貴方と過ごせるときを待ってたのよ」

「華やかな世界に過ごして、今更、田舎住まいが出来るかな」

「結婚するのです」

「えっ――――」

「父母から急かされているトです」

「――――」

「だからサーさんと、最後の一週間を過ごしたかったのです」

「冗談じゃない！結婚するのに、こんなふしだらは駄目だろうが」

「好きだった人と思い出もなく過ごして、何がふしだらですか」

「――――」

「相手は高校時代に私が好きだったらしく、金物店の息子ですが、私は記憶ないです」

「相手も知らずに結婚出来るの」

「父が決めれば私の町は、それが普通です」

「――――」

「一週間、ほんとの恋人でいてください。それで生きていけると思うのです。これから何かがあっても、貴方を想えばやってゆけると思っています」

それはあり得ないと思ったが、思考が混乱してくる。

「明日、お祝いを持ってくるから」

「さーさん、それは違うの。あなたは残る日を、今夜のように可愛がって呉れればいいのです。それで私は幸せになれるのです」

「それは不道徳というものだ」

「貴方は不道徳の代表みたいな方でしょガ」

「――――――――」

「お願いですから、後七日、私に下さい」

疑いなく彼女は本気である。そうか、俺は不道徳の代表か？

「馬車はいつから辞めるの？」

「前から言ってますから、明日、挨拶にいってきます」

「分かった。あんたの言うとおりにする。明日は何時に帰る？」

「午後五時には帰ってきてます」

「七時にくるから、寿司買っててよ」

帰りながら自問自答した。「いくら何でもそれは駄目だろう」「彼女は本気で懇願しているよ」「ルールがあるだろう」「そのルールはないだろう」「つまり俺、アレやりたいのか？」「それは無い、絶対ないと思うがー良かったなー」「ヤバイなー」「ヤバイよー」「倫理を無視するのか」「彼女のモラルでは行かねばならない」「彼女の責任にするのか」「そう、なるのかなー」「二人の女に通ったこと無いよ」「女房に悪いもんね」「ヤバイなー」「ヤバイよ」

車は、思案橋近くになってきた。窓から風が、深夜の風が吹きこんでくる。

初夏の草木の匂いを交ぜながら――――

つづく

偕老同穴（その2）

近藤義昭

2

養母はある城下町に士族の娘として生まれた、その頃、滅多に行かれなかった女学校を卒えた人で年老いた今もその優れた才智は人々に認められ、そして又、観念の古い事も有名だった。養母は由子が二歳の時、嫁いできた。由子は国見ケ丘の近くで、大地主と云われた農家の次女生まれた。昔からの古い家は由子の叔父（養父）が実権を握り、子供に恵まれない叔父はたった一人の弟（父）にその全てを任せて、早くからのんびり隠居生活をしていた。弟の子供（由子の兄達）から「おじいちゃん」と呼ばれるのを喜び、又叔母も（母の姉）「子供のない私にも孫はたくさんいるからね」と兄弟喧嘩をしては泣くのをなだめていた。その叔母が由子が生まれてまもなく亡くなった。

叔母を失った養父（叔父）は、その頃町議をして殆ど町に出ていた、町の有志の世話で教師だった夫を失い子供もなく今は和裁などして暮している養母と見合いし、結婚することになった。そのお祝いの夜、美しく飾った養母のひざに抱かれて離れなかったのが由子だった。

大地主の年寄り奥さんとして座をしめた養母に何の不足もないはずだったが、今まで一度も手にしたことのない鋤や鍬を持つことにたまらなく辛かった。何でも自分より出来る嫁（母）が憎かった。

農家には農家の習慣がある。それも又なじめなかった。今迄のしきたりで行こうとする嫁（母）と都会の風を入れようとする姑（養母）の仲には何時の間にか寒々としたものがあった。養母は和裁に自信があった。町に出て前の生活にかえろうと決心すると夫（養父）を目説き、高千穂峡に土地を買い家を建てる準備をどんどんすすめた。

ある夜、父母に「由子を連れて出たい」と云いだした。驚いた父母はそれだけはあきらめてくれと頼んだが聞き入れなかった。誕生がきたばっかりの由子をはなしたら永久に親子の名のりはできないかもしれない、子を育てたことのない養母に渡して由子は幸せになるだろうか。父母は苦しんだ。だが駄目だった。

　昭和十二年の二月、由子養父母の三人は木の香りの新しい渓谷の隠居家に移ってきた。実家から八キロ離れて高千穂の町からは何分もない所だ。父や母は何や彼と不自由なものを運んできては無心に遊ぶ由子に涙した。だがもうその時は母の胎内には妹幸子が息ぶっていた。由子はおぼろげに覚えている。吸っても、もんでもでなかった養母の白い乳房を。

「おかあさま、おとうさま」と呼ばされ四歳の頃から、由子の日課が決められていた。朝起きたら井戸の水汲み小さなもみじの手で雑巾をにぎる、食事の後片づけ、お昼から店の番、夜は養母のあんま、そして長い髪をときつけるのは最も苦手だった。畳の辺を踏んでは叱られた。

「畳の辺はお父さん、お母さんの頭と同じです」時々失敗してはゲンコツがとんだ。泣くと尚、叱られるので我慢した。

　和裁や小さな店でも一通り楽な生活ができるので養母は由子を人形のように飾った。どんなに辛くても美しい着物にまぎらされた。

「由子はお母さんの一人子ね」

「ウン、一人っ子だよ」こんなやりとりはいつもだった。一人娘という言葉がたまらなくいいものにひびくのだ。時折り買い物などに出てくる父母や兄姉達を肉親などとは知らないのに何故か別れるのが辛かった。

帰る母に

「泊まっていって」とせがみ、母を泣かせたこともあった。こんな由子も一年生へ入学する時がきた。唯、一人誰も知らない町の学校へ行く由子を父母は心配したが、当の由子は平気なもので、日頃の躾が喧しいので一度も泣いたりはしなかった。三年生の頃からはだんだん戦も激しくなり幼い由子達も「動員」で農家の手伝いにいった。その日も手伝いに行っての帰り道、部落の上級生が由子をとりまいて

「由子ちゃんはもらい子だってほんとう？」と問いた。

「もらい子？」。由子は意味がわからい。意地悪そうな一人が「親なし子っていうのよ」と説明した。

「親はいるわ。お父さんも、お母さんも」

「今手伝いに行った所のおばさんが云ったわ」

「うそ！由子には親はいるわ」

それから何をむきになって云ったか覚えていない。分けのわかぬ事を目走りながら走った。

「まま子」の言葉が小さな由子の頭の中をかけめぐる。

家ではびっくりした養母が返事に困っていた。余りのも突然な質問に、

「どうしてそんなことを?」

由子は今日の出来事を話した。そして養母の顔色から何かを知ろうとするかのように。

「そんな事があるもんね」と強く否定する養母の声に何かおし隠しているのが小さな由子には判った。

「何かある」そんな由子は急にだまりこんだりするような日がつづいた。後で判ったおしゃべりのおばさんは養母の亡夫の知り合いだったとか。誰の子なんだろう。親はいないんだろうか、もらい子だから、あんなに喧しいのだろうか、一日一日いろんな事の上にあらわれ、又由子の急変に案ずる養母の気持ちは怒りとなってあたりちらした。真の子としたいため、赤ん坊の由子を育てた養母にすれば当然だった。子供をもたぬ人に親子の愛情は判らないと世間の親以上に苦しんでいたのだろう。二人の間にはとりこわせぬ何かができた。子供らしくなじめぬ由子。誰かに奪われそうな不安な養母。学校でも沈みがち由子を心配した。誰にも敗けないおちゃめだっのに。

養母から事情を聞いた先生は「由子ちゃんをいつわらぬ方がいいかもしれない」と養母に話した。苦しみ考えた養母は父母に手紙をだした。


四年生の八月、終戦直後の二十八日、父が来た。停電の暗いランプの下で四人は一言も云わず黙っていた。初めて知らされた重大な秘密、喜びとも悲しみともつかぬ気持ちで養母が次の言葉を待った。

「わたしは由子をきれいなお嫁さんにしたかった。だけど戦いには敗けたし、私も敗けた」泣いていた。由子も理由のわからぬ涙をふいた。父といや真の父と今夜生まれた田舎に帰る!曲子はだまって支度をした。何も云わずに外に出た。何か言いたい、だが云えばとたんに大きな山崩れでもするような不安におしつけられて。父も同じだったのだろう。

由子を急ぎたてて
「ありがとうございました」と頭を下げただけだった。

田舎の生活は小さな由子には珍しいことばかりだった。だが、妹達が各々「姉ちゃん」と呼ぶのに由子だけには「由ちゃん」と呼ぶのが何となくさみしかった。だが、大地主さん所の娘さんと村人から大事にされるのがくすぐったく、又得意だった。長男は南方にいったまま。次男は宮崎の師範学校に。三男と長女は町の農業学校に通っていた。妹の幸子が二年生、そして久子と沢山の妹や兄に囲まれて楽しかった。

３

六年生の終りの頃、長男が復員してきたが、身体は銃弾を受けて家族の喜びもつかの間、病院生活が始まった。その頃、由子はとんでもない夢にとりつかれていた。それは将来、医者になりたい希望だった。特に兄がベッドに伏しているのを見るとかりたてられた。

父母は驚いて

「とんでもない」と叱ったが、幼い日の由子の苦しみをこれから埋めてやりたいとも想った。然し、まだ小さな妹弟たちを高校へ行かせる時、とても由子の学費はつづかなくなる。広い土地も農地法で小作地は殆どとられていた。長男は農業も無理な身体になったし。こんな父母をみて東京の叔父に手紙を出した。父の義兄で十六才で上京し、車夫をしながら独学で地位を築き、今では都公安委員という役について居た。何とかして医大に入りたいという由子の便りを読んで

「中学三年から上京せよ」と返事がきた。部屋中走り回って喜んだ。そして、家族を承知させてしまった。夢が実現するとなると勉強にも身がいった。

皆の寝静まった夜中の二時頃から机に向う由子を毎夜父母は床の中から知らぬふりをして見ていた。中学二年の秋ごろから一層激しくなった。時に学費に心配するな。その代わり初心を貫く努力をせよ。と東京から頼りがくる。三年生に交じって問題集と取り組むときの頭の中はもう、東京の夢でいっぱいだった。このまま行けば由子は希望とおりのコースを突進できるこの世の幸福を一人でうけていたかもしれない。先生にも家庭にも恵まれた幸者だったのに。二年生も後一日、いよいよ上京する日も目の前に迫った寒い日、東京の従兄から

「チチキトク」の電報が届けられた。日頃、血圧が高かった叔父はあっという間に由子の夢を一人で抱いて逝ってしまった。誰の目にも失望した由子の様は痛ましかった。だが、どうしても夢から覚めることはできなかった。何とかして医大へ行きたい。都会の高校に入りたい！だが今一息というところで無残にも崩れた由子の夢を家人は何とかしてやりたかった。そして嫁いだ長女の所に出して延岡の高校へ入るように相談してくれた。姉は延岡の旭化成へ勤務する人に嫁いでいた。その頃、次男は福岡の中学に働いていたが由子の事を聞き

「自分の力を試して見よ」と云った。自分の事は自分の力の限りやるというのが次兄の口癖だった。でもやはり駄目だった。

全快したと思われた長兄の身体が急に悪化し明日をもしれない重態になったのだ。大丈夫と教壇に立った

のがいけなかったのだ。県病院へ運ばれて行った。度重なる不幸に由子の夢もだんだん覚めた。
心の痛手を思いきり書きなぐってみた。花を見ると人の運命に見えた。傷心を癒そうと書きだそうと努めた。そのことがができた。そして大自然の偉大さにふれるこら由子は又新しい夢を描きだそうと書き並べた文集や詩集かによって救われる自分を見出したくて。それから由子は受験勉強で振り向きもしなかったスポーツを始めた。町の高校でも出してもらえるならそれでいい。バレー部へ入るとボールを追ってどこまでもはねまわった。おとなしいようで激しい気性の彼女が入るとだんだん活気がでてきた。秋に試合を前に夕暮れ迄追いまわる部員には何の苦しみもなかった。若鮎のような新鮮さをグランド一ぱいにみなぎらせながら。

4

桜の花の四月四日。由子は町の高校へ入った。家庭科に入るというのに先生が無理に普通科を受験させたが運良くパスした由子は町までの八キロの道を自転車で通った。クラス五十人の中に女は八名。何彼と女は無理されるのを嫌って由子の提案で真ん中に席をとった。こんな彼女は委員に選ばれた。田舎の高校では「高校卒業」の看板を欲しさに入ってくる者が多かった。大きな図書館、体育館、移動教室、全てが珍しく又高校生の制服に包まれ、おぼれていたのも束の間、刺激のない平凡な毎日が夢の多い由子にはつまらなかった。クラブも形式だけで入りそうな所はない。
由子は入学の日から何彼と気の合う田辺栃子と二人で「さがり」という文芸部に入った。十人あまりの会員は二、三年の男子ばかり。そんな中に新入生の女二人で行ったから、相手はきょとんとして
「如何して入部しますか」と問うのに
「好きだから入ります」と二人ともすましていた。
栃子は上野村で両親を早く失い兄と姉の二人といっていた。スポーツ嫌いの彼女は中学生からの詩集を何冊も見せてくれた。読書力の盛んなのにはとうてい由子など及ぶものではない。文学全集ものは殆ど読みつくしていた。由子はだんだん文集ものを作ることに楽しみをもっていた。嫌いな学課の時は本を机に立ててせっせとペンを動かしていた。時折り栃子の机からメモ帳のはじ切れが回ってくる。由子も又思いのまま綴られた近作をわたす。こんな毎日はとても幸せだった。もう由子から書くことはきり離せないものになっていた。
案じられた長兄の身体は快方に向かい退院し久方に家の中に昔の平和がかえったかに思われたが、その頃

から父母と養父母との仲がまづくなっていた。新憲法にかけて全財産の実権を持つ養父を口説き、子のない老い先を案じ財産をしてくれと分配をほのめかしていた。小作地を奪われ、今また分配することは、長年汗を流した父母には我慢ならなかった。だが、聞き入れそうなものではない。只、由子がもし帰ってくれるならというのが唯一つの望みだった。こんな事情を知ったのは三年の五月、関西旅行から帰ってきてだった。

しかし、父母は由子には何も言わなかった。云わない父母の胸中を思うとじっとしておれず、こっそり町役場に履歴書を持って行った。丁度、職員募集の張り紙を見たのだ。妹の幸子が高校一年生。自分の働きで少しでも何か役に立てるかと思って。こんな由子の願いが神に通じたのか七月採用の通知が届いた。驚いた家族は反対したが

「職のある時に就いた方が」という意見に強いて止めもしなかった。学校でも余りの事に

「後、わずかになって!」と惜しんでくれたが修学旅行も済んだ由子には新しい職場、社会への憧れと自分で自分の道を行く夢で何の悔いもなかった。

八十人余りの職員に交じって机に向かう夢は大きかった。戸籍課という古めかしい仕事も楽しかった。働く事の喜びをしみじみ味わった。一分の暇を借しんで働いた。唯、一生懸命に!だんだんなれて周囲をふりかえるゆとりのできた時、いろんなものが目についた。第一に女同士のいやな見栄や虚栄。課長や上司のいる所では如何にも真面目だという態度を示し、そうでないときには化粧直しやつまらぬ口争いに時間をつぶすだけの勤め。全く嫌になった。真の人間の姿をさらけ出してぶっつけて行くのだと夢を描いて入った由子には、もの足りない。何とか自分だけは真面目に希望に向って進みたいともがき、そしてふりかえった時、何時の間にか自分と皆と変わらないお勤め人になっているのに気付いた。社会ってこんなところなのだ!うやむやの中に年も明け立春の声を開く頃になると養父母との問題は日増しに難しくなってきた。由子は父母の口から何時、聞かされるのだろうかと落着かなかったが、ついにその日が来た。

「この家は昔ながらに保ちたい。苦しかろうが思ひ直して忍穂井へ帰ってくれ」と父が手をつかんばかりに頼まれれば、いやとは云えない由子だった。今から夢をもてたのに。

その夜眠れぬ由子を今頃には珍しい大きな材木で造られ、すすけて黒光りする柱に押しつぶされるような重苦しさを感じた。私さえ我慢すれば何事も治まる。誰をも苦しませずすむなら、それでいい!姑(養母)

との仲違いをおこさぬ為に赤ん坊を手放した母が今また姑とのそして家の為に頼む母、運命とはこんなものだろうか、もがいても、もがいてもくつがえされない運命。

養母に仕える由子は、又母の代わりでもあるのだと思った。何事にも絶対さからわなかった。

観光高千穂の名は、高く訪れる人々の数は一年々増えてきた。ガイドの勉強もした。渓谷から八キロ離れた「天の岩戸」の神話や伝説も覚えた。店の帳簿は全部由子の仕事で養母はソロバンをはじいてはぶつゝいっていた、職場を退いて店に働く由子に世間は決して優しくは受け入れなかった。事情を知る人達は、わざと養母をあおるように

「どうせ憎い嫁の子を。一度連れ帰った子を」また何故連れて来たのと冷たい目でささやいた。

「育てりゃ可愛いものだ。皆には判らない」と養母は云っていた。すまないと心の中で伲びる由子をそれが世間に対する単なる面子を保つ上すべりだと気付いた。洋髪を嫌って長い髪をさせられた。化粧も絶対許されない。赤いセーターも怒られた。

「私さえ辛抱すれば」由子は炊事場で泣いた顔を洗っては鏡の中の自分に言い開かせた。

お盆も正月も田舎に帰る事は禁じられた。時折、父母はお祭りなどの御馳走を持って来ては小遣銭をくれた。そんな時泣き笑いの顔をしながら。役所等の用事を全て、時間を計算して使いものに出された。少しでも遅れると何日でも機嫌を損じた。由子の決心も時々ふらつく。三男の結婚式の日、久子に逢える。肉親の傍に由子は泊まってきたかった。

「最後の車で帰らなきゃ店が困るよ」と云われ、折角の楽しみもなくなった。何故、私だけがこう苦しまされるのだろうか。「もう我慢できない!」由子は吐き出した。

「今までの苦しみが水の泡になる。嫁いだと思って辛抱してくれ。必ず良い日が来るんだ」と優しくいわれると、それ以上愚痴も云えず、美しい花嫁と並んだ三男に

「おめでとう、お幸福に」とだけ言うと振り向きもせず停留所に走った。今から始まる賑やかな披露宴にもおれない自分がみじめで、ご馳走のお重を抱いて走ってきた妹は、泣いている姉の手に渡すとそのまま帰った。妹も泣いていた。

薄暗い毎日の中に。唯一人近所から裁判所へ勤める有沢光だけは由子の味方だった。四つ兄さんで由子の好きな全集ものを養母には内緒で読ませてくれた。二人だけの秘密。

読み書きの好きな由子に養母は叱った。

「普通科なんて共産主義を教えるんだ」と。本を開いてもペンを握る時間も与えない。日記を書く時は小さな豆電球の下、フトンを被ってて。

「年寄りなんてあんなもんだよ」と有沢はなぐさめた。何にも勝る力のささやきだった。

だが、この有沢も結婚と同時に転勤して行った。誰にも解してもらえぬ苦しみ。全てが終たような云い知れぬ寂しさを感じた。高校時代無二の親友だった栃子から時々便りが来た。今は東京の兄の傍にいるとか。その手紙が養母の手に取られ由子も読まぬうちにびりびり破かれた。運悪く養母に渡される便りは何時もそうされるのを由子は見ていた。高千穂峡は丁度、井戸の底みたいだ。庭から見上げる空は小さくポツンと限られた所だ。由子の心も、もう井戸の中から抜け切れぬ絶望のとりこになっていた。

全てから遠去けられた由子にはもう何も残っていなかった。人生の行き止まりの穴信号だ。「死を真剣に考えた。毎日々」。だが、やっぱりそれ程の勇気はもてなかった。

「肉親の迷惑やそして悲しみ。五ヶ瀬の流れに何時も自分を映してみた。」何かが残ってならと。死んでなんになる！死んだつもりでもう一度やり直してみよう。まだ、くるしまなくちゃ！それからの由子は変わった。泳げない者がいくらもがいても流れには勝てないのだ。養母の心を和ませるのが由子の本当の勤めなのだ。丁度、そんな時、日高が来たのだ。あの時由子の表情が真剣だったのは由子自身の苦しみが入っていたからなのだ。案じていた日高から無事に帰った便りがきた。我事のように喜んだが、途中から出したのか住所も書いてなく糸の切れた風船を掴んでいるようだった。

5

シーズン入ると、観光客も増え、由子はキリキリ舞いに働いた。働く事が只一つのなぐさめ。三時になると養母は床の中で煙草を吸いながら灰皿を叩いて由子を起こした。そして又寝る。由子は炊事から店の掃除を済まして養母を待つ、夜は身体をさすり、髪の手入れを済ますと十一時。疲れ切った身体を床の中に休めるともうぐったりなってしまった。十二月から由子は思い切って和裁に行かしてくれと頼んだ。近頃変わった由子を養母は許してくれた。町の学校まで二十分。一生懸命に習った。正月、久方に日高から年賀状が届いた。住所は長崎県。一寸びっくりした。由子の手に取りながら「あゝ、何時かの学生さんだね」と云ったきり何とも言わなかった。常ならビリ々にひきさかれた彼達の手紙なのに、縫物も面白く何とか楽しみが出てきた由子に、まだ々苦しみは待っていた。

無理からで「右ひざの関節炎」だった。だが、病院に行くことを叱られ、痛む足を引きずるようにして店にでた。

「病は気からだ!」見て見ぬふりふりの養母に由子はたまりかね、もう、これ迄と、田舎へ帰った。何の為に生きているのだ!由子には判らない。案じていた父母は妹の久子を代わりに養母の所に手伝いにやった。由子は父母の所からだいじにされながら町の病院へ治療に通った。使い古した庖丁は棚の隅でほこりだらけになって。

治療がいいのと早期発見で案外早く元気になったがもう二度と養母の所に行く勇気は無くなっていた、久子に御嫁に行くまで動いてくれと頼んで父母の傍で養生することにした。全ての力を失った由子に縁談が起きた。近所から農協に勤める田中忠志という人から。由子は深くは考えなかった。どうせ又忍穂井へ行けという日がくるに違いない。それよりも、もう何処へでも嫁いだ方が良いと思うと何の迷いもなく受け入れてしまった。久子は由子とは正反対の性格で、泣いて我慢をするような女ではなかった。何処までも正しいことは意見を通す主義の久子を養母は少々困っていたらしかった。

二十三歳の今、嫁ごうとする自分には何の想い出があるのだろうか。由子にあるものは只苦しい嫌な事ばかり。せめての想い出に由子は延岡の姉の所に遊びに行った。そして、そこで新しいものをみた。若く明く息ぶいている青春の泉を!まだ私には何かある!。まだある!。話を聞いた姉は力になるといってくれた。決心した由子は帰ってくると父母や兄に自分の心境を判ってもらった。田中家に傷つけない断り方が出来るなら気分転換に出ても良いと許してくれた。由子の詳しい話で最初は怒った田中もそれがとうてい無駄と判ると喧嘩でもなんでもなかったんだからお互い幸になろうと許してくれた。話しが決まると九月の始めには荷物を纏めて姉の所へ転がり込んだ。運よく入れた今の事務所。由子には珍しい事ばかり。だが、楽しかった。何もかも忘れて仕事に追われる由子は幸福だった。そして、くいのない青春を送るように努力しよう。夢みたいな毎日だった。久方に日高に手紙を書いた。便りも出さす半年余。封をした手紙を握りしめ、心よく受け取って下さるかしらと、心の中に念じる。

（つづく）

Salon de La Mer

さろん・ど・ら・めえる

※令和元年6月8日（土）正午より「喫茶ミレー」にて、「ら・めえる」78号の「拡大理事会・合評会」を行ないました。参加者10名。

※令和元年9月7日（土）正午より「喫茶ミレー」にて、「ら・めえる」79号発行についての「拡大理事会」を行ないました。出席者12名

※なお、この会にて長崎文献社の堀憲昭専務が出席され、「ら・めえる」79号より、長崎文献社による「委託販売に関する覚書」が説明されました。よって、総合文芸誌「ら・めえる」は書店販売などを長崎文献社にお任せすることになりました。販売網が全国に広がることが期待されます。

※平成31年4月発行ネットサイト「全作家文芸時評」113号では、「ら・めえる」77号所載の城戸智恵弘氏と筑紫龍彦氏の作品が取りあげられました。令和元年5月12日付ネットサイト「文芸同人誌案内」の（掲示板）で、「ら・めえる」78号が紹介されました。令和元年5月17日付ネットサイト「文芸同志会通信」では、「ら・めえる」78号所載の田浦直、新名規明、関俊彦、城戸智恵弘、吉田秀夫の各氏の作品が取り上げられました。

※令和元年6月28日『西日本新聞』「西日本文学展望」では、「ら・めえる」78号所載の近藤義昭氏の「偕老同穴」が取り上げられました。令和元年6月28日の『長崎新聞』「同人誌」では、「ら・めえる」78号所載の吉田秀夫氏の小説「教会領長崎」と関俊彦氏の論考「『電力の鬼』に思う」が取り上げられました。その他、宮崎誠氏の詩、宮川雅一、西口公章、新名規明の各氏の「長崎の世界文化遺産」に関する論考が紹介されました。令和元年9月発行ネットサイト「全作家文芸時評」115号では、「ら・めえる」78号の「長崎の世界文化遺産」特集と、小説では吉田秀夫氏の「教会領長崎」が取り上げられました。

※令和元年5月30日長崎文献社発行の「長崎偉人伝シリーズ」の中の1冊、『永見徳太郎』（千六百円＋税）を新名規明氏が執筆されました。令和元年7月20日付の『西日本新聞』「郷土の本」で紹介されました。永見徳太郎は斎藤茂吉、芥川龍之介、竹久夢二など、多くの文化人と親しく交際した長崎人です。

※今号も多彩な作品が並んでいますので、楽しく読んでもらえますれば、有難く思っております。

※長崎ペンクラブ（『ら・めえる』）の年会費は、法人会員1万円、正会員6千円、賛助会員3千円です。文芸と郷土史を愛する人の参加を求めています。

※次号の締め切りは2月20日です。原稿は編集人の新名規明宛に直接送って頂ければ、便宜です。〒851-0115 長崎市かき道2-35-22 Eメール niina27@cronos.ocn.ne.jp

長崎ペンクラブ会員名簿

（令和元年 11 月 1 日現在）

理事

田浦　直（会長）	新名規明（編集人）	樋口省二	山田一美	
嶋　末彦	宮川雅一	佐藤泰彦	吉田秀夫	草場里見

正会員

久保美洋子	押渕礼子	松尾千秋	山口宏治	陳　名治
椎山みよ子	近藤義昭	比留澤忠之	吉岡泰志	西口公章
本多初恵	大津留邦子	松竹秀雄	津留崎道子	淺岡哲人
大林純子	松尾法道	峰　栄二	篠原幹雄	鄭　銘俊
矢野道子	中嶋則昭	井手政子	居原　健	城戸智恵弘
関　俊彦	金子春美	宮崎　誠	長島達明	

賛助会員

浜辺成弘	花城　浩	一瀬左京	浜田道子	大串喜代子
三上政彦	藤沢　休	伊藤豊美	團　純子	椎名勝信
岩永勝利	早田久尓夫	甲田哲太郎	平川順子	

法人会員

光仁会病院	852-8123	長崎市三原 3 丁目 643	844-3456	理事長・本村龍太郎
出島診療所	850-0033	長崎市万才町 5-22	821-8652	理事長・廣中郁朗
西脇病院	850-0835	長崎市桜木町 3-14	827-1187	院長・西脇健三郎
道ノ尾病院	852-8055	長崎市虹が丘町 1-1	856-1111	理事長・松本純隆
出口病院	851-1134	長崎市柿泊町 2250	844-5293	理事長・出口　之
三和中央病院	851-0403	長崎市布巻町 165-1	898-7511	理事長・塚崎　寛
天本泌尿器科医院	850-0862	長崎市出島町 1-27	822-5756	院長・天本太平
アニマルヘブン	850-0981	長崎市草住町 200-8	879-2777	代表・瀬川　忠
松翁軒	850-0874	長崎市魚の町 3-19	822-0410	社長・山口喜三
ひぐちグループ	850-8585	長崎市西坂町 2-3	827-1166	会長・樋口省二

La Mer ら・めえる

第 79 号

元年 11 月 1 日　定価 ¥1，000（本体価格）税別

◆発行人　田浦　直
◆印　刷　耕文舎
☎095-861-4405
◆発　行
◆事務局　長崎ペンクラブ
〒850-0918 長崎市大浦町 9 － 27
田浦事務所 ☎095-823-4556
◆発売元　長崎文献社
☎095-823-5247